LIA KATHRINA

Essenz der Magie

DIE FEUERPRÜFUNG

im.press

© David Milan

Lia Kathrina lebt mit ihren zwei Katzen und unzähligen Büchern und Manga in der lauten, vielfältigen und unfreundlichen Stadt Berlin – und möchte niemals weg. Sie arbeitet als freiberufliche Pressereferentin und im Office einer Berliner Firma. Nebenbei betreibt sie einen YouTube-Kanal über Bücher. Von klein auf dachte sie sich mit ihrer kleinen Schwester Geschichten aus und beschloss 2017, endlich ihren Traum zu erfüllen und ein Buch zu schreiben.

Für Tally

Du sagst, du wärst mein größter Fan?

Irrtum! Ich bin deiner!

WIE MAN LERNT ZU SCHWEBEN

Das Beben verstärkte sich.

Noch vor einer Minute war ich in einem Odette Kostüm mit Sam über den Waldboden mitten in unserem Speisesaal gewirbelt. Jetzt konnte ich mich kaum auf den Beinen halten. Ich suchte den Raum hektisch nach Jara und John ab und endlich entdeckte ich sie, die beiden standen an der Bar und hielten sich an den Ästen fest. Layla und Chris standen ein paar Meter von uns entfernt.

»Layla! Heb uns hoch«, rief ich ihr laut zu. Sie fokussierte mich und Sam und wir hoben vom Boden ab.

Jetzt konnte ich meine Gabe besser einsetzen.

Mit geschlossenen Augen ließ ich sie frei. Ich spürte deutlich, dass sich fremde Begabte in unserer Akademie befanden und wenn ich mir die Stärke ihrer Lebensessenz vor Augen führte, hätte ich mein Kleid darauf verwettet, dass die Eindringlinge Gesegnete waren. Dieser Erdbegabte, den ich erspüren konnte, war der gleiche wie letztes Mal beim Angriff auf unsere Akademie, als ich im Archiv feststeckte.

»Gesegnete«, sagte ich. Sam rief es unseren Lehrern zu. Mr Riefer nickte nur. Er hatte es vor allen anderen bemerkt. Wie mächtig dieser Mann doch sein musste, dass er es gespürt hatte, bevor überhaupt ein Angriff begonnen hatte.

Was wollten die Gesegneten schon wieder hier? Was konnte so wichtig sein, dass sie erneut einbrachen? Was hatten sie letztes Mal übersehen?

Doch nicht etwa den Brief? Nein, dieser dämliche Brief konnte es nicht sein.

Langsam sanken wir wieder auf den Boden und ich befreite mich aus Sams Griff. Das war's wohl mit Romantik und verwirrenden Gefühlen. Aus einem Instinkt heraus lief ich Richtung Ausgang, denn ich musste dem Archiv näherkommen, um meine These bestätigt zu sehen.

»Moment! Wo willst du hin? Bist du wahnsinnig?! Letztes Mal hast du dich noch versteckt und jetzt rennst du ihnen als Erstes entgegen? Was stimmt nicht mit dir?«, fauchte Sam und stellte sich mir in den Weg.

»Du sagtest doch, du willst mich nicht beschützen. Ich soll mich selbst verteidigen.«

»Betonung liegt hier auf VERTEIDIGEN und nicht angreifen.«

»Ich hatte aber einen begnadeten Lehrer.«

Ich tauchte unter seinem Arm hindurch und rannte los. Gabe sei Dank hatte ich noch keine Blasen an meinen Füßen, sodass ich schnell vorankam.

»Verdammt, Nate bringt mich um!«, hörte ich Sam noch sagen und dann Schritte hinter mir.

Natürlich hatte ich auch Angst, aber ich hatte es mir versprochen. Ich würde nicht mehr weglaufen und mich verstecken. Und wenn es damit begann, diesen Gesegneten entgegen zu rennen, um zu schauen, worauf sie es abgesehen hatten, dann war das eben so.

Das Beben hörte nicht auf, sondern wurde in Etappen mal stärker und mal wieder schwächer.

Bei der nächsten Erschütterung riss es mich fast von den Füßen, weil ich über mein Kleid stolperte. So ging das nicht, ich war nicht schnell genug. Ich zog meinen Rock bis zur Mitte meines Oberschenkels hoch.

»Woho! Also so sehr sehen wir dem Tod noch nicht ins Auge, wenn du dich mir gleich hier hingeben willst«, sagte Sam und hob abwehrend die Hände.

»Natürlich, weil ich mir in dieser Situation auch nichts Schöneres vorstellen kann, als dir mein erstes Mal zu schenken«, gab ich giftig zurück und griff nach meinem Messer. »Du bist noch Jungfrau? Sag doch sowas nicht. Diese Bilder bekomme ich nie wieder aus dem Kopf.«

»Gern geschehen.«

Einen Augenblick zögerte ich, doch vermutlich hatte ich keine Wahl, wenn ich die Wahrheit herausfinden wollte.

»Scheiße«, fluchte ich und schnitt mir das Kleid auf Kniehöhe ab. Die Federn flogen zu Boden.

Diese Aktion war schmerzhafter gewesen als der Anblick von Liv und Rean. Bei Gelegenheit sollte ich nochmal über meine Prioritäten nachdenken.

»Was ist passiert? Warum rennen wir wie die Verrückten denen auch noch entgegen anstatt weg?«, fragte Jara gehetzt, als sie zusammen mit John, Nate – wo kam der denn her? –, Chris und Layla zu uns aufschloss.

»Und warum rennt meine Lieblingsschwester ihrem Verderben auch noch in die Arme?«, setzte Chris hinzu. »Das sind Gesegnete, Ria! Wir hatten schon letztes Mal Probleme mit denen und wenigstens die Lehrer an unserer Seite. Ohne sie hätten wir das damals nicht geschafft, egal, was gewisse Kerle«, mein Bruder warf einen vernichtenden Blick zu Sam und Nate, »behauptet haben. Es war knapp.«

Ich ließ das einfach mal unkommentiert, weil auch Chris nicht gerade mit seiner Angeberei gegeizt hatte. Aber gut, nachdem er mir erzählt hatte, wie sehr es ihn verletzte, dass ich bei unserem Vater ständig im Mittelpunkt stand, konnte ich es auch verstehen. Außerdem hatte mir bisher niemand erzählt, wie knapp es tatsächlich gewesen war. Bei diesem Angriff hatten die Gesegneten noch dazu nicht alles gegeben, wie ich wusste.

Am liebsten wäre ich jetzt zurück in die Halle gelaufen und wenn ich mir Laylas verängstigten Gesichtsausdruck so ansah, dann war ich damit nicht allein.

»Wo bleiben die Lehrer?«, fragte ich.

Chris öffnete seine Jacke. Der Schweiß perlte ihm von der Stirn.

»Das Erdbeben hat den Eingang zur Halle verschüttet. Ich denke, sie sind erst einmal mit den Schülern beschäftigt und versuchen sich einen Weg heraus zu bahnen. Wir konnten auch gerade noch so raus.«

Okay, der Weg zurück war verbaut. Aber das kam mir gerade recht. Ich wollte doch keinen Rückzieher mehr machen.

»Das war ja klar! Die haben das genau geplant«, schnaubte Nate, »damit sind wir die Einzigen außerhalb des Saals und damit auch die Einzigen, die etwas gegen diese Heinis tun können!«

Er hatte recht, so ungern ich ihm auch zustimmte, aber in diesem Punkt gab es nichts zu diskutieren. Die gesamte Schülerschaft und das Lehrpersonal steckten im Saal fest.

Eine kurze Stille legte sich über uns.

»O nein, das schöne Kleid«, seufzte Jara und deutete auf mein eben gekürztes Kleidungsstück.

»Nichts ist für die Ewigkeit«, sagte Layla und versuchte das Zittern in ihrer Stimme zu verbergen.

Sam sah uns drei Mädchen musternd an, dann atmete er kurz tief durch.

»Leute, wir werden erst einmal nur schauen, was sie machen. Wir werden uns in keinen Kampf stürzen, sondern bedacht vorgehen. Also keine Panik. Wir bekommen das hin. Ria?« Er wandte sich an mich, »wo müssen wir hin?«

Ich hatte immer noch die Vermutung, dass sie den Brief wollten, also blieb erst einmal nur eine Richtung übrig.

»Wir müssen zum Innenhof, zur Nordseite der Burg und das am besten schwebend.« Auffordernd nickte ich Layla zu. Sie griff nach Chris Hand und drückte sie, während sie sich konzentrierte.

Sie hob die Schwerkraft für uns auf und wir erhoben uns in die

Luft. »Nehmt euch bei den Händen, dann kann ich den Luftstrom besser kontrollieren«, befahl sie.

»Können wir kurz festhalten, dass gerade die Unbegabteste der Schule die Entscheidungen für uns trifft«, beschwerte sich Nate und griff nach Jaras Hand.

»Ich bin ebenfalls die Einzige, die die Essenzen der Typen erfühlen kann, also Klappe jetzt«, fauchte ich zurück.

»Wohin genau, Ria?«, fragte Layla. Sie gehörte vielleicht nicht zu den Begabtesten ihres Jahrgangs, aber sie benutzte ihre Gabe fast rund um die Uhr. Es überraschte mich nicht, dass es ihr leicht fiel uns sieben in der Luft zu halten.

»Richtung Archiv.«

Das Erdbeben hinterließ Spuren an unserer alten Burg. Sie griffen unser Zuhause an. Eine heiße Wut pulsierte durch meine Adern.

»STOPP!«, befahl Nate und Layla bremste den Luftstrom augenblicklich. Unsanft fielen wir den Meter zurück auf den Boden und ich verlor nochmal eine Ladung Federn. So viel Arbeit für die Katz.

»Was denn?« Jara feuerte einen ihrer bösen Blicke auf meinen Stiefbruder ab.

Keine zwei Schritte vor uns bröckelte die Decke.

John handelte geistesgegenwärtig. Mit seiner Erdbegabung hielt er die Brocken oben zusammen, damit das Stockwerk nicht einstürzte. »Jara, zusammenschweißen.«

»Du bist witzig, wie denn? Ich bin kein Riese.« Sie schaute zur Decke empor.

»Okay, Layla, Jara und John bleiben hier und sorgen dafür, dass die Decke nicht einstürzt. Der Schaden wäre immens. Chris, Sam, Ria und ich laufen zum Archiv«, sagte Nate und deutete Richtung Treppe.

»Yeah! Drei Feuerbegabte und ich, das kann ja witzig werden«, jubelte ich lustlos.

»Nicht meckern, komm schon, Hohlbirne.«

»Hat dir dein Feuer die wenigen funktionierenden Gehirnzellen weggebrutzelt? Ich werde sicher nicht die enge Treppe benutzen, wenn hier alles bebt!«

»Wenigsten ist bei mir nicht nur Vakuum dort oben vorhanden.« Nate tippte sich gegen den Kopf.

»Leute! Für eure endlose Geschwisterliebe ist keine Zeit. Aber ich muss Ria recht geben, ich wäre auch gegen die Treppe«, schaltete sich Sam ein und nicht nur ich schaute ihn fassungslos an.

»Ist er auf meiner Seite?«, fragte ich sicherheitshalber nochmal an Jara gewandt nach. Sie verdrehte die Augen.

»Okay, mein Vorschlag, wir springen mithilfe von Layla aus dem Fenster, dann sind wir schneller unten«, schlug Chris vor und begab sich schon zum Fenster.

»So machen wir es!« Ich öffnete einen Fensterflügel und stieg auf den Sims. »Ich verlass mich auf dich, Layla.« Mehr konnte ich nicht mehr sagen, denn das Beben störte meinen Gleichgewichtssinn massiv. Mein Fuß fand keinen Halt mehr und ich stürzte in die Tiefe.

Der Wind sauste mir um die Ohren, zerzauste meine Haare und einen Augenblick dachte ich, man würde mich vom Innenhof kratzen müssen. Was für eine niederschmetternde Bilanz in meinem Leben wäre das bloß gewesen? Doch kurz vor dem Aufprall erfasste mich ein Luftstrom und setzte mich sanft auf dem Boden im Innenhof ab. Er lag komplett verlassen da und mit dem Mond und den Sternen hätte man bestimmt einen schönen Spaziergang machen können. Wenn wenigstens dieses Beben aufhören würde!

»Romantisch, oder? Später Lust auf einen Spaziergang?«, fragte Sam, der neben mir ankam.

»Wenn wir dann noch leben, würde ich lieber in mein Bett und diese Schuhe loswerden.«

»Wie forsch du sein kannst.«

»ALLEIN!«

»Schade«, seufzte Sam und hielt mich am Arm fest.

»Jetzt hört mit eurem widerlichen Geflirte auf! Ria, such nach den Gesegneten!«, sagte Nate und schlug zusammen mit Chris ein wenig härter auf als Sam und ich zuvor.

»Ich bin nicht dein Hund!« Ich hielt mich an Chris' Schulter fest, um einen besseren Stand zu haben, und konzentrierte mich.

Heute Abend fiel es mir viel leichter als in den letzten Wochen. Ich spürte deutlich drei Essenzen aufflammen. Der eine befand sich im Archiv. Ein Luftbegabter.

Die anderen zwei – ein Erdbegabter und ein Wasserbegabter – standen noch vor der Akademie und verursachten das Beben.

»Wir müssen uns aufteilen. Ein Luftbegabter ist im Archiv und die anderen zwei vor den Toren. Es sind ein Erd- und ein Wasserbegabter.«

»Gut, Nate und Chris, ihr geht vor das Tor«, befahl Sam.

Chris starrte ihn entgeistert an. »Okay, du hattest heute eine Verabredung mit meiner kleinen Schwester, aber warum sollte ich dich mit ihr jetzt allein lassen? Und, viel schlimmer, warum sollte ich mit DEM zusammen kämpfen?!«

»Boah, diese Familie macht mich fertig«, sagte Sam und massierte sich die Schläfe, »ganz einfach. Ich kämpfe seit Wochen mit Ria zusammen. Wir sind ein eingespieltes Team.«

Nate packte Chris am Kragen und zog ihn fort. »Das passt mir auch nicht, Hupfdohle, aber Sam hat recht und jetzt komm.«

Sam drehte sich auf dem Absatz um und lief Richtung Archiv.

Ich formte einen Trichter mit meinen Händen und rief ihnen hinterher: »Ein Wasserbegabter und ein Erdbegabter.« Dann schloss ich zu Sam auf.

»Das ist eine bescheidene Kombination als Gegner für zwei Feuerbegabte«, sagte Sam und rannte zwischen den Torbögen hindurch.

»Ach, die beiden prahlen doch immer damit, wie gut sie sind.«

Geschwind und dennoch im Bestreben leise zu sein, stiegen wir die Treppen hinab. Wir kamen vor dem Archiv zum Stehen und Sam entflammte seine Hände.

»Aber vorsichtig. Verbrenn da drin nicht gleich alles«, zischte ich und drückte die Klinke herunter.

Im Inneren suchte eine Gestalt im grünen Mantel eifrig nach etwas. Dabei schmiss sie mit Blättern und Dokumenten nur so um sich. Sie stand vor der Kommode, aus der ich vor ein paar Wochen den Brief an mich genommen hatte.

Manchmal traf ich doch ganz schlaue Entscheidungen.

»Nicht bewegen, dann lassen wir dich leben!«, rief Sam und hielt seine Feuerkünste auf die Gestalt gerichtet.

Es handelte sich wohl um einen Mann, denn erstens war er groß und kräftig und zweitens hatte ich noch kein weibliches Mitglied unter den Gesegneten gesehen. Er trug eine Maske unter der Kapuze, damit man ihn nicht erkannte. Bis auf den Mund verdeckte sie alles. Er sagte nichts, sondern griff sofort an. Sam parierte die ersten Angriffe mit seinen Feuerhänden.

Luftbegabte waren im Kampf verdammt tückisch. Man sah nie, wie sie angriffen. Bisher hatte ich nur ein paar Stunden mit Mr Riefer absolviert, in denen er mich mit Luftstößen angegriffen hatte.

Jetzt musste ich das Wenige, das ich hatte, abrufen. Auch die Luftangriffe verfügten über eine Essenz. Ich konnte meine Fähigkeiten gegenüber Luftbegabten verstärken, wenn ich ihre Methode anwandte. Ich rief mir Mr Trevors Unterricht wieder vor Augen.

Luftbegabte machten ihren Kopf frei und entledigten sich jeglicher Sorgen.

Genau das, was ich jetzt am Allerwenigsten konnte. Wir steckten mitten in einem Angriff, unsere Akademie bebte, ein paar Schüler hatten sich mit hoher Wahrscheinlichkeit verletzt und das Schlimmste von allem: Rean hatte mit Liv ein Date. Und ja! Meine Prioritäten stimmten so!

Also den Kopf freibekommen. Ich ließ die Gedanken vorbeiziehen, aber stattdessen erfasste mich die Wut über Rean.

Da! Ich spürte deutlich, wo die Luftangriffe entstanden.

Diese Konzentration musste ich beibehalten. Der Gesegnete startete einen hinterhältigen Angriff auf Sam. Sobald der Luftstoß gesetzt war, erfühlte ich seine Essenz und saugte sie auf. Das klappte sogar! Was war denn heute los, dass ich über mich hinauswuchs? Steckte doch eine Heldin in mir?

Ich konnte mir ein breites Grinsen nicht verkneifen.

»Nicht übermütig werden!«, befahl Sam und ich konzentrierte mich wieder auf das Geschehen.

Ich traute mich jedoch nicht einen Gegenangriff zu starten. Diese Situation lud nicht gerade dazu ein, experimentierfreudig zu werden, denn ich hätte Sam mit einem unkontrollierten Luftangriff treffen können.

Daher legte ich den Fokus darauf, immer mehr Luftangriffe aufzusaugen. Sam setzte sein Feuer so geschickt ein, dass er dem Mann vor ihm immer wieder mit seinen Feuerkugeln zusetzte. Die Schweißperlen standen ihm deutlich auf der Stirn, da er versuchte nicht gleich den gesamten Raum in einem Feuermeer zu verbrennen. Aber so wurde das nichts. Die Gesegneten waren ausgebildete Kämpfer. Ich spürte deutlich, wie die Luftessenzen sich in meinem Inneren sammelten. Es drückte so unangenehm in meiner Brust, dass ich wusste, ich musste die Kraft entweichen lassen oder sie tat es irgendwann von selbst.

Sam war dem Mann hier drinnen aufgrund seiner Vorsicht deutlich unterlegen, aber wenn er freie Bahn hätte und nicht mehr auf das Archiv achten müsste ...

Der Fremde stieg in die Lüfte und griff Sam von der Zimmerdecke aus an. Mit seiner Luftessenz erzeugte er Luftdruck und schlug

Sam mehrmals aus sicherer Entfernung ins Gesicht oder in den Bauch.

Halt noch einen Moment durch!

In einem günstigen unbeobachteten Augenblick huschte ich hinter die beiden.

Die Tür zur Treppe, welche auf den Innenhof führte, stand immer noch sperrangelweit offen.

Ich sog die nächste Essenz in meinen Körper. Das war eine zu viel, denn es schmerzte in meinem Inneren.

Jetzt oder ich würde platzen – und diesen Dreck wollte vermutlich keiner beseitigen.

Ich versuchte die Kraft zu bündeln, aber ohne einen leeren Kopf würde mir das nur schwer gelingen.

Also einfach drauf los.

»Sam!«, rief ich noch als Warnung, auch wenn ich damit das Überraschungsmoment versaute.

Ich ließ die Essenzen der Luft entweichen und entfachte damit einen starken Luftstoß, der die beiden Kontrahenten und unzählige Unterlagen nach draußen auf den Innenhof schleuderte. Sogar die verdammte Treppe flogen Sam und der Gesegnete nach oben, das musste schmerzhaft gewesen sein. *Ups, das hatte gesessen.*

Da hatte ich meine Kraft eindeutig unterschätzt.

Aber die Papiere waren ja schon vorher durcheinander gewesen, also machte das jetzt nicht so den Unterschied.

Urplötzlich stoppte das Beben und ich atmete erleichtert auf. Nate und Chris schienen erfolgreich gewesen zu sein.

Bevor ich aus dem Archiv rannte, ging ich schnell zur Kommode zurück. Tatsächlich, er hatte genau in der Schublade gesucht, in der ich den Bericht gefunden hatte. Deswegen wollte ihn Vater haben, aber ohne Übersetzung würde ich den Brief nicht rausrücken. Schnell schloss ich die Schubladen der Kommode und huschte zum Innenhof.

Sam richtete sich wieder auf und wischte sich mit seinem weißen Ärmel über den Mund. Dem Gesegneten war die Kapuze vom Kopf gerutscht und sein rabenschwarzes kurzes Haar kam zum Vorschein. Seine Maske lag neben ihm auf dem Boden und gab einen Blick auf sein markantes Gesicht frei, welches bereits von Narben gezeichnet war. Wie hart mussten diese Gesegneten trainieren, dass sich drei Narben in seinem Gesicht befanden? Eine quer über seiner Stirn, eine am Kinn und die letzte über der linken Wange. Aus hasserfüllten Augen starrte er uns an und ich war einen Moment unfähig mich zu rühren. Sein Blick fesselte mich.

Sam schob die Ärmel seines Prinzengewandes nach oben. »Jetzt geht es erst richtig los.« Sein sonst so wohliges Lagerfeuer im Inneren wuchs zu einem Feuersturm heran.

»Sam! Bitte nicht die Akademie abfackeln!«, rief ich ihm zu. Er stand mit dem Rücken zu mir und erzeugte eine riesige Feuerwand, die nach und nach den Gesegneten umschloss. Dieser erschuf sich eine Luftblase, wie ich sie schon bei Madame Taranta gesehen hatte.

»Die Luftblase wird deinem Feuer standhalten«, sagte ich neben ihm.

»Wie kommst du denn darauf?«

»Die Gesegneten sind stark«

Er warf mir einen vernichtenden Blick zu, während er seinen Feuerkreis noch enger um den Gesegneten schloss.

»Aber ich glaube an dich. Zusammen packen wir das«, setzte ich widerwillig hinterher. Sams Blick änderte sich augenblicklich von verärgert zu erstaunt. Durchaus verständlich, ich machte ihm nie Komplimente. Aber ich wusste, wie stark er war, ich kämpfte jeden Tag gegen ihn. Wir würden es schaffen, daran bestand kein Zweifel. Ich vertraute ihm.

»Ich kann sie zum Platzen bringen. Ich habe das schon einmal bei der Wahrsagerin geschafft«, rief ich ihm zu.

»Genau, ich lass dich jetzt einfach durch mein Feuer marschieren und du absorbierst seine Hülle. Super Plan.« Sam verdrehte die Augen.

Ich grinste ihn an. »Finde ich auch und los.« Bevor er mich aufhalten konnte, rannte ich zur Feuerwand.

»Das war Ironie!«, brüllte mir Sam hinterher.

Ich warf einen auffordernden Blick zurück. Seine Schultern sanken nach unten, als ihm ein tiefer Seufzer entwich.

Er erschuf eine Lücke in seiner Feuerwand, die ihn bestimmt jede Menge Anstrengung kosten musste.

Aber das hier war die einzige Möglichkeit. Der Typ gehörte zu den Gesegneten und verfügte damit über ein ungeheures Talent. Im Moment schöpfte er seine Essenz voll aus, um der Feuerwand standzuhalten, aber er konnte seine Blase sicher länger halten als Sam seine Feuerwand.

Geschickt schlüpfte ich durch die Lücke. Ich kannte sein Feuer mittlerweile sehr gut, es machte mir keine Angst mehr.

»Wag es ja nicht!«, knurrte der Typ und verstärkte seine Gabe noch einmal, als er mich näherkommen sah.

»Es kann ja sprechen!«, grinste ich, auch wenn ich mich absolut nicht selbstsicher fühlte. Ich hatte keine Ahnung, wie ich es damals geschafft hatte, die Luftblase zu zerstören.

Ich legte eine Hand an die Blase und suchte nach der Essenz. *Noch einmal konzentrieren und einen Blick zurück zu Sam werfen.* Dieser nickte mir aufmunternd zu. Ich atmete tief ein und griff mit meiner Gabe nach der Essenz, dann zog ich sie in meinen Körper und die Blase platzte.

»Du Miststück!« Ich wich erschrocken zwei Schritte zurück und sofort zog sich zwischen mir und dem Mann eine zweite Feuerwand hoch.

Jara und John schwebten auf den Innenhof. Jara standen die Schweißperlen auf der Stirn, während sie noch die Hände erhoben hielt, um die Feuerwand aufrecht zu erhalten. Sie hatte mich gerade aus der Reichweite des Typen gebracht.

Sam bewegte seine Wände noch näher heran.

»Stopp, ich schließe ihn ein!« John erzeugte ein Gefängnis aus dem Steinboden und die Feuerbegabten ließen ihre Wände fallen.

»Wie viel Essenz hat er noch?«, fragte mich Sam. Ich konzentrierte mich, doch die Essenz des Gesegneten glich mit ihrer Trägheit der eines Erdbegabten.

»Der ist mit seinen Kräften am Ende. Vielleicht sollten wir ihn außer Gefecht setzen«, sagte ich.

»Bitte, tu dir keinen Zwang an, ich bin fertig für heute.« Sam setzte sich auf eine Bank und streckte sich aus. Der Kampf hatte ihm wohl mehr abverlangt, als er zugeben wollte.

»Schon gut, ich halte ihn fest, die Lehrer müssten auch gleich kommen«, sagte John.

Ich ging langsam auf Sam zu und setzte mich neben ihn.

»Laufen Verabredungen mit dir immer so ab?«, fragte ich ihn beiläufig, doch schaute ich ihn nicht an.

Er legte den Kopf in den Nacken und schloss die Augen.

»Nicht immer. Meistens bekomme ich noch einen heißen Kuss und das Versprechen für ein zweites Date«, sagte er leise.

»Also war es doch ein Date«, scherzte ich und schaute ein wenig traurig auf mein kaputtes Kleid. Ich hatte so viel Arbeit und Mühe reingesteckt. Aber es war leider viel zu unpraktisch mit einem langen Kleid zu kämpfen.

»Ja, das könnte man so nennen.«

»RIA?!« Rean kam die Treppen herunter geeilt und hinter ihm sah ich einen großen Teil der Schüler sowie die Lehrer auf uns zu kommen. Diese wandten sich sofort an John und seinen Gefangenen.

»Ich sollte mich wohl mal Rean stellen und ihn fragen, was das sollte«, sagte ich und stand wieder auf. Ich wollte wissen, was bitte seine Intention für diese dumme Aktion mit Liv gewesen war. Ich beugte mich noch einmal zu Sam herunter und gab ihm einen Kuss auf die Wange.

»Danke für den schönen Abend. Ich hatte echt viel Spaß.«

Sprachlos schaute mich Sam an, was mich zum Lachen brachte.

»134 zu 4. Punkt für mich.«

Ich ließ Sam allein und ging zu Rean, der, kaum dass er mich sah, auf mich zu rannte und mich in seine Arme schloss.

»Ria, ich war ganz krank vor Sorge. Warum rennst du denn direkt in die Gefahrenzone? Du bist noch nicht so weit.«

Er drückte so fest zu, dass ich nur noch schwer Luft bekam. »Rean, lass mich atmen«, sagte ich und er lockerte seinen Griff.

»Mach dir nicht so viele Sorgen, ist doch alles gut gegangen. Wir haben einen Gesegneten und alles, was leiden musste, war mein Kleid.«

Er hielt mich an den Schultern und drückte mich von sich, damit er mich betrachten konnte.

»Dann bin ich aber erleichtert! Wir waren in der Halle eingeschlossen. Jemand hatte die Decke über dem Ausgang zum Einsturz gebracht und kontinuierlich mit einer Erdbegabung verstärkt. Durch das Beben konnten wir uns alle nicht besonders gut darauf konzentrieren die Steine endlich wegzuschaffen. Und unsere Lehrer waren auch keine Hilfe, die hatten zuvor ganz schön gebechert.«

Ich hörte ihm zu und nickte. Vermutlich hatten sie es erst geschafft, als Nate und Chris die beiden Gesegneten verscheucht hatten.

»Aber wo du jetzt schon einmal wieder mit mir redest – was sollte das mit Liv? Du versetzt mich, um mit ihr zum Ball zu gehen?«, fragte ich und führte ihn von der Gruppe weg, um in Ruhe mit ihm sprechen zu können.

Er fasste sich in den Nacken, wie immer, wenn ihm etwas unangenehm war.

»Ach weißt du … Liv hatte mich vorgestern auf dem Innenhof

abgefangen. Sie weinte fürchterlich und du weißt, ich kann mit Tränen nicht umgehen.«

Das konnte so gut wie kein Mann, aber Rean mit seinem analytischen Denken noch viel weniger.

»Sie meinte, es würde ihr so viel bedeuten mit mir zum Ball zu gehen und du hättest ihr schon gesagt, dass du lieber mit einer richtigen Verabredung dort erscheinen würdest als mit mir, nur als Freunde.«

Wow, bei so viel Verlogenheit konnte ich einfach nur den Kopf schütteln. Diese ... mir fiel einfach kein nettes Wort für sie ein.

»Ich fasse zusammen, Liv hat dich vollgeheult und dir gesagt, ich hätte mich ihr, ausgerechnet ihr, anvertraut. Und deswegen versetzt du mich und gehst mit ihr hin. Wow, dafür, dass du sonst immer so schlau bist, war das eine verdammt bescheuerte Aktion von dir. Ich hatte nur Glück, dass Sam noch keine Verabredung hatte, sonst hätte ich mutterseelenallein dort aufkreuzen müssen. Und dir ist nicht mal die Idee gekommen, dass Liv vielleicht auch lügen könnte? Warum sollte ich ausgerechnet IHR so etwas sagen?!«

Je mehr ich redete, desto mehr Wut füllte meinen Bauch.

Rean stand da wie vom Donner gerührt. Wie ein stummer Fisch klappte er den Mund auf und wieder zu. Wie passend zu seinem dummen Erik-Kostüm.

»Geh einfach zu deiner Ariel. Ich muss mich erst einmal beruhigen«, sagte ich und wandte mich ab.

Unter lautem Jubel kamen Nate und Chris vom Haupttor zurück. Der körperliche Zustand der beiden ließ zu wünschen übrig, aber ihnen schien nichts Gröberes zugestoßen zu sein.

Ich hatte keine Lust mehr auf diese Party, die sowieso gelaufen war. Traurig schaute ich auf mein in Fetzen an mir hängendes Kleid herunter.

Bevor ich zurück ins Zimmer ging, brauchte ich ein paar Minuten für mich, weshalb ich den Weg in den Hinterhof nahm.

Erst auf der Wiese vor dem Brunnen kam ich zum Stehen und zog meine Pumps aus. Ich seufzte. Eine Wohltat für meine geschundenen Füße, dass ich sie endlich aus ihrem Gefängnis befreit hatte. So schnell würde ich keine hohen Schuhe mehr tragen. Ich spürte das weiche, kühle Gras zwischen meinen Zehen. Ich fror nicht ein bisschen, obwohl die Temperaturen im Oktober schon deutlich kühler waren. »Jetzt ist es eh schon egal«, seufzte ich und legte mich auf den Rücken, um die Sterne zu betrachten.

Wir hatten einen Gesegneten festnehmen können, er würde uns schon erzählen, was genau sie hier wollten und warum sie uns angegriffen hatten.

Niemand würde auf die Idee kommen, dass ich den Brief besaß. Jetzt drängte die Zeit nur noch mehr, ich musste herausfinden, was genau darin stand.

Vielleicht konnte ich meinen Vater überzeugen, dass es für ausgezeichnete Presse sorgen würde, wenn die Akademie den Hohen Rat besuchte. Dort lagen in der riesigen Bibliothek bestimmt genügend Bücher mit Hinweisen zum Entschlüsseln herum.

Ich starrte zum Himmel hinauf.

»Na, Odette, wolltest du doch nicht ohne mich ins Bett?«

Ich lächelte unwillkürlich, als sich Sams brauner Haarschopf in mein Blickfeld schob.

»Natürlich nicht. Und wie sieht es bei dir aus? Warten nicht ein paar Betthäschen auf dich?«, fragte ich und schaute zu ihm empor.

»Die können auch noch länger auf mich warten.«

Er streckte mir seine Hand entgegen, um mich auf die Beine zu ziehen.

»Wir konnten unseren Tanz gar nicht zu Ende bringen. Also, Ria, erweist du mir die Ehre?«

»Ohne Musik?«

Sam hielt sein Handy und weiße Kopfhörer hoch. Ich nickte und er reichte mir einen In-Ear-Hörer.

»Was – ein James Arthur-Fan? Ich bin absolut beeindruckt. In dir steckt ja doch ein weicher Kern.«

Er streckte mir sehr erwachsen die Zunge raus und zog mich mit einem Ruck an sich. Langsam führte er meine Hände hinter seinem Nacken zusammen. Ohne meine Schuhe überragte er mich um einen halben Kopf.

»Du bist kitschig«, lachte ich. Doch wehrte ich mich nicht, als wir uns unter dem Sternenhimmel zu James Arthur hin und her wiegten.

»Manchmal braucht man ein bisschen Kitsch im Leben.«

WIE MAN TRÄUMEN HINTERHERJAGT

»Fass das nicht an!«

Jara erstarrte in ihrer Bewegung und ihr verständnisloser Blick durchbohrte mich. Ich hatte gerade überprüft, ob der Brief noch in seinem Versteck lag, als ich bemerkte, was Jara gerade tun wollte. Ihre Hand schwebte immer noch knapp dreißig Zentimeter über meiner Kette. Betont lässig und langsam ging ich zu meinem Nachttisch, um meinen Schatz aus ihrer Reichweite zu bringen. Mittlerweile befanden Jara und ich uns wieder in unserem Zimmer. Draußen hörte ich noch Stimmen, ein paar Schüler wollten den Abend wohl noch nicht beenden. Doch Jara und ich hatten ihn abgehakt. Der Kampf steckte mir noch in den Knochen und ich war müde. Die Dusche hatte mir sehr gutgetan und mein Kleid lag zusammengeknüllt irgendwo in meinem Zimmer begraben.

»Seit wann ist dir etwas so wichtig, dass sogar ich es nicht anfassen darf?«

Sie nahm ihre ausgestreckte Hand zurück und sah mich mit gerunzelter Stirn an. Ich wusste, dass es albern war, aber niemand anders sollte die Kette berühren. Auch nicht, wenn es Jara war. Tief in mir spürte ich einfach, dass nur ich sie anfassen sollte. Vielleicht würden sonst die Erinnerungen an meine Mum ausgelöscht werden. Dieses Schmuckstück hatte ich zu Beginn des Schuljahres als meine Fessel angesehen. Aber seit ich nicht mehr in Monis Gesicht schauen konnte, erinnerte mich nichts anderes mehr an meine Mum. Die Kette war mein kleiner Schatz. Zuhause hatte Vater nach dem Tod seiner Frau all ihre Fotos verbrannt.

»Die Kette gehörte doch meiner Mum«, erklärte ich schlicht und ließ den Rest unausgesprochen in der Luft hängen. Jara und ich sprachen nicht so oft über die Dinge, die uns bewegten. Es war wie eine stille Übereinkunft. Selten redeten wir über unsere Familien. Vorsichtig band ich mir die Kette wieder um. Anschließend versteckte ich sie unter meinem Schlafshirt.

»Hast du dich mit ihr nicht bei jeder sich bietenden Gelegenheit gestritten?«, fragte Jara argwöhnisch.

»Na und? Nur weil der jeweils andere dich immer auf die Palme bringt, heißt das noch lange nicht, dass keine Liebe im Spiel ist.«

Immer wenn ich die Kette umhatte, fühlte ich mich angeleint wie ein Hund an seine Hütte, aber auch gestärkt und beschützt. Als wäre irgendwo jemand, der an mich glaubte und wusste, dass ich stark war.

»Hm, das heißt, zwischen dir und Sam ist auch Liebe im Spiel?«

Mein Blick zuckte sofort zu ihr zurück.

»Wie kommst du denn jetzt darauf?!«, rief ich erstaunt aus. Jara ließ sich rücklings auf mein Bett fallen und hüllte sich in bedächtiges Schweigen.

»Jara«, sprach ich sie ungeduldig an.

»Sam bringt dich doch auch mit seiner bloßen Anwesenheit auf 180.«

»Und weiter?!«, fuhr ich sie sauer an, während sie lachend mit dem Finger auf mich zeigte.

»Allein sein Name macht dich wütend, herrlich.«

Gereizt knirschte ich mit den Zähnen.

»Das stimmt nicht, außerdem weißt du doch ganz genau, dass ich in Rean verliebt bin.« Ich schnappte mir ein Kissen und warf es grinsend nach ihr. »Und bring mich nicht dazu solche kitschigen Sachen zu sagen!«, fuhr ich fort.

Jara fing das Kissen lachend auf und legte es glattgestrichen auf mein Bett.

»Aber überleg doch mal, du hast gerade gesagt, du hast deine

Mutter sehr geliebt und sie hat dich ständig sauer gemacht. Sam schafft das auch, sogar mit Leichtigkeit.«

»Vielleicht haben sie diese Tatsache gemein, aber schon einmal daran gedacht, dass ich meine Mum TROTZ dieser Eigenschaft geliebt habe und Sam GERADE deshalb nicht lieben kann? Außerdem schaffst du das auch und dich liebe ich auch nicht.«

Schon hatte ich das Kissen selbst im Gesicht.

»Und wie du das tust!«, lachte Jara und bewaffnete sich schon mit dem nächsten.

Diese hinterhältige Aktion konnte ich nicht auf mir sitzen lassen. Ich schnappte mir auch ein Kissen und wehrte mich.

***

Ein hitziges Gefecht später lagen wir in unseren Betten, das Licht bereits ausgeknipst.

Es war keine merkwürdige Stille zwischen uns, denn die gab es nie. Es war ein einvernehmliches Schweigen.

Wenn wir nicht allein waren, ließ sich Jara keine Gelegenheit nehmen viel zu reden. Aber wenn wir nur zu zweit waren, schwiegen wir manchmal einfach nur. Ich nähte dann an meinen Klamotten und Jara entzündete eine ihrer stinkenden Duftkerzen und surfte mit ihrem Handy im Internet. Besonders gern füllte sie ihren elektronischen Warenkorb mit weiteren Angriffen auf meinen Geruchssinn, auch wenn sie dazu *Duftkerzen* sagte.

Doch jetzt lagen wir einfach nur so da. Ich dachte daran, was Jara über meine Mum gesagt hatte.

In all den Jahren, in denen wir uns kannten, hatte sie das Thema *Mutter* nie freiwillig angesprochen. Sie sagte immer nur, dass ihre Mutter eines Tages beschlossen hatte, ohne sie und ihren Vater leben zu wollen.

»Denkst du manchmal an deine Mum?«, fragte ich in die Dunkelheit.

Ich hörte es rascheln, als hätte sich Jara im Bett herumgedreht und würde nun in meine Richtung schauen.

Ein paar Augenblicke verstrichen und ich rechnete schon nicht mehr mit einer Antwort, als sie plötzlich seufzte.

»Oft. Manchmal täglich, manchmal einen Monat lang gar nicht. Das kommt immer drauf an.«

»Worauf?«, traute ich mich zu fragen. Jara war schon jahrelang meine beste Freundin, aber mit ihrer verletzlichen Seite hielt sie sich immer zurück.

»Ob ich glücklich bin.«

Ich verstummte wieder in der Hoffnung, sie würde von sich aus weitersprechen. Es brachte nie etwas, Jara zu bedrängen. Das hatte ich in all den Jahren gelernt.

Plötzlich lachte sie leise auf. »Keine Sorge, ich bin meistens glücklich, vor allem wenn du bei mir bist.«

Unwillkürlich lächelte ich. Meine Augen hatten sich an die Dunkelheit gewöhnt und ich sah ihre Umrisse in ihrem Bett. Sie lag mir zugewandt in ihrer üblichen Schlafhaltung, die Beine angezogen und den Rücken gekrümmt.

»Sie hat meinen Vater und mich damals für einen Unbegabten verlassen. Das war ziemlich hart für ihn, aber er hat sich mittlerweile gefangen und auch wenn er selten zu Hause ist, liebe ich ihn sehr.«

Ich hielt die Luft an, wie sollte ich reagieren? Noch nie hatte sie darüber gesprochen. Sollte ich sie aufbauen? Trösten? Gabe noch eins, war ich schlecht in sowas.

»Aber mal im Ernst, ihr habt euch heute so aufgeführt, als wäre es ein echtes Date. Du und Sam«, sagte Jara und stopfte sich eines der Kissen unter ihren Kopf. Geräuschlos ließ ich meinen angehaltenen Atem entweichen. Sie hatte das Thema wieder fallengelassen. Ich konnte mich glücklich schätzen, dass sie ihre Vergangenheit mit mir geteilt hatte. Also tat ich ihr den Gefallen und ging auf ihren Ablenkungsversuch ein. Von ihr gut gewählt, denn im Moment waren Sam und diese absolut unverständlichen Gefühle für ihn meine Achillesferse.

»Es war kein Date. Außerdem habe ich es dir doch schon einmal gesagt. Ich liebe Rean. Er ist so bodenständig und bedacht. Ich habe schon so viel in meinem Leben mit Lügen und Vortäuschungen zu tun gehabt. Träumereien und so einen Mist kann ich mir nicht erlauben. Rean wäre die einzig richtige Wahl.«

»Wow«, sagte Jara und ich spürte auch in der Dunkelheit ihren fassungslosen Blick auf mir.

»Was denn?«

»Bist du dir sicher, dass du ihn liebst oder glaubst du einfach nur, er wäre die richtige Entscheidung?«

Ich fühlte mich wie vor den Kopf gestoßen. Prompt drehte ich mich auf die andere Seite und vergrub meinen Kopf im Kissen.

Nein, sie hatte auf keinen Fall recht. Rean war nicht nur eine richtige Entscheidung. Er war die einzige Entscheidung. Ich hatte keine Gefühle für Sam. Nicht einmal ansatzweise.

Auch wenn es mich beeindruckte, wie hart Sam an seinen Zielen arbeitete. Aber was wollte er eigentlich erreichen? Ich mochte seine Einstellung zum Leben, dass einem alles gelingen konnte, was man wollte, wenn man sich nur genug anstrengt.

In meiner Vorstellung stand mein Leben mit Rean bereits fest. Wir würden einen soliden Job annehmen mit genügend Sicherheit und wer weiß, vielleicht bekämen wir sogar Kinder. Ich würde alles mit Rean schaffen.

***

»Leute, hört mal her! Es ist etwas Unglaubliches passiert!«

Ich wedelte mit einer ausgedruckten Mail vor den Augen von Jara herum. Glücksgefühle durchströmten meinen Körper und ich konnte nicht aufhören zu grinsen.

Am Frühstückstisch im Speisesaal saßen Jara, John, Layla, Rean, Sam und Nate zusammen. Eine ungewöhnliche Kombination für ein Essen. Den Gedanken wischte ich so schnell beiseite, wie die Teleportationsessenz eine Person von einem Ort zum anderen schicken konnte. Die Aufregung schnürte mir den Magen zu.

»Was denn? Jetzt gib schon her das Ding!«, forderte Jara und griff nach dem Blatt, mit dem ich vor ihrer Nase herum fächelte.

»Ist das eine Zusage von der Vogue?« Jaras Augen weiteten sich unwillkürlich und sie sprang von ihrem Platz auf, um mich zu umarmen.

»Ehre wem Ehre gebührt!«, jubelte Layla.

»Sie wollen meine Kollektion veröffentlichen. Meine Entwürfe bekommen eine Fotostrecke in der übernächsten Ausgabe«, erklärte ich grinsend und starrte Rean auffordernd an. Er musste doch merken, was für eine Chance das hier war.

»Das ist großartig, Ria. Das ist eine tolle Chance«, sagte Rean nüchtern und schmierte sich sein Brötchen fertig, ehe er hineinbiss.

Sam schob seinen Stuhl zurück und kam mit zwei großen Schritten auf mich, dabei grinste er mich so breit an, dass mein Herz höherschlug. Unvermittelt presste er mich gegen die Wand. Wo kam die denn so plötzlich her?

Er stützte sich mit einer Hand neben meinem Kopf ab und kam mir so nah, dass ich seinen Atem auf meinem Gesicht spürte.

»Ich bin sehr stolz auf dich«, wisperte er und kam mir noch näher. Ich konnte mich nicht wegbewegen zu fasziniert von seinem Lächeln und seiner Ausstrahlung.

Und plötzlich küsste er mich. Einfach so drückte er mir seine Lippen auf den Mund. Sofort wurde mir warm und ich schlang meine Arme um ihn. Mein Kopf schwirrte und mein Bauch kribbelte. Es fühlte sich erschreckend gut an. Ich spürte seine breiten Schultern unter meinen Fingerspitzen ...

***

Ich schreckte aus dem Schlaf auf und fuhr hoch. Kerzengerade saß ich in meinem Bett und konnte nicht fassen, was gerade in meinem

Kopf geschehen war. Was zum Samurai war das bitte gerade gewesen? Mein Herz klopfte wild und schnell. Ich fuhr mir unwillkürlich über die Lippen. Als spürte ich noch immer seinen Mund auf meinem. Seinen verführerischen Mund, der mir alle Sinne geraubt hatte. Dieser Kuss machte mich fertig. Noch nie in meinem Leben hatte sich ein Kuss so angefühlt.

»Ach du große Essenz!«, fluchte ich und ließ mich zurück ins Bett fallen.

Ich hatte gerade einen verdammt heißen Traum von Sam gehabt. Ich war verloren.

WIE MAN JEMANDEN MEIDET

Volle drei Tage ging ich Sam aus dem Weg. Nicht eine Sekunde konnte ich ihn anschauen, ohne gleich rot anzulaufen. Dank dieses bescheuerten Traums mutierte ich zu einer sabbernden Bulldogge, die Sam anschmachtete. Jetzt war ich zu dem geworden, worüber ich mich zuvor immer lustig gemacht hatte. Das musste aufhören, also ging ich Sam aus dem Weg. Vielleicht nicht ganz so elegant wie gehofft, wenn ich auf dem Gang sofort wieder umdrehte oder mich beim Frühstück unter dem Tisch versteckte, aber es funktionierte.

Jara und Layla hatten mich sogar einmal zur Krankenstation geschleppt, weil sie befürchteten, dass ich durchdrehte.

Die letzten Tage hatte ich nur mit Mr Riefer trainiert, da wir die Abgabe der anderen Gaben übten. Seit dem letzten Angriff fiel es mir deutlich leichter die Essenzen zu erspüren und sie mir einzuverleiben. Jetzt feilten wir daran die Essenzen wieder freizusetzen und so einen Gegenangriff zu starten. Dafür brauchten wir Sam, Gabe sei Dank, nicht und das hatte ich Mr Riefer auch dezent zu verstehen gegeben. Ich schaffte es also hervorragend Sam aus dem Weg zu gehen.

Mittlerweile wusste ich, wo meine Prioritäten lagen. Die Gesegneten hatten viel auf sich genommen, um an den Brief zu gelangen, also musste ich ihn entschlüsseln. Dafür saß ich wie schon an den Tagen zuvor in der Bibliothek und brütete über Büchern, die das Thema Verschlüsselungen beinhalteten.

Aber bisher kam ich einer Lösung, wie ich diesen Wust an Buchstaben und Zahlen in eine logische Reihenfolge bringen konnte, nicht näher.

»Hier steckst du also«, sagte Sam und verschränkte sauer die Arme vor der Brust, während er sich gegen die Wand lehnte und mich betrachtete.

»Ähm ... ja, du hast mich gesucht?« Mist, für diesen Fall hatte ich keinerlei Vorbereitungen getroffen. Die Bibliothek war aber auch der letzte Ort, wo ich Sam vermutet hätte.

»Du gehst mir seit drei Tagen aus dem Weg.«

»Nein, wie kommst du denn darauf?«

Ich klappte die nutzlosen Bücher zu und packte den Bericht zwischen die Seiten eines bereits ausgeliehenen Bandes, damit er nicht zerknitterte. Den Rest meiner Sachen verstaute ich geschwind in meiner Umhängetasche.

»Bist du wirklich schon fertig oder flüchtest du einfach nur?«, fragte er und baute sich vor meinem Tisch auf.

Ich suchte nach einer Erklärung und sah in dem Moment auf mein Handy, wo ich ein zuckersüßes Foto von meinem Vater erspähte, auf dem Mira und Moni gerade Eis aßen. Sie hatten vermutlich mehr Eis im Gesicht als im Mund und sahen unglaublich süß aus. Ein bittersüßer Schmerz durchzog meinen Bauch.

»Ich bin mit Jara verabredet. Sie wollte noch mit mir wohin.«

»Und das fällt dir gerade jetzt ein?«

Sein Geruch von Lagerfeuer stieg mir in die Nase und mein Blick fiel auf seine Lippen. Der Traum schob sich wieder in meine Gedanken. Okay, dafür habe ich jetzt keinen Nerv. Mein Vater machte mir Druck und ich fand keine Lösung für den Schlamassel mit dem Brief. Immer wieder erhielt ich Fotos von Mira und Moni. Und leider waren diese keine nett gemeinten Grüße von meinem Vater an mich. Sie waren eine nicht ganz so freundliche Erinnerung daran, was auf dem Spiel stand. Die Sicherheit meiner geliebten kleinen Schwestern. Vater hatte mir aufgetragen die vom Hohen Rat versteckte Information zu Mischbegabten ausfindig zu machen und ihm auszuhändigen. Aber es stand so viel mehr auf dem Spiel.

Sicher hatten die Großen Fünf diese Ergebnisse nicht ohne Grund versteckt. Ich musste die Sicherheit meiner Geschwister gegen die Ziele meines Vaters abwägen. Und das schnürte mir jeden Tag die Kehle zu und lastete auf meinen Schultern wie ein fünfzig Kilo schwerer Sack.

Ich stand von meinem Tisch auf und versuchte mich ein wenig größer zu machen, um mit ihm auf Augenhöhe zu sein, doch dafür trug ich die falschen Schuhe.

»Ja, tut es.«

»Wenn ich es nicht besser wüsste, würde ich tippen, dass du dich in mich verknallt hast«, sagte er und grinste mich so frech an, dass mein Herz einen Augenblick stolperte.

»Gabe sei Dank bist du ja überhaupt nicht eingebildet«, gab ich zurück und drückte mich an ihm vorbei.

»Flucht ist keine Lösung, Ria«, hauchte er und ich machte, dass ich so schnell wie möglich aus seiner Reichweite gelangte.

»Aber eine Möglichkeit, Sam.«

»Denkst du dabei an unseren ehemaligen Gefangenen?«

Abrupt drehte ich mich um und sah ihn verwirrt an. Was sollte das jetzt bedeuten und warum *ehemalig*?

»Der Gesegnete ist geflohen?«, fragte ich und blieb in der Tür stehen.

»Tu nicht so überrascht. Das warst doch du!«

»Wie bitte? Du unterstellst mir gerade ernsthaft, ich hätte dem Gesegneten zur Flucht verholfen?!«

Er kramte in seiner Jackentasche und holte ein paar Federn, die von meinem Kleid stammten, hervor. »Das sind doch deine, oder?«

»Wegen ein paar Federn kommst du darauf, dass ICH den Typen befreit haben soll? Ich habe die in der gesamten Burg verloren, als ich mein Kleid zerschneiden musste.«

»Sie wurden beim Gefängnis gefunden.«

Ich war fassungslos. Das konnte nicht sein Ernst sein. Aber wenn ich jetzt so in mich hineinhorchte, war wenigstens die Aufregung aufgrund meines Traums verschwunden. Hm, wenigstens ein Problem weniger.

»Danke, Sam. Bis dann«, sagte ich einfach und ging. So einen Blödsinn würde ich mir ganz sicher nicht anhören. Aber leider nagten Schuldgefühle an mir. Denn ganz ehrlich war ich zu Sam nicht gewesen, zu niemandem. Aber ich wäre nicht so dumm und würde Federn an einem Tatort zurücklassen, außer ich wollte es jemandem in die Schuhe schieben. Langsam wurde die Sache ziemlich persönlich. Vielleicht sollte ich mich wirklich mit Jara treffen.

Zurück im Zimmer schmiss ich meine Schultasche in die Ecke und nahm meine kleine Handtasche von einem Klamottenberg herunter. Jara lag auf ihrem Bett und schaute mich über den Rand ihrer Zeitschrift hinweg an. Sie hatte das Zimmer wieder einmal mit einer ihrer sehr intensiv stinkenden Duftkerzen ausgeräuchert. Ein Blick auf das Etikett verriet mir, dass es sich um die Note *Wandernder Blütensturm* handelte. War es eigentlich ein richtiger Beruf sich solche Namen einfallen zu lassen?

»Zieh dich an, wir machen einen Ausflug«, sagte ich zu Jara, griff nach dem Verschluss meiner Kette und legte sie in eine Box, um diese im Nachttisch zu verstauen.

»Und warum legst du dafür deine Kette ab?«

»Ich fühle mich von meiner Mum beobachtet, wenn ich sie trage, und da wir jetzt etwas Verbotenes machen und das Gelände der Akademie verlassen, brauche ich nicht ihren vorwurfsvollen Blick im Nacken.«

***

»Du willst ernsthaft noch einmal zu Madame Taranta? Warum?«

Jara und ich standen vor der Akademie im Vorgarten und ich wühlte in meiner Handtasche. Dabei bekam ich fast alles zu fassen, was ich seit drei Wochen vermisste, aber nicht die Phiole.

»Weil ich es im Gefühl habe. Wir müssen mehr über den Verräter herausfinden und ich habe noch ein paar andere Fragen an sie«, sagte ich.

»Verstehe ich nicht. Was ist denn passiert? Warum bist du so wütend?«

»Sam hat mir unterstellt, dass ich den Gefangenen befreit habe, weil er beim Gefängnis ein paar Federn von meinem Kleid gefunden hat. Was natürlich völliger Schwachsinn ist.«

Jara pustete sich ihren Pony aus der Stirn.

»Moment, der Gesegnete ist befreit?!«, entfuhr es ihr. Ich nickte.

»Aber sonderlich überrascht hat es mich nicht. Denn wenn wir wirklich einen Verräter unter uns haben, hat er natürlich nachgeholfen, damit der gefangene Gesegnete nicht plaudert und Informationen nach außen gelangen. Aber es mir in die Schuhe schieben zu wollen! Wegen ein paar Federn!«, regte ich mich auf und kramte noch intensiver in meiner Tasche. »Autsch!« Ich stach mir in den Finger, da hatte ich wohl mal wieder eine meiner unzähligen Nähnadeln in der Tasche vergessen.

»Vor allem, da Sam selbst deine Federn an seinem Outfit hatte.«

Entgeistert schaute ich auf.

»Warum ist mir das nicht eingefallen?! Mist, das wäre die perfekte Erwiderung gewesen.«

»Wonach suchst du eigentlich?«

»Hab sie!« Stolz hielt ich Jara meine erste erzeugte Essenz vor die Nase, gut verpackt in einer Phiole.

»Das, meine liebe Jara, ist meine erste erschaffene Essenz und ganz nebenbei eine Teleportationsessenz. Und die nutzen wir beide jetzt, um zu Madame Taranta zu gelangen.«

»Ich möchte deine Freude ja nicht dämpfen, aber hast du schon einmal eine benutzt? Also du selbst?«

»Nein, aber so schwer kann das ja nicht sein. Man muss nur das Fläschchen entkorken, es über den Kopf halten und dann mit ein bisschen Luftbegabung aktivieren.«

Ich suchte in meinem Inneren nach einer kleinen gespeicherten Essenz von dem Training mit Mr Riefer. Es war nicht viel, aber für diese Zwecke würde es schon reichen.

»Soweit ich weiß, kommt das Essenzen benutzen erst im zweiten Lehrjahr dran, sollen wir nicht lieber Layla holen?«

»Wird schon, wo ist dein Abenteuergeist?«

»Wo ist deine Vernunft?!«, quietschte Jara und wollte sich aus dem Staub machen, doch ich griff nach ihrer Hand und zog sie zurück zu mir, wobei sie auf den Hintern fiel. In diesem Moment setzte ich die Essenz frei, dabei dachte ich deutlich an das Zelt von Madame Taranta. Sie würde doch hoffentlich keinen Schutzwall um ihr Zelt errichtet haben. Oder hatte der Freizeitpark an sich einen um sein Gelände gezogen?

Aber sie behauptete doch, sie wäre eine Hellseherin, mal sehen, wie gut sie ihr Handwerk wirklich beherrschte.

Ich ließ die Essenz von einer scharfen Luftsichel zerschneiden, ganz wie Mr Riefer es mir in der Nachhilfestunde erklärt hatte. Die Essenz zersprang und in einem grellen Blitz verschwanden wir.

***

Keine Sekunde später standen wir mitten auf dem Tisch in Madame Tarantas Zelt. Sie saß seelenruhig auf einem ihrer Kissen und trank eine Tasse Tee. Das gesamte Zelt roch stark nach Zimt, worüber ich die Nase rümpfte. Zimt gehörte für mich zu einem der unangenehmsten Gerüche. Am schlimmsten in Erinnerung behielt ich dabei Jaras Kerzensammlung, weil Zimt dort sehr häufig vertreten war. Heute hatte Madame Taranta ihre schwarzen Locken mit einem Haarband gebändigt und trug ein lila Outfit, wieder angelehnt an das Kostüm einer Bauchtänzerin.

»Ihr seid zehn Minuten zu spät«, sagte sie und musterte uns vorwurfsvoll.

»Jara konnte sich nicht mit ihren Schuhen entscheiden«, erklärte ich und kletterte vom Tisch herunter. Gut, ich gebe zu, diese Frau verstand etwas von ihrem Handwerk. Ich hatte mich erst vor einer halben Stunde entschlossen überhaupt hierher zu kommen, aber sie hatte bereits Tee für uns bereitgestellt.

»Ich glaube, ich sitze in irgendetwas drin.« Jara stand langsam auf und betrachtete die Bescherung.

»Da habe ich mich wohl um einen halben Meter verschätzt, wie ärgerlich für den Schokokuchen.« Die Wahrsagerin wirkte ehrlich bestürzt.

Ich hatte es wirklich geschafft! Ich hatte eine Essenz erfolgreich angewandt! Innerlich führte ich einen Freudentanz auf, auch wenn die Wut in meinem Bauch über Sam meine Gefühlswelt gut im Griff hatte.

»Du hast Glück gehabt, dass ich eure Ankunft schon vorhergesehen und die Essenz des Schutzwalls für ein paar Minuten außer Kraft gesetzt habe«, sagte Madame Taranta und stellte ihre Teetasse zurück auf den Tisch. Jara krabbelte ebenfalls herunter und führte ihre Hand an ihren Hintern, um zu bemerken, dass dieser mit Schokoladenkuchen überzogen war.

»Das war meine Lieblingshose«, jammerte sie.

Die Wahrsagerin klatschte in die Hände und Lukullus, ihr Rabe, flog herbei.

»Du kennst den Preis, Leerenbegabte. Für weitere Informationen brauche ich seine Essenz.«

»Ja, ich weiß.«

Selbstbewusst stellte ich mich dem Raben gegenüber hin. Mit geschlossenen Augen suchte ich nach seiner inneren Energie. *Noch einmal tief durchatmen und dann los.*

Die Energie war so dunkel wie sein Gefieder, aber nicht weniger glänzend. Mit meiner Gabe hüllte ich sie in eine Art Nebel ein und zog daran. Kleine Partikel lösten sich und gingen in meinen Nebel über. Ich öffnete die Augen und Madame Taranta hielt mir eine Phiole entgegen.

Ich streckte die Hand aus und ließ den Nebel in das Gefäß fließen. *Vorsichtig.*

Dabei zapfte ich genügend Energie von dem Raben ab, dass es eine Weile für ihre Zwecke reichen sollte, aber sorgfältig darauf bedacht nicht zu viel zu nehmen.

Dann löste ich den Nebel auf und zurückblieb die schwarzschimmernde Essenz, die ich schon beim letzten Besuch in Madames Hand gesehen hatte. Lukullus plusterte sein Gefieder auf und schloss auf der Schulter von Madame Taranta die Augen. So eine Entziehung war auch für die Tiere ermüdend.

Erschöpft ließ ich mich auf ein Kissen sinken, mein Atem ging schnell und ich schwitzte unangenehm. Aber ich hatte es geschafft! Siegreich streckte ich eine Faust in die Höhe, wobei ich Jaras argwöhnischen Blick gewissenhaft ignorierte.

»Perfekt, das dürfte für ein paar Wochen reichen. Vielen Dank! Dann verratet mir, was euch hergeführt hat«, sagte Madame Taranta und goss uns beiden ebenfalls eine Tasse Tee ein.

Bei dem Geruch von Zimt und Granatapfel leuchteten Jaras Augen auf und sie widmete sich lieber dem Duft als mir.

»Letztes Mal haben Sie von einem Verräter gesprochen. Können Sie dazu nicht weitere Angaben machen?«, fragte ich und roch an dem Tee. Keine Chance, sobald ich Zimt witterte, verflog jeder Hunger oder Durst.

Madame Taranta stellte ihre Tasse zur Seite. »Ich spüre, dass du willst, dass jemand ganz Bestimmtes dich verraten hat. Aber ich befürchte, du liegst falsch.«

Und ich befürchtete, das hier war absolute Zeitverschwendung.

»Mein Kind, schau nicht so böse drein. Dieses Mädchen ist nicht deine Feindin. Ich kann dir verraten, welche Begabung dein Gegner hat.«

Ich hätte schwören können, dass Liv mir die ganze Sache anhängte. Von Anfang an hatte sie mich nicht gemocht und mir und Rean

Steine in den Weg gelegt. Außerdem war sie erst bedeutend später zum Ball gekommen und hätte damit genug Zeit gehabt die Gesegneten auf das Gelände zu lassen.

»Okay, verraten Sie es mir«, sagte ich.

»Ich setze auf Liv«, sagte Jara und trank unbeteiligt ihren Tee.

Die Wahrsagerin gab einen Tropfen der Essenz in ihre Handfläche und erzeugte mit ihrer Gabe einen Luftstrom über unseren Köpfen. Der Luftstrom verwandelte sich in einen Strudel und sprühte plötzlich Funken, die auf den Tisch niederfielen und ihn in Brand steckten.

Sofort reagierte ich und sog die Flammen auf.

»Feuer?«, fragte Jara ungläubig, »ich hätte mein gesamtes Taschengeld auf Wasser gesetzt.«

Ausgerechnet Feuer ...

Sofort schossen mir die Bilder von Sam, Nate und Chris in den Kopf.

»Das ist scheiße«, sagte ich.

»Ja, das ist es«, sagte Jara.

»Und? Wollt ihr noch wissen, wie es mit eurer großen Liebe aussieht?« Sie sah uns abwechselnd an, dann blieb ihr Blick an Jara hängen und ihre Augen funkelten. »Ich spüre da einen bestimmten Erdbegabten in deinem Leben.« Wie konnte sie nur so schnell das Thema wechseln? Wir hatten ernsthafte Probleme an der Akademie und alles, was ihr danach einfiel, war die Suche nach der großen Liebe.

Mein Blick huschte sofort zu Jara, die hustend ihren Tee zur Seite schob. Ihr Gesicht lief puterrot an.

»Ich denke, damit hat sich die Frage erledigt«, murmelte ich.

Damit blieben noch drei Kandidaten für den Verräter übrig und bei keinem wollte ich es mir auch nur ansatzweise vorstellen.

Chris und Nate hätten jedenfalls bei den häufigen Besuchen von Robert durchaus die Chance gehabt sich mit den Gesegneten zu verbünden. Das würde Sam ausschließen. Gabe sei Dank, war ich erleichtert.

»Seid ihr sicher, dass ihr nichts mehr wissen wollt, denn das wird euer letzter Besuch bei mir sein.«

Am liebsten hätte ich sie alles gefragt. *Finden wir den Verräter? Geht alles gut aus? Wird mein Vater mich akzeptieren? Werde ich ihn enttäuschen?* Aber die Antworten auf diese Fragen könnten den Verlauf ändern, also schüttelte ich den Kopf.

»Ja, wer ist denn nun Rias wahre Liebe?«, fragte Jara, »dann muss ich mir nicht mehr stundenlang ihre Schwärmereien über Rean anhören, wenn er es gar nicht ist.«

Ich verdrehte die Augen und stand auf. »Sehr witzig. Komm, wir gehen.«

»In Ordnung, ich schicke euch zurück zur Akademie.« Madame Taranta stand auf und holte eine weitere Phiole hervor. Sie legte mir eine Hand auf die Schulter.

»Ich gebe dir noch einen Rat mit auf den Weg. Du bist stark, du darfst nur nicht zerbrechen.«

Bevor ich sie fragen konnte, was sie damit jetzt schon wieder meinte, löste sie die Essenz aus und wir beide verschwanden im Licht.

WIE MAN INDIZIEN ZUSAMMENFÜGT

»Ich weiß, wer es ist«, sagte Jara im Augenblick unserer Landung vor der Akademie.

»Wer was ist?!«, erklang plötzlich eine männliche Stimme vor uns.

»Shit!«, entfuhr es mir. Vor uns aufgebaut standen Nate, Chris und Sam. Ausgerechnet unsere drei Hauptverdächtigen hatten unser Verschwinden bemerkt.

»Das geht euch gar nichts an. Denkt ihr, ihr seht cool aus, wie ihr uns hier auflauert? Ich finde das eher peinlich«, sagte Jara und stellte sich sofort schützend zwischen mich und die Jungs.

»Wir könnten natürlich auch Ms Hetzig Bescheid geben, dass ihr euch unerlaubt aus dem Gelände entfernt habt«, sagte Sam und rollte mit den Augen.

»Du könntest auch nicht so ein Arschloch sein«, entgegnete ich. Für diesen Typen hätte ich doch niemals etwas empfinden können.

»Schießen dir mal wieder nur Tumbleweeds durch den Kopf oder warum verstehst du nicht, wie ernst deine Lage ist?«, fragte Nate so gemein wie immer.

Tumbleweeds? Ich hatte Nate zwar gesagt, er sollte kreativer sein, was seine Beleidigungen anging, aber ich hatte keinen Schimmer, was das sein sollte.

»Was sollen denn Tumbleweeds sein? Weißt du, wenn man eine Beleidigung erst erklären muss, ist das auch nicht mehr witzig«, sagte Jara.

»Unwissenheit färbt wohl ab. Jara, du solltest nicht so viel Zeit mit der hohlen Nuss verbringen.«

»Tumbleweeds sind diese abgestorbenen Pflanzen, die in Western immer durchs Bild rollen. Aber könnte mir lieber jemand erklären, warum ihr hier so eine Szene macht?!«, hörte man eine Stimme aus der Entfernung.

Mein Retter in der Not – mal wieder. Rean kam vom Haupttor zu unserer kleinen harmonischen Gruppe herüber geschlendert und stellte sich zu mir und Jara.

Damit stand es wenigstens drei gegen drei. Dankbar nickte ich Rean zu, der mir einen Kuss auf die Stirn gab.

»Das geht dich nichts an, Leva. Das ist eine Sache zwischen Ria und uns«, sagte Sam und entflammte seine Hand. Was sollte denn dieser Auftritt hier werden? Was zum Gesegneten war ihr Problem? Noch vor ein paar Tagen hatte sich Sam mir gegenüber wie ein Kavalier benommen und mich zum Ball ausgeführt und heute bedrohte er uns.

»Wenn es Ria betrifft, dann betrifft es auch mich und Jara. Wir sind ihre Freunde, was man von euch nicht behaupten kann, Skene. Lass sie einfach in Ruhe und such dir dein nächstes Betthäschen.« Auch Rean erzeugte mithilfe seiner Gabe Wasser um sich herum.

Okay, das wurde mir jetzt zu anstrengend hier. Ich musste mit Jara die Situation analysieren und wollte mich nicht zwischen streitende Kinder werfen. Ich absorbierte beide Essenzen, um Sam und Rean kurzzeitig zu entwaffnen.

»Jetzt ist aber gut, sagt mir einfach, was euer Problem ist und wir klären das dann. Wenn es immer noch um diese bescheuerten Federn geht: Sam, du hast selbst Federn an deinem Outfit getragen, also könntest du es genauso gewesen sein!«

Ha! Jetzt konnte ich Jaras Trumpf doch noch gegen ihn verwenden. So musste sich Triumph anfühlen, süß, geradezu köstlich.

»Ach was! Ich wollte nur sehen, wie du reagierst. Du gehst mir seit drei Tagen aus dem Weg. Selbst mir ist klar, dass das keine Beweise sind«, erklärte Sam, was mich doch wieder etwas aus dem Konzept brachte.

»Ist das dein Ernst? Sag mal, willst du mich eigentlich verarschen? Was stimmt mit dir nicht?«, regte ich mich auf.

Chris hatte die ganze Zeit geschwiegen, jetzt kam er auf mich zu und nahm mich in den Arm. Überrascht verstummte ich.

Hilfesuchend schaute ich zu Jara, die nur ahnungslos mit den Schultern zuckte. So viel Liebe von meinem Bruder bekam ich selten, um nicht zu sagen nie. Wir waren keine dieser Bilderbuchfamilien, wo wir einander umarmten. Das letzte Mal so richtig gekuschelt hatte ich mit meiner Mum im Alter von zehn Jahren.

»Mann, Ria, dir hätte sonst etwas passieren können. Gerade du kannst nicht einfach das Gelände verlassen. Die Gesegneten haben Sebastian umgebracht, um an die Position von seinem Vater zu gelangen. Wer sagt, dass sie es mit dir nicht genauso handhaben, wo jetzt Dad seinen Job hat?«

Chris löste sich von mir und schaute mir besorgt in die Augen. Ich fand es ja lieb, dass er sich so um mich sorgte wie scheinbar auch die anderen beiden Jungs. Aber ein Detail übersah er. Die Gesegneten würden mich nicht umbringen.

»Ganz einfach, ich bedeute Vater nicht genug, als dass er meinetwegen zurücktreten würde.« Die Wahrheit tat weh, aber sie auszusprechen befreite auch von der inneren Last.

***

»So ein Humbug, so ein völlig unsinniges Auftreten. Was zum Gesegneten hat ihnen diese Aktion gebracht?« Noch immer regte sich Jara maßlos über die drei Jungs auf. Unruhig tigerte sie in unserem Zimmer auf und ab.

Rean saß auf meinem Schreibtischstuhl und überflog einige Seiten eines Buchs aus der Bibliothek. »Sie haben sich einfach Sorgen um Ria gemacht und wollten ihr damit einen Schrecken einjagen.«

»Nate? Natürlich, wo wir beide doch das Vorzeigegeschwisterpärchen sind«, sagte ich, ohne von meinem Skizzenblock aufzublicken. Meine Gedanken waren so unsortiert wie mein Zimmer und ich musste mich beruhigen. Dazu zeichnete ich wilde Linien auf das Papier, die bisher noch keinen Sinn ergaben. Vielleicht später.

»Was ist das denn?«, fragte Rean, der den Umschlag mit dem Bericht darin hochhielt. Er musste das Buch aus meiner Schultasche gegriffen haben. Es war an der Zeit, dass ich Jara und Rean einweihte. Sie konnten mir sicher weiterhelfen, denn langsam war ich mit meiner Begabung am Ende.

Ich räusperte mich. »Das ist der Grund, warum die Gesegneten uns angegriffen haben. Zweimal«, sagte ich und klappte den Block zu. Selbst das konnte mir heute nicht helfen.

»WAS?!« Kein Wunder, dass die beiden schockiert waren. Jara stürzte sofort zu Rean und nahm ihm den Brief aus den Händen. Ungeduldig öffnete sie den Umschlag und blätterte durch die Seiten.

»Testergebnisse zu Pur- und Mischbegabten«, las sie vor.

»Ich denke, ich muss nun mit offenen Karten spielen, damit ihr mir helft diesen Brief zu entschlüsseln.«

Jara schluckte und hob die Hände.

»Bist du dir sicher?«, fragte sie.

»Ja. Wie ihr wisst, ist mein Vater im Hohen Rat angestellt und der Vater meiner Stiefmutter ist sogar Mitglied des Hohen Rates. Daher fiel meinem Vater eine schwerwiegende Aufgabe zu und damit auch unserer Familie. Die Gesegneten sind eine Bedrohung für unser ganzes System, vor allem für den Hohen Rat und seine Stellung in unserer Gesellschaft. Also sollte mein Vater den Anführer der Gesegneten aushorchen und undercover mit ihm zusammenarbeiten, um die Informationen dann dem Hohen Rat weiterzuleiten. Daher kennen Chris, Nate und ich den Anführer der Gesegneten und weil mein Vater nun einmal ist, wie er ist, lässt er es sich nicht nehmen, diesem Robert jedes Mal die Bilderbuchfamilie vorzuspielen. Daher hatten wir auch schon Kontakt mit ihm.«

Ich beobachtete die Gesichtszüge meiner beiden besten Freunde sehr genau und versuchte geschwind jede Regung zu analysieren, außerdem behielt ich ihre Gabe im Blick. Rean hörte mir aufmerksam zu, er war die Ruhe in Person. Auch Jara gab sich alle Mühe gelassen zu wirken, allerdings spürte ich die Hitze in ihrem Inneren eindeutig ansteigen. Dennoch fuhr ich fort.

»Robert ist ein Feuerbegabter und er hat bei einem Treffen bei uns im Haus erzählt, was genau seine Absichten sind.«

Mir tat es weh, meine Freunde ein kleines bisschen anlügen zu müssen. Doch mir blieb keine andere Möglichkeit, denn dass ich ihnen etwas verschwieg, geschah nur zu ihrem Besten.

»Die Gesegneten wollen sich in erster Linie über die Unbegabten, also die Menschen, erheben. Dazu ist es ihr Ziel, den Hohen Rat zu infiltrieren und den Essenzenmarkt zu kontrollieren. Außerdem – warum auch immer – erforschen sie die Mischbegabten wie mich und Rean. Fragt mich nicht warum, ich weiß es nicht.«

Ich stand von meinem Bett auf und stakste über verschiedene Berge aus undefinierbaren Sachen zu Rean und Jara. Den Bericht nahm ich an mich und drehte den Umschlag herum.

»Mein Vater versucht an die gleichen Informationen wie die Gesegneten zu gelangen, um ihnen einen Schritt voraus zu sein. Er wusste, dass es in der Akademie Informationen zu den Experimenten mit Misch- und Purbegabten gibt. Aber nicht in welcher Form. Als die Gesegneten uns am Anfang des Schuljahres angegriffen haben, habt ihr mich in das Archiv gesperrt.«

Rean hob abwehrend die Hände. »Ich wollte dich nur beschützen und ich stehe immer noch absolut hinter dieser Entscheidung. Du warst und bist noch nicht bereit für einen Kampf mit denen.«

»Ich wollte dir das auch nicht vorwerfen. Im Gegenteil. Dank dir habe ich den Bericht gefunden. Die Ergebnisse vom Hohen Rat gut versteckt im längst vergessenen Archiv.«

Ich deutete auf das gebrochene Siegel des Hohen Rats.

»Ich kenne das Siegel sehr gut. Es war unbeschädigt, als ich den Brief fand. Auch dass die Informationen verschlüsselt sind, und das nebenbei bemerkt verdammt gut, deutete auf seine Echtheit hin.«

Jara räusperte sich und zog sich ihren Schreibtischstuhl heran. »Warum hast du den Brief nicht gleich deinem Dad gegeben? Du hast ihn bei uns im Zimmer versteckt, oder? Das hast du direkt nach dem Ball überprüft.«

Ich tippte mir an die Nase und deutete auf sie. »Exakt. Und meinem Vater werde ich erst Ergebnisse liefern, wenn ich mir sicher sein kann, dass ich mich vor ihm nicht blamiere.«

»Das erklärt auf jeden Fall, dass du ständig in der Bibliothek warst. Ich nehme an, du bist mit den Verschlüsselungen nicht wirklich vorangekommen, oder?«, fragte Rean und hielt die Hand auf. Ich gab ihm den Brief und schüttelte den Kopf.

»Nicht wirklich. Ich habe es gehofft, aber ...«

Mit einem strengen Blick unterbrach mich Rean.

»Ria, ich habe dich sehr lieb und schätze auch deine Intelligenz, aber hiermit hast du sehr dumm gehandelt. Wenn du damit gleich zu deinem Vater gegangen wärst, hättest du vielleicht den Angriff auf uns verhindern können. Es war verantwortungslos, den Brief zu behalten.«

Wie sollte ich ihm erklären, dass es gefährlich war, meinem Vater solche Informationen in die Hände zu spielen, wenn ich selbst nicht wusste, was darin stand? Ich traute meinem Vater nicht. Mittlerweile gab es zwei Angriffe auf unsere Akademie und das nur wegen dieses Berichts? Es musste daher etwas Wichtiges in diesem Bericht stehen. Und bevor ich diese Informationen jemanden gab, dem ich nicht vertraute, musste ich wissen, was es war. Ich kannte meinen Vater nicht erst seit gestern, er hatte etwas vor, das ihm allein nutzen würde. Vielleicht um seine Karriere voran zu treiben, vielleicht aber auch etwas ganz anderes.

Ganz gleich, was es war, blind würde ich ihm nicht helfen.

Ich setzte mich auf mein Bett und suchte nach den richtigen Worten. Zu viel durfte ich nicht verraten, aber den Ernst der Lage musste ich dennoch offenlegen.

»Mein Vater ist seit dem Tod meiner Mum nicht mehr er selbst. Ich habe euch nie erzählt, wie meine Mutter gestorben ist und dabei möchte ich es auch belassen. Alles, was ihr wissen müsst, ist: Es ist sicherer, wenn bestimmte Dinge zuerst ich erfahre und sie erst danach an meinen Vater weitergebe«, versuchte ich zu erklären.

»Gut, du brauchst uns also, um den Brief zu entschlüsseln. Da gibt es in meinen Augen nur eine Möglichkeit. Wir müssen in den Hohen Rat gehen. Sie haben das Ding verschlüsselt, also wissen sie auch, was darin steht oder wie man es entschlüsseln kann«, sagte Jara.

Rean hatte die Arme vor der Brust verschränkt. An seiner in Falten gelegten Stirn erkannte ich eindeutig, dass er grübelte. »Moment, bevor wir waghalsige Unternehmungen planen, wäre ich erst einmal für eine Entschlüsselungsessenz«, sagte er.

Nicht nur ich blickte völlig verdattert aus der Wäsche.

»Es gibt eine Entschlüsselungsessenz?!«, fragte ich gebannt.

»Natürlich, aber diese Essenzen sind unter strenger Bewachung des Hohen Rates. Sie sind verboten und dürfen nicht erzeugt werden.«

Jara grinste mich breit an. »Zum Glück haben wir ja eine bezaubernde Leerenbegabte unter uns. Und wie John immer sagt: Regeln sind dazu da, um gebrochen zu werden.«

Rean lächelte jetzt auch. »In der Tat, wir müssen nur noch herausfinden, welche Voraussetzungen für eine Entschlüsselungsessenz vorhanden sein müssen.«

»Das lasst mal meine Sorge sein, Johns Vater arbeitet mit einem Essenzenhersteller zusammen. Nächstes Wochenende lerne ich seine Eltern kennen und werde es dann herausfinden«, bot Jara an.

»Und wann genau hattest du vor mir zu erzählen, dass du Johns Eltern kennen lernst?«, fragte ich.

Unfassbar, manchmal kam mir Jara verschlossener vor als mein eigener Vater.

»Also nachdem du uns gerade so eine Bombe erzählt hast, die du schon seit Anfang des Schuljahres mit dir herumschleppst, wäre ich da mal ganz leise«, lachte sie.

»Dann lasst uns bis dahin die Füße stillhalten. Du versteckst den Brief, Ria, und ich muss jetzt auch los. Eigentlich war ich draußen am Tor verabredet. Ich hoffe, Liv nimmt es mir nicht zu krumm«, meinte Rean.

Doch ich achtete nicht weiter auf ihn. *Jara hat mir ernsthaft verheimlicht, dass sie mit John zusammen ist.* Nach dem Ball hatte ich mir schon meinen Teil gedacht, aber es erst jetzt bestätigt zu bekommen, verwunderte mich doch etwas.

»Also bis später«, sagte ich zerstreut und winkte Rean zu. Dann konnte ich mit Jara noch die Sache mit dem Verräter besprechen. Vorhin hatte sie doch gesagt, sie wüsste, wer es war. Solange sie nicht auf Sam tippte, konnte ich damit sicher irgendwie umgehen. War das nicht ein wenig traurig, dass ich es meiner Familie eher zutraute als Sam? Mitten in meinen Überlegungen bemerkte ich, dass Rean mit traurigem Blick immer noch dastand.

»Was ist denn?«, hakte ich nach.

»Ach nichts, bis dann, ihr beiden.« Er stand auf und verließ unser Zimmer.

»Was war das denn?«

»Das könnte ich dich fragen, Ria. Rean hat gerade gesagt, er trifft sich mit Liv und alles, was du dazu sagst, ist: *Dann bis später?*«

Das hatte Rean gesagt? Hatte ich gar nicht mitbekommen. So ein Mist! In letzter Zeit war ich sehr nachlässig geworden, was meine Gefühle für Rean betraf.

»Wir haben im Moment ja auch andere Sorgen, oder? Du hast vorhin gesagt, du weißt, wer es war. Also hau raus«, sagte ich. *Einfach das Thema fallen lassen.*

Sie verschränkte die Arme vor der Brust und pustete sich schon wieder den Pony aus dem Gesicht. Vielleicht sollte ich ihr den mal schneiden. So viel schwieriger als Stoff konnte das doch nicht sein, oder? Meinen eigenen hatte ich mittlerweile erfolgreich herauswachsen lassen.

»RIA!«

»Ich höre dir doch zu!«

»Tust du nicht, was ist los mit dir? Du nervst mich gerade, konzentrier dich doch mal!«

Baff starrte ich sie an. Ich hatte Jara bisher schon oft sauer erlebt, aber nie auf mich.

»Das wird dir jetzt nicht passen, aber ich denke, dass Sam der Verräter ist.«

Guter Witz! Meine beste Freundin beliebte zu scherzen. Tat sie doch, oder?

WIE ES DAZU KOMMT, DASS MAN SEINE BESTE FREUNDIN AM LIEBSTEN ERWÜRGEN WÜRDE

»Ich meine das ernst, Ria. Ich denke, dass Sam der Spion ist.«

»Okay, wow, wie kommst du darauf? Nachdem ich dir gerade gesagt habe, dass Robert, der ANFÜHRER der Gesegneten, bei uns im Haus ein und aus geht, verdächtigst du den Einzigen, der keine Gelegenheit hatte mit ihm in Kontakt zu gelangen?«, sagte ich. Sam? War das möglich? Schon der Gedanke daran schnürte mir die Kehle zu, obwohl ich natürlich nichts für den Kerl empfand! Ich wäre nur schwer erschüttert gewesen. Ja, gut, vielleicht fand ich ihn ja doch ganz sympathisch. Er glaubte wenigstens an mich und meine Fähigkeiten.

Ich musste meinen Händen etwas zu tun geben. Wenn ich schon wieder zeichnete, würden das in diesem Moment meine Stifte nicht lange überleben. Ich könnte aufräumen. Ja, das war doch mal eine Idee!

Geschwind drückte ich mich vom Bett auf die Beine und begann mit meinem Nachttisch. Die Kette konnte ich mir gleich wieder umbinden und schon wäre da ein Ding weniger drauf. Hey, ich würde noch richtig gut darin werden.

»Ich merke, dass es dich aufwühlt. Solange du mir zuhörst, kannst du ja dein komisches Verdrängungszeug machen.«

»Ich verdränge hier gar nichts.«

Jara schaute mich zweifelnd an, ihr Blick durchbohrte mich geradezu und ich wedelte mit einer Hand vor meinem Gesicht herum, damit sie nicht noch tiefer in mich drang.

»Okay, fang einfach an.« Skizzenblöcke in die Schublade, Stoffreste in die Kiste, Kreide in die Box und meine geliebte Stoffschere in meinen kleinen Koffer. Noch die Stickschere und das Maßband dazu, wo war nochmal mein Fingerhut?

»Sam ist ein Feuerbegabter«, begann Jara mit der Aufzählung.

»Was du nicht sagst.«

Ein strenger Blick von ihr und ich verstummte wieder.

»Also, das Feuer stimmt schon einmal. Ich bin sicher, er weiß als Spion von dem Bericht. Denn bei dem Angriff haben sie ja offensichtlich danach gesucht. Er hat also mitbekommen, dass du den Bericht hast.«

Wie sollte er das mitbekommen haben? *Aber gut, lieber unterbreche ich diese strenge Person nicht, sonst stellt sie mich wieder unter kaltes Wasser.*

»Kam es dir nicht merkwürdig vor, dass er ein passendes Outfit vorbereitet hatte? Es sah sehr aufwendig aus und selbst Profischneider können so etwas doch nicht innerhalb von vierundzwanzig Stunden vollbringen. Ich habe dir oft genug zugesehen, wie du das machst und du bräuchtest für so etwas mindestens eine Woche und hättest das Material schon gehabt. Also, er wusste, du hast den Brief versteckt, also musste er nur dafür sorgen, dass du lange genug von deinem Zimmer fernbleibst. Und das ging am besten als deine Begleitung.«

Als Nächstes mein Schreibtisch, die Unterlagen, die noch zu sortieren sind, auf einen Haufen und die Bücher feinsäuberlich aufstapeln. »Und wie konnte er bitte vorhersehen, dass ich nicht mit Rean zum Ball gehe?«

»Ganz einfach, er hat Liv gesteckt, wie sie mit Rean umgehen muss, um ihr Ziel zu erreichen.«

Mir fielen die Bücher auf den Boden und ich sammelte sie fluchend wieder auf.

»Das ist Blödsinn.«

»Denk doch mal nach, Rean ist ein Nerd, der mit Tränen nicht umgehen kann. Liv musste nur weinen und schon hatte sie ihn. Noch eine Prise Lügen über dich und – tadaaa! Sie hatte ihre Verabredung und Sam freie Bahn auf dich.«

Ich stapelte die Bücher zurück auf den Schreibtisch und versuchte Jara mit meinen Blicken nicht zu erdolchen. Das wäre nicht fair gewesen, ich brauchte sie noch. Auch wenn ich im Moment noch nicht wusste wofür, aber man konnte immer mal eine beste Freundin für ein Alibi gebrauchen.

»Du sagst also, Sam ist nur mit mir zum Ball gegangen, weil er mich von meinem Zimmer fernhalten wollte?«

»Ja, deswegen war auch Nate nicht auf dem Ball, die beiden stecken unter einer Decke.«

Der Bücherstapel kippte um und begrub mein Chaos auf dem Schreibtisch unter sich, aber ich hatte genug vom Aufräumen.

»Das ist absoluter Schwachsinn und das weißt du auch. Gut, vielleicht hat Nate ihn in die Sache mithineingezogen. Daran schon mal gedacht? Dann wäre Sam hier das Opfer«, sagte ich und nahm meine Trainingsklamotten von meinem sauberen Wäscheberg, der noch gefaltet werden musste. Vielleicht bei der nächsten Gelegenheit, wenn Jara wieder so schwachsinnige Einfälle hatte.

»Du willst, dass es unbedingt Nate ist«, stellte sie fest.

Ich zog mir die Sachen an und beobachtete sie aus dem Augenwinkel.

»Nein, ich halte mich nur an die Tatsachen und am liebsten wäre es mir, wenn Liv in die Sache verstrickt wäre. Ich muss jetzt zu Mr Riefer.« Ich zog die Tür geräuschvoll hinter mir zu.

Jara und ihre dämlichen Gedanken, das stimmt niemals.

Aber ein kleiner Zweifel nagte an mir. Was, wenn Jara tatsächlich Recht hätte?

Auf dem Trainingsplatz suchte ich vergeblich nach Mr Riefer. Der Lehrer glänzte ganz unüblich durch Abwesenheit, dafür erkannte ich Sam und Rean, die beide ebenfalls in Trainingsklamotten steckten.

»Hey, ihr beiden, hätte nicht gedacht euch jetzt schon wiederzusehen«, sagte ich und nahm die letzten Stufen zum Platz mit Leichtigkeit.

»Mr Riefer hat uns am Tor abgefangen und gemeint, wenn wir zu viel Energie hätten, könnten wir sie auch im Training mit dir einsetzen«, erklärte Rean. Ich hatte ihn noch nie im Training gesehen, das war doch die Gelegenheit, meine Gefühle wieder aufleben zu lassen. Sein Körper war aber ganz offensichtlich nicht so trainiert wie der von Sam. Holla!

»Sam, wo hast du denn dein Shirt gelassen?«, fragte ich so unbeteiligt wie möglich, auch wenn ich am liebsten hart geschluckt hätte. Wurde diesen Feuerheinis niemals kalt?

Konnte dieser Kerl noch besser aussehen? *Gehirnzellen, wo seid ihr hin verschwunden? Bitte kommt zurück, ich will doch nicht Nate recht geben müssen, wenn der mich das nächste Mal als hohle Nuss bezeichnet.*

»Wieso? Macht dich mein Aussehen nervös?«, gab er zurück und posierte übertrieben für mich.

Ich verdrehte zwar äußerlich die Augen, aber innerlich seufzte ich schwärmerisch auf. Bei genauer Betrachtung erkannte ich sogar ein Tattoo auf der Innenseite seines linken Oberarms. Es war ein Schriftzug, aber ich war zu weit weg, um ihn zu lesen und nur deswegen jetzt näher heran zu gehen, wäre ein zu großes Eingeständnis gewesen.

Mir reichte es schon, meinen Blick so unauffällig wie möglich von seinen durchtrainierten Bauchmuskeln über seine Brust und das freche Grinsen bis hin zu seinen leicht welligen braunen Haaren gleiten zu lassen.

Moment, freches Grinsen? Verdammt!

Ich schaute mit brennenden Wangen schnell woanders hin, während Sam in schallendes Gelächter ausbrach.

»Du kannst ruhig schauen, Ria. Alles nur für dich.«

»Als ob ich das wollen würde«, sagte ich und versuchte mich voll und ganz auf Rean zu konzentrieren.

»Na komm, setzen wir uns noch ein bisschen, bis Mr Riefer kommt«, schlug Rean vor und ich folgte ihm zu einer der wenigen Bänke.

»Ich musste vorhin an Basti denken, als ich am Haupttor war. Dass er einfach so aus dem Leben gerissen wurde, macht mir echt zu schaffen. Da denkt man doch an sich und was man eigentlich noch alles im Leben machen will, oder?«, sagte Rean.

Es gab einen Pluspunkt für ihn, dass er mich so erfolgreich von Sams nackter Brust abgelenkt hatte. Was ich alles noch so machen wollen würde? *Meinem Vater eine reinhauen. Aber gleichzeitig endlich seinen Respekt erfahren. Schwierig.*

»Hm, ich denke, ich habe nichts, was ich gern einmal machen möchte, bevor ... naja, bevor ich umkomme«, sagte ich. Das stimmte nicht ganz. Es gab so vieles, was ich machen wollen würde. Zum Beispiel mein designtes Kleid in einer Modenschau zu sehen. Und ganz von selbst wanderten meine Gedanken von der Vogue weiter zu dem Kuss von Sam in meinem Traum. Ja, ich würde gern jemanden küssen, der mir etwas bedeutete.

»Welchen Beruf würdest du denn später gern ergreifen?«, fragte Rean.

Da musste ich nicht lang überlegen. »Ich würde gern Essenzenherstellerin werden. Also mein Vater möchte das, aber es ist natürlich auch meine Wahl. Es gibt so einen großen Bedarf, ich würde eine Menge verdienen«, sagte ich.

Sam kam langsam zu uns herüber und fragte: »Warum nicht Modedesignerin? Dein Kleid vom Ball war großartig. Und das sage ich, wo ich absolut keine Ahnung davon habe.«

Ich versuchte krampfhaft nicht auf Sams nackten Oberkörper zu starren. Meine Güte, es war doch nicht der erste nackte Oberkörper.

Das hier wurde immer peinlicher für mich und jedwede Frauenrechtsbewegung.

»Das ist zu unsicher. Ich könnte noch so hart arbeiten, es würde ja doch nur schiefgehen. Daher lasse ich es lieber gleich und widme mich einem Job, in dem ich sicheres Einkommen beziehe.«

»Hör auf, Sam. Ich finde Essenzenherstellerin toll. Ich unterstütze dich bei allem, was du vorhast, Ria«, sagte Rean.

»Bullshit, Rean! Man muss das Beste aus sich herausholen und du kannst coole Sachen designen. Jaras und Laylas Outfits waren doch auch von dir?«

Die beiden Streithähne würden wohl nie einer Meinung sein. Dennoch freute ich mich sehr darüber, dass Sam meine Kleider gefielen. Jetzt wo ich mit ihm sprach, wurde Jaras Theorie noch viel unwahrscheinlicher als zuvor. Natürlich würde es niemals passieren, dass ich tatsächlich beruflich Kleider entwerfen konnte, aber allein, dass es einen Unterstützer gab, ließ mich meinen Traum nicht ganz abschreiben. Vielleicht irgendwann, wenn Vater all seine Ziele erreicht haben würde.

»Hier wird nicht blöd in der Gegend herumgestanden. Rean und Sam, auf eure Positionen. Wir beginnen damit, Jordan die Hölle heiß zu machen«, befahl Mr Riefer, der mit einiger Verspätung endlich zu uns gestoßen war.

»Oh, glauben Sie mir, Mr Riefer. Ria ist bereits aufgeheizt«, grinste Sam dreckig.

Er griff mich mit einem Feuerball an, den ich mit einer kurzen Anstrengung aufsaugte. Dann zog ich mir das T-Shirt über den Kopf und stand nur noch im Sport-BH vor den beiden Jungs. Die Hitze von Sams Flamme erwärmte mein Inneres, als wäre sie dort schon lange zu Hause.

»Dann schauen wir mal, wie sehr ich dir einheizen kann, Skene«, schmunzelte ich aufgrund seines fassungslosen Gesichts. Überraschend war nur, dass Rean ebenfalls neben der Spur zu sein schien.

»Das ist unfair!«, beschwerte sich Sam.

Mr Riefer stieß einen tiefen Seufzer aus. »Warum seid ihr nicht alle schon aus der Pubertät draußen? Mir egal, wer wie viel anhat, Hauptsache die Leistung stimmt. Also ihr Teenager-Mutanten, Angriff!«

Manchmal lag die Vermutung nahe, Mr Riefer hätte so etwas wie Humor.

Bisher hatte ich es bei unseren Übungskämpfen mit nur einem Element zu tun gehabt, mit Rean stieß ein zweites dazu. Ich atmete tief durch und konzentrierte mich. Bisher gelang es mir am leichtesten mit dem Feuer umzugehen, ich hatte das Gefühl, es wäre ein Teil von mir. Die Hitze machte mir nichts aus und Mr Riefer kam sogar ab und zu ein Lob über die Lippen, wie gut ich mit den Flammen hantieren konnte.

Doch jetzt würden wir den Ernstfall proben, dass mich mehr Elemente als nur Feuer angriffen. Irgendwann würde ich mich gegen alle vier Elemente behaupten müssen, doch eines nach dem anderen.

Mittlerweile schaffte ich es sogar die Essenzen der Flammen mit offenen Augen zu ermitteln. Manchmal machte ich mir Sorgen, dass es nur bei Sams Flammen so wäre, denn seine Essenz war mir so vertraut wie Reans, auf die ich mich seit Monaten fixierte. Ich sollte Chris einmal bitten, dass er mit mir trainierte.

Ich hatte nur Sekunden, um mich in die Kampfhaltung zu begeben. Die Knie gebeugt, die Arme ausgestreckt, die Sinne geschärft.

Mit meiner Gabe lokalisierte ich die drei Essenzen um mich herum. Bei Sam kamen noch fünf kleinere hinzu. Auch wenn ich ihm den Rücken zugewandt hatte, wusste ich, dass er fünf Feuerbälle erzeugte. Sie flogen auf mich zu und ich erfasste vier mit meiner Gabe, saugte sie auf und speicherte sie. Dem fünften musste ich ausweichen, denn Rean aktivierte ebenfalls seine Gabe. Er konnte auch Wasserkugeln erzeugen, doch er entschied sich für eine lange Wasserpeitsche.

Diese konnte sehr gefährlich werden. Die meisten unterschätzten das Wasser als die harmloseste Gabe, doch in konzentrierter Form konnte einem diese Peitsche Gliedmaßen abtrennen.

Scheinbar hatte ich Rean mit irgendeiner Handlung sauer gemacht. Ich erlebte in diesem Moment zum ersten Mal, wie er diese Technik anwandte.

Eine Chance zum Ausweichen blieb nicht mehr, also aufsaugen oder Rean verflüssigte sie vor dem Aufprall wieder. Doch darauf wollte ich mich nicht verlassen, auch Rean war nicht perfekt.

Ich erfasste seine Essenz und konnte den mir gefährlichen Part unschädlich machen.

Nun befanden sich zwei Elemente in meinem Körper. Nicht gerade leicht. Ich griff nach meiner Kette und hoffte, meine Mum würde mir beistehen mich noch weiter zu verbessern.

***

»Ich glaube, ich muss kotzen«, sagte ich zwei Stunden später, schweißüberströmt auf dem Boden liegend. Alles um mich herum drehte sich. »Wohl etwas viel gewesen, oder?«, fragte Rean und legte mir ein nasses Handtuch auf die Stirn.

»Du hättest nicht gleich so hart zu mir sein müssen«, beschwerte ich mich und versuchte die Erde dazu zu bewegen, endlich still zu halten. Rean nahm meine leere Flasche in die Hand und füllte sie mit seiner Gabe sofort wieder auf.

»Ich muss leider gehen, ich bin noch mit John verabredet. Ich lasse dich zwar sehr ungern in Skenes Obhut, aber ihr scheint euch ja schon wieder besser zu verstehen. Wenn er dir jetzt zu nahe kommt, hau ihm das Wasser um die Ohren«, sagte er und stand auf. Ich zeigte ihm einen Daumen nach oben, während ich verzweifelt versuchte nicht an tanzende lila Schweinchen auf einem Karussell zu denken. Jeder hat so seine eigene Methode, mit körperlicher Anstrengung fertig zu werden.

Wenig später wechselte jemand das Handtuch auf meiner Stirn und heilte mit einer Essenz meine kleineren Wunden und Verletzungen.

»Die Oben-ohne-Shirt-Aktion hat dich wohl mehr aus den Latschen gehauen, als du zugeben möchtest, oder?«

Selbst mit geschlossenen Augen und ohne Begabung wusste ich, dass nur Sam so etwas zu mir sagen konnte. Seine dunkle Stimme tat ihr übriges. Ich tastete nach ihm und fand sein Knie. Mit der Hand fuhr ich seinen Oberschenkel hinauf und kniff kräftig rein.

»Keine Chance, alles nur Muskeln«, sagte er.

Und was für Muskeln. Aber ich musste dieses Bild einfach aus meinem Kopf vertreiben. Mich mit etwas ablenken.

»Was willst du eigentlich später mal machen?«, fragte ich, weil es mich schon seit vorhin beschäftigte, immer noch mit geschlossenen Augen. Jemand, der so zielgerichtet war wie Sam, musste doch ein überragendes Ziel haben.

»Interessierst du dich so für mich?«, zog er mich weiter auf. Doch mir war nicht nach Scherzen zumute, mir ging es nicht besonders gut und seine Stimme wirkte beruhigend, wenn sie nicht gerade so klang, als wollte er mich verarschen.

»Ja, was dagegen?«

Sam verstummte augenblicklich. *Na sieh einer an, so bekommt man also selbstverliebte Playboys zum Schweigen.* Diesen Trick musste ich mir merken, beinharte Ehrlichkeit.

Ein paar Augenblicke sagte Sam nichts und ich befürchtete schon, er würde die Frage ignorieren, doch dann räusperte er sich.

»Ich werde im Hohen Rat arbeiten und die Bedingungen von Mischbegabten in unserer Gesellschaft verbessern.«

Dieses Ziel überraschte mich jetzt doch sehr. Es stimmte schon,

Mischbegabte wurden bei gleichen Jobs schlechter bezahlt, vom Mobbing gar nicht erst zu reden.

»Warum? Du bist doch ein Purbegabter.«

»Du kannst froh sein, dass mein Ego viel zu groß ist, um das persönlich zu nehmen. Ich finde es einfach dämlich, dass jemand nur aufgrund seiner Geburt benachteiligt wird. Dann muss man eben stärker trainieren und den Fokus auf andere Dinge wie Körperkraft oder Schnelligkeit im Nahkampf legen.«

»Das ist schon beeindruckend.«

»Außerdem habe ich gehört, man wird in so einer Position der Held von vielen gutaussehenden Frauen.«

»Und damit kennen wir den wahren Grund von Sams Lebenstraum«, seufzte ich ironisch. Ich öffnete die Augen und setzte mich langsam auf. Dabei begegnete ich Sams ernstem Gesichtsausdruck. Er knetete sogar seine Hände.

Ich legte ihm eine Hand auf die nackte Schulter und strich sanft darüber. »Ich finde das großartig. Und das meine ich ehrlich.«

In diesem Moment wirkte er verletzlicher als je zuvor.

»Ich habe manchmal Bedenken, dass mich die Mischbegabten nicht ernst nehmen. Ich möchte ihnen helfen, aber wollen sie ausgerechnet von einem Purbegabten Hilfe annehmen?«

»Ich denke, wir sollten aufhören in Schubladen zu denken. Du willst helfen und das allein ist großartig. Und wie ich dich kenne, wirst du das auch umsetzen.«

»Du hast ja doch eine hohe Meinung von mir«, flüsterte er.

»In manchen Punkten, ja. Es ist sehr uneigennützig von dir.«

»Ist es gar nicht mal. Du vergisst manchmal, dass auch Nate ein Mischbegabter ist. Er hatte es auch nicht immer leicht«, begann er. Ich schnaubte verächtlich.

»Er macht es sich aber auch unnötig schwer.«

Sam legte seine Hand auf mein Bein und ein Kribbeln durchfuhr es. Er war mir zu nah, aber ich wollte nicht von ihm weg.

»Ich denke, du weißt eigentlich gar nichts über Nate.«

»Ich bin auch nicht gerade die erste Person, der er etwas erzählt.«

»Muss ich dich erst zum Schweigen bringen, damit du mir mal zuhörst?«, fragte er spitzbübisch und schaute dabei eindeutig auf meine Lippen.

Ich würde mir jetzt nicht über diese lecken, ich widerstand dem Drang mit all meiner Willenskraft und schüttelte den Kopf.

»Wie schade, dabei hätte ich gern einmal deine Reaktion gesehen.«

Ich schluckte. »Vermutlich meine Faust in deinem Magen.«

»Klingt realistisch.«

Wir lächelten einander an und ich vergaß schon fast, worüber wir gerade geredet hatten, als Sam den roten Faden wieder aufnahm.

»Nate musste schon früh die Auswirkungen der Trennung zwischen Mischbegabten und Purbegabten erleben. Die Kinder der Purbegabten mobbten ihn immer wieder damit, dass er so schwach wäre und auch wenn sein Großvater einer der Großen Fünf ist, wusste er, er würde niemals an ihn herankommen. Hinzu kam noch, dass sein Vater ein absoluter Versager war. Nach der Trennung schleppte seine Mutter immer wieder neue Typen an, die mit Nate nicht umgehen konnten. Die Beziehungen hielten nie lange und immer, wenn er dachte, jetzt hat er endlich wieder eine Familie, dann zerbrach sie wieder. Irgendwann härtet das ab und man schützt sich.«

»Und woher willst du das alles wissen? So lange seid ihr doch noch gar nicht befreundet«, fragte ich ehrlich interessiert. Ich hatte bisher selten Mobbing-Probleme gehabt, da mein Vater von allen geachtet wurde. Niemand wagte es daher, seine Kinder anzugreifen.

Sam fasste sich in den Nacken und haderte mit sich. »Ich bin nicht stolz darauf, aber ich war einer der Mobber.«

Mir blieb die Luft weg. Damit hätte ich jetzt absolut nicht gerechnet.

»Sieh mich nicht so an. Ich habe dann in der Oberschule sehr schnell gemerkt, dass ich mitverantwortlich war, wenn andere dadurch unglücklich waren und hörte sofort damit auf. Stellte mich gegen meine damaligen *Freunde* und verlegte mein Händchen für Menschen eher auf das Wunderbarste der Welt: Flirten.«

Ich schnipste gegen seine Stirn. »Ist das dein Ernst? Und ihr seid trotzdem befreundet?«

»Ich denke manchmal sogar, gerade deshalb. Ich habe mich danach sehr für ihn eingesetzt. Musste schließlich etwas wiedergutmachen. Außerdem ist Nate einer der besten Kerle, die ich kenne. Du hast ihn nur auf dem falschen Fuß erwischt.«

»Seit zwei Jahren?«, fragte ich mit gerunzelter Stirn.

»Konnte ja keiner ahnen, dass das mit Leonard und Emilia so lange hält.«

»Und deshalb möchtest du dich auch politisch für die Mischbegabten einsetzen?«, hakte ich noch einmal nach. Er nickte. Ich merkte deutlich, dass es ihm ernst war.

Er hatte mir etwas sehr Persönliches von sich erzählt. Nun wollte ich ihm auch etwas von mir preisgeben, was ich noch niemandem verraten hatte.

»Mir macht es zu schaffen, wenn ich glückliche Familien sehe. Wenn Kinder auf den Schultern ihres Vaters sitzen und mit ihm herumalbern, habe ich das Gefühl zu ersticken. Es schnürt mir die Kehle zu und ich kann nicht atmen. Dabei war mein Vater früher auch so, bevor meine Mum starb. Und jetzt verlangt er so manches Unmögliche von mir.«

Sam machte keine Witze darüber, sondern nahm meine Hand und streichelte mit seinem Daumen sanft über meinen Handrücken. Er sagte nichts und ich lehnte mich gegen seine Schulter. So saßen wir eine Zeit lang einfach da. Sonst wirkte seine Präsenz überwältigend auf mich, doch wenn er so ruhig blieb, fühlte ich mich geborgen und akzeptiert. Das hätte ich vorher niemals gedacht.

»Wir stinken ganz schön«, sagte Sam und durchbrach damit die Stille.

»Sprich bitte nur für dich, ich dufte nach purer Weiblichkeit«, scherzte ich und löste mich von ihm. Er grinste mich so dreckig an, dass ich sofort die Hand hob und auf seinen Mund legte.

»Wage es ja nicht auch nur einen Kommentar abzugeben.«

Er zuckte schmunzelnd mit den Schultern und plötzlich spürte ich seine Lippen hauchzart auf meiner Handfläche. Ein Kribbeln schoss durch meinen Körper. Es war das Zeichen, dass ich zu viel Nähe zugelassen hatte, zu viele Gefühle, zu viel Sam. Ich spürte, ich musste mein Herz in Sicherheit bringen, bevor es verloren war.

WIE MAN SEINEN VATER AUF ARBEIT BESUCHT

Es war eine absolute Schnapsidee gewesen und ich hätte niemals vermutet, dass sie tatsächlich Realität würde. Doch hier stand meine Klasse in der riesigen Eingangshalle des Hohen Rates und besuchte meinen Vater. Das Gebäude war äußerst beeindruckend, das musste ich zugeben. Geschaffen aus hellem Marmor ragte die Decke fünfzehn Meter in die Höhe, sie trug Wandmalereien, die die Entstehung des Hohen Rates erzählen sollten. Jedenfalls stand das in einigen Büchern. Ich las sehr viel über unsere Führung, ich wollte wissen, womit mein Vater es zu tun hatte und damit letztendlich auch ich. An den Decken, Wänden und Säulen fand man vergoldete Monumente, der Reichtum dieser alten Knacker war nicht zu übersehen. Viele Angestellte wuselten geschäftig hin und her, natürlich in die feinsten Anzüge oder Kostüme gekleidet.

Ich stand gemeinsam mit meinen Klassenkameraden gleich hinter dem Haupttor und wartete darauf, dass mein Vater das Gespräch mit seiner Sekretärin beendete. Er steckte in einem seiner überteuerten Anzüge und hatte zwar ein Lächeln auf den Lippen, aber es erreichte seine Augen nicht. Er sprach nicht hektisch, aber eindringlich auf die deutliche jüngere Angestellte ein, die sich gerade etwas in ihren großen Kalender notierte.

Jara diskutierte immer noch abseits der Klasse mit Rean. Die beiden waren nicht überzeugt von meinem Plan, aber ich ließ mich nicht davon abbringen. Lena stand ungewöhnlicherweise direkt neben mir. Sie schenkte mir keinerlei Beachtung, aber allein ihre Anwesenheit gefiel mir nicht. Mein Plan klang erschreckend einfach und durch die unfreiwillige Hilfe von Johns Eltern auch fast schon idiotensicher. Wie besprochen hatte Jara die Eltern von John am Wochenende kennen gelernt. Die beiden waren zwar Erdbegabte, aber sie arbeiteten mit Essenzenherstellern zusammen und kannten sich auf diesem Gebiet verdammt gut aus. Jara konnte nicht nur eine Spiegelessenz in Form eines Steines mitnehmen, sondern auch die Information, dass Entschlüsselungsessenzen damals von Papageien gewonnen wurden. Ich hatte es nicht fassen können, ausgerechnet Papageien, die doch eigentlich hätten ausgestorben sein sollen. Doch ich erinnerte mich noch ganz genau, wie Chris und Nate am Anfang des Schuljahres das Vogelfutter in unseren Wagen hieven mussten. Und wenn ich das Bild noch richtig im Kopf hatte, war auf der Verpackung unter den anderen abgebildeten Vogelarten ein Papagei dabei.

Als Jara mir von den Papageien erzählte, wurde mir bewusst, dass uns vom Hohen Rat kompletter Blödsinn vermittelt wurde – die Menschen hatten mit dem Verschwinden der Papageien absolut nichts zu tun. Ich wettete, der Hohe Rat selbst hatte sämtliche Vögel aus Zoos und Privatwohnungen holen lassen oder umgebracht, damit niemand die Essenzen der Vögel klauen und damit ihre Briefe entschlüsseln konnte.

Jara würde später zu einem geeigneten Zeitpunkt die Spiegelessenz einsetzen und für eine Stunde würde mich mein Spiegelbild für die Führung vertreten. Währenddessen würde ich mich von der Gruppe lösen, den Papagei suchen, ihm seine Essenz entziehen und wir könnten endlich den Bericht lesen.

Klang doch richtig simpel. So viel zur Theorie, in der Praxis gab es viele unsichere Faktoren, die sich nicht planen ließen. Was, wenn wir uns täuschten und der hohe Rat keinen geheimen Vorrat an Papageien züchtete?

Seit Tagen redeten Rean und Jara auf mich ein diesen Plan auf keinen Fall durchzuziehen, doch mir lief die Zeit davon. Woher sollten wir sonst einen Papagei für die Entschlüsselungsessenz hernehmen?

Die paar Schwachpunkte, die Rean aufgezählt hatte, würden mich auch nicht mehr von meinem Plan abbringen. Außerdem konnte ich so der absolut langweiligen Führung meines Vaters entgehen, die ich wohlgemerkt schon um die zehnmal ertragen hatte müssen.

»Und bist du jetzt mit Sam zusammen?«, sagte Lena zu mir und warf mir einen so giftigen Blick zu, dass sich Schlangen sicher etwas abgucken konnten. Holla, dieses Mädchen musste echt etwas für Sam übrighaben. Ihr Blick ließ mich nicht entkommen, sie taxierte mich wie ein Opfer, das sie gleich verspeisen würde.

»Nein, wie kommst du denn darauf?«, fragte ich und versuchte dabei möglichst unbeteiligt zu wirken.

»Du warst mit ihm auf dem Ball.«

»Rean und Liv waren auch gemeinsam da und sind nicht zusammen.«

»Ach, das sieht für mich anders aus. Aber du hast recht, so ein Mischling wie du wäre viel zu schade für Sams Gene.«

Nicht die Nerven verlieren. Wie großartig diese Göre sich mit meinem Vater verstehen würde, konnte ich mir bildhaft vorstellen.

»Und dein Charakter ist zu schade für fast jeden normal denkenden Menschen«, zischte ich zurück.

Jetzt bloß nicht wütend werden.

Mein Vater trat vor und breitete die Arme weit aus.

»Ich freue mich sehr, dass die Klasse meiner Tochter so großes Interesse an der Arbeit des Hohen Rates hat. Ich bin nur in der bescheidenen Position des Vertreters für Unbegabte, aber dennoch zeige ich euch gern unser Haus.«

Wenn ich das Wort *bescheiden* aus seinem Mund schon hörte, wurde mir ganz anders. Dieser Mann verkörperte so viele Eigenschaften, aber ganz sicher nicht Bescheidenheit.

»Bevor wir mit der Führung beginnen, müssen wir uns alle durch den Essenzendetektor bewegen. Bitte der Reihe nach. Ich verspreche euch, es lohnt sich«, sagte mein Vater.

Panisch blickte mich Jara an. Das konnte ein Problem werden.

»Gib mir den Stein«, forderte ich und hielt meine Hand auf.

Sie legte ihn hinein und ich wollte ihn gerade in meine Jackentasche gleiten lassen, als ich sah, wie wir diese abgeben mussten.

Mein enganliegendes Pulloverkleid hatte keine Tasche, also blieben nur meine Overknee-Stiefel. Unauffällig ließ ich den Stein darin verschwinden. Aber wie kam ich durch den Detektor? Ich hatte noch nie dadurch müssen. Ich suchte den Blick meines Vaters. Nacheinander gingen meine Klassenkameraden durch den von Leerenbegabten überprüften Bereich.

»Ria, kommst du einen Augenblick?«, rief mein Vater. Gabe sei Dank, er war tatsächlich mal zu etwas nützlich.

Ich löste mich aus der Reihe und ging zu ihm, doch meine Vorfreude wurde erheblich gedämpft, als ich die Person neben ihm erkannte.

»Hallo, Ria, wie schön dich zusehen. Es ist einige Monate her«, säuselte Robert und streckte die Hand aus.

Widerwillig ergriff ich sie und drückte fest zu. *Keine Schwächen zeigen, keine Angriffsfläche bieten.*

Er erwiderte den Druck genauso stark und sah mir dabei fest in die Augen. Sein Blick schweifte einen Augenblick an mir vorbei auf die Warteschlange an Schülern.

»Wie ich sehe, bist du nicht allein hier, sondern mit deinen Freunden.«

Ich folgte seinem Blick und legte den Kopf schief. »Die einen mehr, die anderen weniger.«

Roberts Lippen verzogen sich zu einem gerissenen Grinsen.

»Deine Tochter ist nach wie vor sehr unterhaltsam, Leonard«, sagte er an meinen Vater gewandt, dabei ließ er endlich meine

Hand los. Mein Vater musterte mich mit einem abschätzigen Blick. Er blieb an meinem Hals hängen, wo nicht nur die Kette von meiner Mum baumelte, sondern ein paar weitere im gleichen Grau wie mein Pulloverkleid.

»Ja, das ist sie. Würdet ihr beide schon einmal durch diese Tür vorgehen? Robert, wir reden gleich.«

Mit diesen Worten ließ er mich mit diesem Monster allein. Meine Miene blieb undurchdringlich, auch als er seine kalte Hand auf meinen unteren Rücken legte und mich durch eine Seitentür fortschob.

»Und? Was machen Sie hier, Robert? Einen Besuch bei meinem Vater?«, fragte ich kühn. Ich fühlte mich so unbehaglich wie lange nicht. Daher sprach ich aus, was mir als Erstes durch den Kopf ging. Er hatte sein Feuer so unter Kontrolle, dass seine Hände eisig kalt blieben, sofern er es wollte. Damit demonstrierte er mir seine Macht.

»Geschäfte, Liebes, wie immer.«

»Oh, da bin ich mir sicher«, entfleuchte es mir und Roberts Blick wurde noch eine Spur eisiger. Seine Mundwinkel senkten sich wieder und mir ging ein Schauer über den Rücken, als er mir ein wenig meiner Wärme entzog.

»Du kleines Experiment solltest wissen, wo dein Platz ist«, sagte Robert in einem scharfen Tonfall.

Ich kannte diese Taktik der Wärmeentziehung von Jara, daher war ich mittlerweile auf solche Situationen vorbereitet und spendete mir selbst durch gespeicherte Essenzen ein wenig mehr Wärme. Nichts wäre erbärmlicher, als vor diesem Mann auch noch zu zittern. Seine Worte hallten in meinem Kopf wider.

Kleines Experiment? Was erzählte mein Vater Robert?

Wenigstens konnte ich so den Essenzendetektor umgehen. Mein Vater hatte mich gerettet, ohne dass es ihm bewusst war.

»Du hast doch den Besuch eurer Klasse angezettelt. Was auch immer du vorhast, ich bin gespannt, welchen Ärger die kleine Jordan ihrem Vater einbringt.«

Mein Puls beschleunigte sich und durch seine Hand auf meinem Rücken spürte er es sicher. *Verdammt.* Er durchschaute mich, sein Blick wanderte auf widerliche Art an meinem Körper herunter zu meinen Stiefeln. Doch er war ein Feuerbegabter, er konnte, Gabe sei Dank, nicht wissen, was für eine Essenz ich mit mir führte.

Endlich nahm er seine Hand weg und ich atmete erleichtert auf. Doch er näherte sich mir schon wieder. Ich mochte seinen Geruch nicht, genauso wenig wie seine harten Gesichtszüge. Seine braunen Augen sollten wie bei normalen Feuerbegabten Wärme aussenden, von mir aus auch glühende Funken. Aber dieses Braun war fast so schwarz wie die Nacht. Kein Leben darin. Er führte seine Hand zu meinen Ketten und pickte sich ausgerechnet die meiner Mum heraus.

»Ein vierblättriges Kleeblatt? Dann hoffe ich, dass es dich mit Glück segnet«, wisperte er.

Er war widerlich und am schlimmsten war der Angstschweiß, der mir den Rücken herunterlief.

Er würde mich nicht töten, aber er könnte es. Jetzt sofort.

Ich versuchte nicht durchzudrehen.

Robert ging wieder auf Distanz und wandte sich von mir ab.

»Bis bald, kleine Jordan. Immer wieder eine pure Freude dich zu sehen.«

Doch diese Freude würde niemals auf Gegenseitigkeit beruhen.

***

Ich brauchte geschlagene zehn Minuten, um mich zu sammeln und mich der Klasse wieder anzuschließen. Jede Begegnung mit Robert zuvor war schauderhaft gewesen, aber das heute, wie er mich angefasst und mir gezeigt hatte, wie ausgeprägt seine Gabe war, schaffte es mit Leichtigkeit in die Top fünf meiner Schauermomente.

Im zweiten Raum hinter den Essenzenprüfern konnte ich meinen Vater nirgends entdecken, dafür eine alte Bekannte von ihm. Eine

Frau mittleren Alters mit einem strengen Gesichtsausdruck. Ich hatte sie schon öfter in seinen Büros gesehen. Anscheinend würde sie die Führung übernehmen, noch besser. Mit ihrer Erdbegabung würde sie die Spiegelessenz nicht so leicht durchschauen. Auch wenn mir der Schreck noch tief in der Essenz steckte, wich ich keinen Millimeter von meinem Plan ab. Eine andere Wahl blieb mir auch nicht.

Ich stellte mich neben Jara und drückte ihr den Stein in die Hand.

»Ich frage jetzt einfach mal nicht, warum du so blass aussiehst wie eine Krankenhauswand«, flüsterte sie und schmolz mit ihrer Hitze so unauffällig wie möglich den Stein.

»Bist du sicher, dass du das durchziehen willst?«, hakte Rean nach. Ich nickte.

»Wir haben keine Wahl, passt nur gut auf mein Spiegelbild auf«, sagte ich und richtete mich auf.

Die Frau zeigte auf eine riesige Flügeltür, hinter der meiner Erinnerung nach der Innenhof lag. Dort würde ich ungesehen in einer anderen Tür verschwinden können.

»Okay, mein Vater dürfte dank Roberts Auftauchen beschäftigt sein. Rean, wurde deine Aktentasche durchgewunken?«, fragte ich leise. Er nickte und übergab sie mir. Hier drin befand sich ein Kostüm, welches denen der Angestellten im Hohen Rat glich.

»Die Flügeltüren sind aus Glas, da bekommen wir das Spiegelbild her«, sagte Rean und schob mich der Gruppe hinterher. Unsere Klasse betrat den Innenhof, nur wir drei verweilten einen Augenblick länger bei den Glastüren.

»Jara, jetzt«, sagte ich. Sie nickte, pustete sich den Pony aus der Stirn und schmolz die Essenz ein. Mein Spiegelbild trat aus dem Glas hervor und musterte uns drei.

Jara ergriff das Wort: »Okay, Spiegel-Ria. Du bleibst bei mir und Rean, verhalte dich wie immer. Wir konnten kein Skript oder dergleichen vorbereiten. Gib einsilbige Antworten und sei ein bisschen genervt von der gesamten Veranstaltung.«

Spiegelbilder musste man Instruktionen übermitteln, da sie sonst wie Roboter ohne Programm einfach nur in der Ecke standen. Dennoch beängstigend, dass es keine äußerlichen Unterschiede zwischen mir und meinem Spiegelbild gab.

»Ich verschwinde jetzt«, sagte ich und schlüpfte durch die Glastür zurück in die zweite Eingangshalle.

»Sei vorsichtig«, mahnte mich Rean. Ich hielt ihm noch einen Daumen nach oben in den Innenhof, dann zog ich geschwind meinen Arm zurück und machte mich auf zum nächsten Waschraum. Geschwind zog ich mir die anderen Klamotten an und steckte meine Haare fein säuberlich nach oben.

Tief durchatmen.

Das würde kein leichter Spaziergang werden, ich hatte eine Stunde, um diese verdammten Papageien zu finden, und dieses Gebäude war ja nicht wirklich groß. Bestimmt nur an die vierhundert Zimmer.

Keine Panikattacke bekommen!

Wie Rean sagte – ich musste strategisch vorgehen. Die Vögel waren wertvoll, sie würden in keinem Büro leben. Also schied der komplette rechte Trakt des Gebäudes aus, blieb nur noch der linke mit seinen zweihundert Zimmern übrig. Ich kam der Sache schon näher. Die Aktentasche mit meinen alten Klamotten klemmte ich mir unter den Arm und verließ die Toiletten Richtung Westflügel.

Hier versteckte der Hohe Rat vor allem Labors. Papageien gehörten nicht gerade zu den leisesten Vogelarten, also musste ich aufgrund ihrer Lautstärke eher im Keller suchen. *O Gabe steh mir bei, dass meine Intuition recht hat!*

Mit schnellen Schritten, aber immer noch langsam genug, damit ich nicht auffiel, lief ich den Gang hinunter. Dabei kramte ich mein Klemmbrett heraus, das ich vor Jahren von einer Kollegin meines Vaters bekommen hatte.

Tja, das sollte ich Chris irgendwann unter die Nase halten, dass es mir doch noch zugutekam mich nur schwer von Sachen trennen zu können.

In wenigen Minuten schlug der Gong zur Mittagspause, bis dahin sollte ich in etwa herausgefunden haben, wo die Vögel aufbewahrt wurden.

Fast jeder Mitarbeiter des Hohen Rates präsentierte sich gern vor den anderen. Es war eine Ehre hier zu arbeiten, weshalb bis auf wenige Ausnahmen fast alle zur Mittagspause auf den Innenhof strömten oder in die feinen Bistros gleich vor der Tür.

»Miss Jordan?! Was tun Sie denn hier?!«

Verdammt! Verdammt, verflucht, verdammter Mist!

Ich drehte mich um und sah in die treudoofen Augen von Mr Beckminster. Der Typ vom Beginn meines Schuljahres. Ich musste aus der Nummer heil rauskommen, irgendwie.

»Mr Beckminster, wie schön, dass ich Sie gefunden habe. Es ist schwer, so zuverlässige Mitarbeiter wie Sie zu erwischen.«

Der Mann vor mir in seinem schicken, viel zu teuren Anzug errötete. Na bitte, da sollte Sam nochmal sagen, mein Charme wäre nutzlos.

»Wie kann ich Ihnen denn helfen?«, erkundigte er sich, mir sichtlich wohlgesonnener als noch vor wenigen Augenblicken.

»Ich bin mit meiner Klasse hier, aber ich möchte als Überraschung für meine Mitschüler am Ende des Tages einen kleinen Vortrag halten, was so wichtige Mitarbeiter wie Sie hier den ganzen Tag leisten«, improvisierte ich drauflos. Mit jeder Sekunde fielen mir die Lügen leichter. Das Training meines Vaters machte sich bezahlt. Er war es, der mir beibrachte, wie man Menschen um den Finger wickelte. Sein Training bestand nicht nur aus dem Leerenbegabtenunterricht, sondern auch im richtigen Umgang mit Menschen.

»Wie vorbildlich, Miss Jordan.«

Ich hakte mich bei ihm unter und wir gingen ein Stück in den Westflügel hinein.

»Sie wissen doch sicher die ausgefallensten Dinge über den Hohen Rat, oder?«

Er taute langsam auf, denn er nickte mir nun begeistert zu.

»Sicherlich, aber diese kann ich Ihnen nicht verraten.«

»Das wird meinen Vater aber freuen, dass er solch loyale Mitarbeiter hat. Auch wenn sie mir nicht das geheime Ratszimmer zeigen können, dann vielleicht die Papageien? Mein Vater hat schon oft von ihnen gesprochen. Ich würde das Geheimnis meinen Schulkameraden sicher nicht verraten.«

Ich hoffte, die Taktik funktionierte bei ihm.

Schlag ihm das Unmöglichste vor und gebe dich mit dem Möglichen zufrieden.

»Ich denke, gegen die Papageien sollte nichts einzuwenden sein, wenn Ihnen Ihr Vater schon davon berichtet hat. Er hat sicherlich zu viel zu tun, um Sie selbst dorthin zu geleiten«, sagte Mr Beckminster und führte mich zu einer unscheinbaren Tür auf dem Gang.

Er drückte die Klinke nach unten und vor uns erstreckte sich eine steile Treppe hinab in den Keller.

Ich lag mit meiner Intuition also richtig, auch wenn ich vermutlich viel zu lang für die Suche gebraucht hätte. Mr Beckminster übernahm die Führung, dabei gab er bei einigen Türen, die wir passierten, Codes ein, damit sie sich öffneten. Ohne ihn hätte ich spätestens an dieser Stelle versagt. Ich folgte ihm eilig. Mit jedem Treppenabsatz erhellte sich unsere Umgebung, bis wir in einen lichtdurchfluteten Raum traten, der wie ein Gewächshaus aussah. Wenigstens hatten die Vögel einen schönen Lebensraum.

»Mit einer Barrierenessenz halten wir die Tiere hier unten, ihnen fehlt es natürlich an nichts«, erklärte Mr Beckminster stolz.

Gerade überlegte ich, ob ich meinen unfreiwilligen Komplizen einfach k.o. schlagen sollte, als der Gong zur Mittagspause ertönte.

»Oh, schon so spät. Halten Sie sich ruhig noch hier auf, Miss Jordan. Ich bin zum Lunch verabredet. Machen Sie doch einfach am Rückweg alle Türen hinter sich zu. Ich hoffe, der Vortrag gelingt.«

»Dank Ihrer Hilfe sicherlich, vielen Dank, Mr Beckminster.« Er schenkte mir noch einmal ein großväterliches Lächeln, was mir fast ein schlechtes Gewissen bescherte, und verschwand wieder die Treppen nach oben.

Da war ihm sein Ansehen bei seinen Kollegen wichtiger als die Sicherheit der Vögel. *Sehr interessant.* Ich schüttelte den Kopf, um mein eigenes widerliches Benehmen wieder abzulegen. Jeder Mitarbeiter musste nur meiner Schleimspur folgen, die ich seit dem Waschraum auf dem Boden hinterlassen hatte. Aber vielleicht waren sie auch alle auf dem Weg zum Mittagsessen darauf ausgerutscht.

Ich näherte mich vorsichtig der Barriere. Wie sollte ich diese umgehen? Suchend schaute ich mich um, ob ich überhaupt ein paar der Tiere in meiner Reichweite entdeckte, aber Fehlanzeige. Der Keller schien sehr weitläufig. Ich musste mich, nach der Deckenhöhe zu urteilen, mehrere Stockwerke unter der Erde befinden.

Exotische Pflanzen ragten empor und von irgendwoher vernahm ich ein lautes Krächzen. Hinter mir an der Wand befand sich das Vogelfutter. Genau die Marke aus unserem Auto. Vielleicht konnte ich die Tiere mit ein wenig Futter anlocken und ihnen durch die Barriere die Essenz entziehen.

Einen Versuch war es wert.

Ich begab mich zu den Säcken. Neben ihnen standen Unmengen von gestapelten Kisten. Vielleicht mit noch zu verschlüsselnden Dokumenten? Also Mr Beckminster gehörte definitiv nicht zu den umsichtigen Mitarbeitern, wenn er mich mit allen diesen Geheimnissen hier allein ließ.

Erst die Essenz, dann eventuell weitere belastende Unterlagen.

Ich raschelte mit den Körnern und hoffte so einige Papageien anzulocken.

Tatsächlich, ich hörte das Krächzen nun deutlicher.

Mehrere bunte Vögel mit einem leuchtenden Federkleid ließen sich auf Ästen in meiner Nähe nieder. Sie sahen genauso aus wie auf den Fotos, die ich in den Büchern gesehen hatte. Ihre Farben waren so schön, am liebsten hätte ich durch ihr Gefieder gestrichen.

Hielt die Barriere nur die Vögel darin gefangen oder galt sie auch für mich?

Probieren geht über Studieren.

Ich warf ein paar Sonnenblumenkerne zu den Tieren hinüber. Unbeschadet landeten sie nur ein paar Zentimeter auf der anderen Seite der Barriere. Ein vorwitziger Vogel hüpfte sofort auf den Boden und pickte nach den Kernen.

Okay, Ria, du packst das!

Ich setzte meine Gabe ein und innerhalb von sehr anstrengenden zehn Minuten schaffte ich es den Papageien zwei Essenzen zu entziehen und diese in zwei mitgebrachten Steinen zu verschließen.

Innerlich klopfte ich mir auf die Schulter. Mein Atem ging schwer und die Motivation für weiteres Herumschnüffeln war mir vergangen. Dennoch, einen kleinen Blick zu riskieren konnte nicht schaden. Ich schleppte mich zu den Kartons. Angesichts meiner körperlichen Verfassung brauchte ich sowieso eine Pause, bevor ich die Treppen wieder erklomm.

Halbherzig studierte ich die Beschriftungen der Kartons. Warum ließ der Hohe Rat solch wichtige Dokumente unbeaufsichtigt hier unten? Die Codes hielten vielleicht die meisten Leute von den Papageien fern, aber solch sensible Informationen mussten doch besser geschützt werden. An sich konnte alles einen Blick wert sein und mir ein Geheimnis mehr über den Hohen Rat bescheren, doch ich hielt bei einer bestimmten Überschrift inne.

»Die Pillen für MB«, las ich. Mit MB mussten Mischbegabte gemeint sein. Nun doch neugierig geworden schaufelte ich den Karton frei und wühlte in seinen schon vergilbten Dokumenten.

Bei einer Akte blieb ich hängen und begann zu lesen.

»Aufgrund der Verabreichung der Pille für MB blieben weitere Fälle der Zweitbegabung aus. Die Pille schlug in 99,99 Prozent der Sechsjährigen an.«

Was zum Gesegneten war das bitte?! Was für eine Pille? Was für Zweitbegabte? Ich las und las und las.

Je tiefer ich in die Materie und Machenschaften des Hohen Rates Einblick erhielt, desto weniger konnte ich ihn leiden. Wut stieg in mir hoch. Diese alten Säcke, die schon seit Ewigkeiten über uns bestimmten, hatten uns lange genug zum Narren gehalten! Ich schnappte mir diese und zwei weitere Akten und stopfte sie in die Aktentasche.

Wie spät war es eigentlich? Ein Blick auf die Armbanduhr und mein Herz schlug doppelt so schnell. *Verdammt!*

Es war bereits über eine Stunde vergangen, mein Spiegelbild hatte sich wieder aufgelöst und ich saß hier und las.

Es blieb keine Zeit mehr mich im Waschraum umzuziehen, ich musste es hier machen. Zur Sicherheit ließ ich die Steine wieder in meinen Stiefeln verschwinden. Wenn mein Vater mich dabei erwischte, wie ich im Hohen Rat herumschnüffelte und mir selbst Informationen über die Mischbegabten beschaffen wollte … Allein beim Gedanken daran bildete sich ein Kloß in meinem Hals. In meinem Kopf kreisten noch immer die Informationen von gerade eben.

Der Hohe Rat verabreichte sechsjährigen Mischbegabten eine Pille, die ihre zweite Gabe verhindern sollte. So viel konnte ich mir mittlerweile zusammenreimen. Das Kostüm, das ich trug, passte nicht mehr in meine Aktentasche, aber es hier unten zu lassen wäre auch mehr als unbedacht. Zunächst legte ich es zusammen mit meiner Jacke über meinen Arm und stiefelte in meinen Overknees die Treppen wieder nach oben. Wenigstens hatte sich mein Körper nach der Essenzenentziehung wieder vollständig regeneriert.

Oben angekommen dachte ich eine Sekunde daran, die Kleidung zu verbrennen, aber ich fühlte in mir nur die altbekannte Leere. Damit konnte ich kein Feuer heraufbeschwören. Ich wollte mich gerade Richtung Eingangshalle aufmachen, als ich einmal nach links schaute. Die Tür zu einem Büro stand speerangelweit offen. Schnell riskierte ich noch einen Blick. In dem Raum waren leere Regale, von durchsichtigen Planen bedeckt, und zwei Arbeiter in weißen Overalls. Stutzig wurde ich bei der riesigen Tresorwand an der linken Seite. Auch dieser Eingang stand offen.

»Hey, Sie dürfen hier nicht rein! Das ist nur Befugten gestattet«, schimpfte einer der Männer.

Sofort ging ich weiter und warf nochmal einen Blick auf das Schild neben dem Türrahmen.

Ms Kelvin
Büro für Forschung MB

Da hatte ich meine Antwort. Die Akten wurden vermutlich normalerweise in dem Tresor aufbewahrt und waren nur vorübergehend aufgrund der Renovierungsarbeiten ausgelagert worden. Was für ein Glück für mich, so hatte ich ein paar mehr Informationen als erhofft. Schnellen Schrittes, aber ohne zu rennen, lief ich den Gang entlang, in der Hand mein Handy mit dutzenden Nachrichten von Jara und Rean, die zunehmend panischer wurden. Verständlich, so tief unter der Erde blieb der Empfang aus. Sie hatten gesehen, dass ich die Nachrichten noch nicht einmal empfangen hatte.

Mein Handy vibrierte und kündigte eine weitere SMS von Rean an:

Dein Vater sucht dich, wir sind in der Lounge beim Mittagessen.
Beeil dich!!!

Wow, sogar drei Ausrufezeichen. Die Lage schien sehr ernst zu sein. Ich ließ das Kostüm hinter einer der riesigen Zimmerpflanzen auf dem Gang verschwinden und machte mich auf Richtung Lounge.

Ich brauchte eine gute Ausrede, etwas Glaubhaftes, um damit meinen Vater zu täuschen. Ich konnte ihm nicht die Wahrheit sagen, noch nicht.

Plötzlich spürte ich die Gegenwart eines weiteren Leerenbegabten und im nächsten Augenblick warf es mich auf den Boden. Ich schürfte mir die Knie auf und konnte gerade noch so verhindern, dass ich mit dem Kopf aufprallte.

»Nicht drauf vorbereitet?« Die eiskalte Stimme meines Vaters erklang. Er hatte mich mit einer Luftessenz zu Fall gebracht.

Langsam kam er auf mich zu, während ich mich wieder auf die Beine kämpfte. Dann stand er auch schon vor mir, groß, breit und Machtausstrahlend. Das falsche Grinsen von vorhin war aus seinem Gesicht gewischt. Ich hasste es mit meinem Vater allein zu sein, fast noch mehr als mit Robert.

»Meine liebe kleine Ria, was schleichst du hier auf den Gängen herum?«, fragte er und legte mir eine Hand unter das Kinn. Ich drehte mich nicht weg, sondern erwiderte seinen Blick geradeheraus. Dennoch saß mir die Angst im Nacken. Er trug seine Verachtung mir gegenüber wie ein modisches Accessoire.

Warum konnte dieser Mann mir nicht ein wenig mehr an Respekt entgegenbringen, einen Funken Liebe, einen Hauch an Zuneigung? Aber seit meine Mum ihr Leben ließ, starrte er mich nur noch mit seinen kalten Augen an.

»Robert kommt noch in Versuchung, wenn er dich allein vorfindet«, sagte er.

»Ich kann mich wehren«, behauptete ich, doch mein Vater zog nur verächtlich eine Braue in die Höhe. Sein Blick sagte mehr als Worte.

»Du kannst dich also selbstverteidigen? Wie interessant«, sagte er mit so ruhiger Stimme, dass ich mich wieder wie ein kleines dreizehnjähriges Mädchen fühlte.

»Also? Was hast du hier gesucht?«, fragte er.

»Ich habe Reans Aktentasche gesucht, die er vergessen hatte.«

Der Schlag auf meine Wange kam so schnell, dass ich ihn nicht kommen gesehen hatte und nur den heißen Schmerz spürte, der sich glühend in meinem Gesicht ausbreitete.

»Wenn du schon lügst, dann besser.«

Meine Wange pochte dumpf und ich kämpfte gegen den Reflex ihn herausfordernd anzustarren. Denn das brachte mir im Regelfall nur eine zweite Ohrfeige ein.

Er griff nach der Aktentasche und ich bereute es augenblicklich, die Unterlagen hineingestopft zu haben.

»Um deine Frage vorwegzunehmen, es geht Mira und Moni gut, hast du meine Fotos erhalten?«

»Habe ich.«

»Gut.« Er sah sich in Seelenruhe die Akten an. Argwöhnisch musterte er mich.

»Warum zeigst du mir das nicht gleich?«

»Ich wollte zuerst alle Informationen zusammentragen, bevor ich sie an dich weiterleite.« Das war wenigstens die Wahrheit.

»Robert plant etwas und du willst mir so etwas vorenthalten?«

Seine Ruhe machte mir am meisten Angst. Mit seiner Wut konnte ich umgehen, aber er war am gefährlichsten, wenn er sich vollständig unter Kontrolle hatte.

Er hatte so viele Essenzen in sich und ich konnte nichts mehr vorweisen.

»Du hast verdammt großes Glück, dass ich dich noch brauche, Ria. Und dass du meine Tochter bist.«

Natürlich, dass ich sein eigenes Fleisch und Blut war, kam an zweiter Stelle.

»Dennoch«, begann er und holte erneut aus. Doch dieses Mal war ich darauf vorbereitet und duckte mich unter seinem Schlag weg.

Er nahm meine Geschwindigkeit zur Kenntnis, aber mehr auch nicht. Ein zweites Mal wollte ich diesen heißen Schmerz nicht spüren.

»Das war dein erster und letzter Fehler. Und jetzt geh zurück zu deiner Klasse. Ich habe dich im Blick.«

Damit war ich entlassen, er studierte bereits die Akten und ließ mich gehen. Im Vorbeigehen drückte er mir noch eine Essenz in die Hand.

»Für deine Wange.«

Es war keine Heilungsessenz, sondern eine zum Kaschieren. Ich spürte deutlich, dass er beide bei sich hatte. Aber dann hätte ja seine Lektion nichts bewirkt, wenn er mir den Schmerz nahm. So oder so, ich musste noch vorsichtiger sein. Ich konnte nur beten, dass er meine Essenzen nicht bemerkt hatte.

Ich drehte ihm den Rücken zu und schon im nächsten Moment spürte ich meinen Fehler. Den Angriff hatte ich ebenfalls nicht kommen gesehen. Mit einer Luftsichel schnitt er mir in den Rücken. Einen Augenblick bekam ich keine Luft und sank auf die Knie. Wie ich schon sagte, wenn er so ruhig und beherrscht war, dann hatte ich am meisten Angst vor ihm. In seiner Wut hätte er es sich niemals getraut mich so anzugreifen. Es brauchte viel Beherrschung, um mich mit der Luftsichel nicht ernsthaft zu verletzen. So tat es einfach nur immens weh.

»Zieh deine Jacke an, es ist kalt draußen.«

Zwei Dinge waren mir mittlerweile vollends bewusst.

Erstens: Mein Vater verfolgte einen Plan.

Zweitens: Ich spielte darin eine zentrale Rolle.

Sonst wäre ich jetzt bereits tot.

WIE MAN STREITET

»Scheiße, Ria! Wir hatten richtig Angst um dich«, regte sich Jara weiter auf. Mittlerweile saßen wir zu dritt in unserem Zimmer und ich durfte mir seit einer Stunde anhören, wie bescheuert das alles gewesen war.

Ich legte die Steine aus meinen Stiefeln auf meinen Schreibtisch. »Es hat doch geklappt«, sagte ich und streifte mir endlich die Schuhe von den Füßen.

»Deine Wange schwillt immer noch an, da hilft auch kein Kaschieren mehr«, sagte Rean und faltete die Hände vor seinem Gesicht.

»Ich habe gleich Training, Sam kann es sicher heilen, er hat doch immer eine Heilungsessenz dabei.« Ich versuchte die Schmerzen herunterzuspielen. Aber mittlerweile konnte ich meinen Rücken nicht mehr verbergen.

»Wenn ich es mir recht überlege, sollten wir Sam vielleicht schon vorher fragen ...«, ächzte ich. Deutlich spürte ich, wie die Essenz schwand und sich nicht nur die Wunde an meiner Wange zeigte, sondern auch die Verletzung am Rücken freilegte.

»Ist deine Wange so schlimm, dass du sogar Sam bitten willst?!«, fragte Jara und stemmte die Arme in die Hüfte.

»Ehrlich gesagt ist es nicht meine Wange, die mir zu schaffen macht«, gestand ich und raffte mich unter starken Schmerzen auf.

»Rean, könntest du mir aus dem Mantel helfen?«

»Gern, aber was ist denn das Pro... Heilige Scheiße!« Ich hatte noch nie das Wort *Scheiße* aus Reans Mund gehört. Hätte es nicht mit dem Anblick meines Rückens zu tun gehabt, hätte ich sicher gelacht.

»Jara, hol Sam!« Sanft legte er mich auf das Bett.

»Bitte sag mir, dass dein Kleid so konzipiert ist, dass es hinten rot sein soll und vorne grau.« Selbst jetzt versuchte Jara noch einen kessen Spruch zu reißen.

Während Jara davoneilte, sah ich zu Rean hinauf und betrachtete eingehend sein Profil. Sein besorgtes Gesicht und seine gefühlvollen Hände, die mir sanft durchs Haar strichen. In diesen Menschen hatte ich mich verliebt, in seine Güte und Intelligenz. Er war mein Felsen im tosenden Meer und mein Fixpunkt, wenn es mir schlecht ging. Ich griff nach seiner Hand und drückte sie, doch das kribbelige Gefühl blieb aus.

»Ich weiß, das Timing ist mies, aber ich muss noch mit dir reden«, begann Rean, »und in letzter Zeit weicht dir Jara nicht mehr von der Seite. Also ... Liv hat mir gesagt, dass sie mich liebt.«

Bitte was? Hatte ich mich gerade verhört? Warum sagte er mir das jetzt, wo ich mit Schmerzen im Rücken so gut wie bewegungsunfähig auf meinem Bett lag? *Mieses Timing* war ja wohl die Untertreibung des Jahrhunderts.

»Ich bin total verwirrt, denn ich habe sie nie so gesehen.«

Jetzt veralberte er mich aber, oder? Jeder hatte doch gesehen, wie sie sich an ihn herangeschmissen hatte. Immer und immer wieder. Sie waren sogar zusammen auf dem Ball gewesen und er hatte es nicht kommen gesehen?

Er schaute mich an und stoppte in seiner Bewegung mir durchs Haar zu streichen.

»Sie hat gesagt, sie erwartet meine Antwort. Hättest du etwas dagegen?«

Wo ist hier die versteckte Kamera? Was zum Gesegneten war sein Problem? Er wusste doch ganz genau, dass ich auf ihn stand. Obwohl, er hatte die sehr offensive Anmache von Liv auch nicht bemerkt. Als subtil würde ich meine Aktionen dennoch nicht beschreiben.

Der Mann besaß das Taktgefühl eines Steines. Ich liebte ihn wirklich, aber im Moment wollte ich einfach nur, dass die Schmerzen in meinem Rücken aufhörten und konnte mich nicht mit Reans merkwürdiger Frage auseinandersetzen.

Er beugte sich herunter und hauchte mir einen Kuss auf die Stirn. Mit einer Hand strich er mir über die Wange. In diesem Moment flog die Tür auf und Jara stand zusammen mit Sam im Rahmen.

»Stören wir vielleicht?«, fragte Sam argwöhnisch. Rean löste sich von mir und betrachtete mich eingehend.

»Du störst immer. Tut es noch sehr weh, Ria?«, fragte er und schaute dabei nur mich an. Sein Blick war so intensiv, dass ich mich daraus nicht zu befreien vermochte.

Auch wenn mir nicht danach war, schenkte ich ihm ein breites Lächeln und zeigte ihm einen Daumen nach oben. »Alles gut, mach dir keine Sorgen. Das ist nur ein Kratzer. Du kannst ruhig gehen.«

»In Ordnung, auch wenn es mir nicht passt diesen Typen bei dir zu lassen. Denk einfach darüber nach, ob du Einwände hättest.«

Wie gern würde ich ihm gerade eine reinhauen. Wirklich, wirklich gern.

Wenigstens konnte ich mich von seinem Blick lösen. Rean stand auf und verließ den Raum, während Sam zu mir kam.

»Ehestreit zwischen euch?« Er deutete mit dem Daumen in Richtung Gang, wohin Rean gerade verschwunden war.

Immer noch war ich wie vor den Kopf gestoßen. Mein Lächeln, das ich nur für Rean aufgelegt hatte, verblasste und ich ließ den Kopf in mein Kissen sinken. Die Schmerzen überrannten mich, aber vor Sam schämte ich mich deshalb nicht. Liv hatte also Rean ihre Gefühle gestanden. Ich horchte tief in mich hinein. Wie ging es mir damit? Meine Welt musste doch zusammenstürzen, denn er erwog wirklich mit ihr zusammen zu kommen.

Vorsichtig schob Sam mein Kleid hoch und zog scharf die Luft ein.

»So schlimm?«, fragte ich.

»Heiße Unterwäsche, wir scheinen echt gestört zu haben.« Ich hörte sein Grinsen deutlich aus seinen Worten heraus, auch wenn ich es nicht sah.

»Wow, ich habe echt ein Faible für Leute mit unpassenden Sprüchen. Jara konnte sich auch einen nicht verkneifen.«

»HA! Ich wusste doch, du stehst auf mich«, lachte Sam und holte aus seiner Tasche ein Röhrchen heraus. Jara ging ungeduldig ab und auf.

»Jara, was hältst du davon, wenn du mal nach John siehst«, schlug ich vor. Abrupt hielt sie inne und starrte mich empört an.

»Ich kann dich doch nicht mit diesem Lüstling allein lassen.«

»Du machst mich aber nervös mit deinem Herumgerenne.«

»Na, schön!« Sie warf die Hände in die Höhe und stapfte zur Tür. »Ich sehe später nach dir.« Dann war sie auch schon draußen und es klickte, als das Schloss einrastete.

»So dringend möchtest du also mit mir allein sein. Ich fühle mich geehrt«, sagte Sam.

Ich spürte, wie die Essenz auf meinen Rücken tropfte und seine unnatürlich heißen Hände sie vorsichtig verstrichen.

Wir schwiegen einige Augenblicke. Ich, weil ich tapfer die Zähne zusammenbiss und er, weil er sich konzentrieren musste. Heilungsessenzen fühlten sich für mich immer so an, als würde ich bei lebendigem Leib verbrennen.

»Also, wer war das?«, fragte Sam.

Der Schmerz ließ nach und es pochte nur noch unangenehm. Der übliche Schwindel setzte ein, den ich immer nach der Heilungsessenz verspürte. »Ist doch nicht so wichtig«, murmelte ich und versuchte tief durchzuatmen. Gut, das ging schon einmal wieder.

»Doch! Du hast das gesamte Bett vollgeblutet und das hätte böse ausgehen können. War das Rean?« Ich zuckte bei Reans Namen zusammen.

»Wie kommst du denn auf Rean?«, zischte ich zurück und richtete mich vorsichtig auf. Die Bewegung ging einigermaßen, ich musste jetzt nur aufpassen, wie mein Kreislauf mitspielte.

Ich stand vorsichtig auf und drehte mich zum Kleiderschrank, dort verbarg ich mich hinter der offenen Schranktür, damit Sam mich nicht in Unterwäsche sah. Mit einer langsamen Bewegung zog ich mir das Kleid über den Kopf, um mir ein viel zu großes T-Shirt überzuziehen, das nicht so unangenehm an mir klebte. Es reichte mir knapp über den Po und vorne prangte das Logo von der Band Nickelback.

»Was, kein Kommentar, dass ich mich vor deinen Augen umgezogen habe? Ich bin enttäuscht.«

Ich schloss die Kleiderschranktür und drehte mich wieder zu Sam, doch fand ich nicht das altbekannte Grinsen in seinem Gesicht, sondern eine tief zerfurchte Stirn.

»Was war mit Rean, du bist bei seinem Namen zusammengezuckt.«

»Was willst du von mir hören, Sam? Rean hat mir gesagt, dass Liv ihm ihre Liebe gestanden hat. Und ob ich etwas dagegen hätte. Der Typ hat ein ganz mieses Timing.«

Sam stand vom Bett auf und kam auf mich zu.

»Ich verstehe dich nicht, Ria. Aber ich glaube, du verstehst dich selber nicht.«

Ich wich einen Schritt zurück, doch Sam folgte mir auf dem Fuß.

»Was verstehst du denn nicht?«

»Du bist immer so komisch in seiner Gegenwart. Und was treibst du eigentlich, dass du solche Verletzungen hast? Deine Wange schwillt auch an. Hat dich jemand geschlagen?!«

Ich spürte seine Essenz aufflammen.

»Das geht dich nichts an! Ich komme allein klar.«

»Offensichtlich, deswegen musste ich auch von Jara geholt werden und dich heilen«, sagte er und verschränkte die Arme vor seiner Brust.

»Kann dir doch egal sein, du hast mich beim Training auch schon übler zugerichtet«, giftete ich zurück. Es war mir bewusst, dass meine Argumente nicht besonders stark waren, aber dieser Typ durfte mir nicht noch näherkommen.

Der Ball hatte mir und meinem dämlich pochenden Herzen gereicht.

»Es ist mir aber nicht egal und du weißt ganz genau, dass das Training etwas anderes ist«, rief Sam.

»Du bist doch genauso ein Buch mit sieben Siegeln für mich. Du machst mich wahnsinnig, Sam! Ich habe schon genug zu tun mit dem Geständnis von Liv und damit, dass Rean ernsthaft überlegt, mit ihr eine Beziehung anzufangen.«

»Du willst doch gar nicht, dass rauskommt, dass du Rean liebst. Du müsstest es ihm einfach nur sagen und ihr wärt ein Paar«, sagte er und kam mir noch einen Schritt näher. Dieses Mal wich ich kein Stück zurück, sondern baute mich vor ihm auf.

»Das geht dich alles einen Dreck an«, zischte ich und schubste ihn. Doch Sam taumelte nicht einmal ein bisschen, wie ein Fels stand er unnachgiebig vor mir. Doch vielleicht hatte er auch recht. Rean hatte schon ein paar Andeutungen gemacht, ich hätte es ihm sagen können. Sam verunsicherte mich abermals. Aber in diesem Moment, wo er mich so anschaute, da wollte ich Rean nichts gestehen.

Sam verengte seine Augen zu Schlitzen, als würde ihm jetzt ein Licht aufgehen.

»Du liebst ihn wirklich nicht. Verdammt, Ria!«

Ich schwankte, eine der Nebenwirkungen des Heilungsprozesses. Sam packte meine Schultern, um mich aufrecht zu halten. Mit seinen grünen Augen durchbrach er meinen gut aufgebauten

Schutzwall. Er sah mir direkt in die Seele und ich hatte mich noch nie so verletzlich gefühlt wie in diesem Augenblick. Seine Hände waren angenehm warm und die Berührung löste in mir etwas aus, das ich tief in mir vergraben hatte. Unter seinen Fingerspitzen bahnte sich eine verräterische Gänsehaut ihren Weg über meine Arme. Meine Haut kribbelte und ich verspürte den Drang, mich an seine Brust zu lehnen, als könnte sie mich einen Augenblick vergessen lassen, dass mein Vater mich im Visier hatte und nicht davor zurückschreckte mich zu verletzen.

»Das kannst du nicht wissen.« Meine Stimme sollte stark und fest klingen, doch sie erinnerte eher an ein Raunen im Sturm.

»Du bist nicht echt in seiner Gegenwart.«

Er traf mich mit seinen Worten härter, als er sollte. Vielleicht verstellte ich mich manchmal bei Rean, aber tat das nicht jeder? Wollte man nicht demjenigen gefallen, den man liebte? Wollte ich ihm nicht nur meine beste Seite zeigen?

»Was soll denn dann echt an mir sein?«, sagte ich ruhig und hielt seinem Blick stand. Die Spannung zwischen uns war wie vor einem Sommergewitter, wo einen das ewige schwüle Wetter versucht zu erdrücken. Man wollte endlich das langerwartete Donnergrollen hören.

»Das hier.« Sam zog mich an sich heran und küsste mich.

Er küsst mich.

Ich spürte seine Lippen auf meinen. Als würde der Himmel sich verdunkeln und das berauschende, explosive, erlösende Sommergewitter herabstürzen.

Diese Information sickerte langsam in mein Bewusstsein. Seine Hände ruhten auf meinen Schultern und ich spürte seinen Mund, der immer fordernder wurde. Meine Handlung folgte keiner Logik. In diesem Moment wollte ich diesen Kuss erwidern, mit allen Gefühlen, die ich niedergekämpft hatte. Ich legte meine Hände an sein Gesicht und schob ihn einen Augenblick von mir. Sanft strich

ich mit den Daumen über vereinzelte Bartstoppeln, die er beim Rasieren übersehen hatte. Überrascht sah mich Sam an, doch dann legte sich eine Zärtlichkeit über seine Züge, wie ich sie noch nie an ihm bemerkt hatte.

Vorsichtig näherte ich mich ihm wieder und dieses Mal küsste ich ihn. Langsam, sanft. Dieser Kuss stand unserer sonstigen Dynamik entgegen. Wir stritten uns, zogen uns bei jeder Gelegenheit auf, doch jetzt legte er vorsichtig die Arme um mich, als könnte ich unter seinen Händen zerbrechen. Ich sollte es nicht zulassen, um meinetwillen musste ich es stoppen, bevor es begann. Aber ich konnte es nicht.

Trotz der Gefahr, dass mein Vater das hier nicht gutheißen würde, konnte ich diesen Moment nicht zerstören. Ich schloss die Augen und genoss Sams Nähe. Seine Lippen, die immer fordernder wurden, seine Zunge, die sanft gegen meine stupste.

Sam hob mich hoch und ich schlang meine Beine um seine Mitte. Sein Körper heizte sich auf, sein Feuer im Inneren stieg an, doch es störte mich keine Sekunde lang. Seine Hände verschränkte er unter meinem Po und mit den Daumen strich er immer wieder über ihn, was mich erschaudern ließ.

Ich biss in seine Unterlippe und saugte leicht an ihr. Ein Stöhnen entwich ihm und ich vergrub meine Hände in seinen Haaren. Noch nie hatte sich ein Gefühl so richtig angefühlt. Als wäre ich zu Hause. Ein richtiges Zuhause, nicht jenes bei meinem Vater oder ein unordentliches Zimmer, das ich mit meiner besten Freundin teilte. Dieses Zuhause war kein Ort, sondern ein Mensch. Und dieser grub sich so tief in mein Herz, dass ich wusste, wenn er es verließ, würde nur ein Scherbenhaufen zurückbleiben. Ich hatte Angst. Bei Rean musste ich niemals Angst haben, denn die Gefühle drangen nicht tief genug in mein Herz vor, um sich dort festzukrallen. Doch dieser Mann schaffte es.

Er drückte mich gegen die Wand und löste sich keuchend von meinen Lippen.

Mit seinen unergründlichen Augen musterte er mich, während ich versuchte meinen Atem unter Kontrolle zu bringen. Ich wollte mich nicht verbrennen, doch jetzt aufzuhören, war keine Option. Mein Bauch kribbelte und ich fühlte mich so leicht wie seit drei Jahren nicht mehr. Die Last auf meinen Schultern hob sich und ich konnte frei atmen. Dennoch schwebte sie über mir wie ein Henkersbeil. Bereit jeden Augenblick wieder auf mich hinab zu sausen, aber wenn ich das mit einem Kuss hinauszögern konnte … Ich reckte mich ihm entgegen und bemerkte noch sein verschmitztes Grinsen an meinen Lippen. Ich spürte den starken Kontrast zwischen der kühlen Wand in meinem Rücken und der Hitze von Sams Feuer unter meinen Fingerspitzen. Meine Wunde bemerkte ich nicht mehr, Sams Präsenz nahm jeden Winkel meiner Gedanken ein.

Es klopfte an der Zimmertür und nur einen Augenblick später sprang sie auf.

»Was zum Gesegneten?!«, brüllte Nate und augenblicklich stellte mich Sam wieder auf die Füße.

Ich ahnte das Schlimmste und wappnete mein Herz gegen jeden Angriff, der jetzt folgen konnte.

WIE MAN AUSTICKT

Nate stand nach drei energischen Schritten vor uns und packte Sam am Kragen.

»Was ist mit dir los?! Nicht SIE!«

Ich stockte, als ich das Ausmaß von Nates Verachtung zu spüren bekam. Bisher hatte ich immer gedacht, ich wüsste, wie sehr er mich verabscheute. Aber nach diesem Blick zu urteilen hatte ich bisher nur die Spitze des Eisberges gesehen. So viel Hass schlug mir entgegen, dass ich einen Schritt zurücktat.

Sam schlug Nates Hand weg und befreite sich aus seinem Griff.

»Sie hat nichts damit zu tun. Ich musste ihre Wunde am Rücken versorgen. Was meinst du, von wem sie die hatte?«, sagte Sam ruhig und ignorierte meine Anwesenheit völlig. Was besprachen die beiden da? Ich stolperte rückwärts auf mein Bett und beobachtete die beiden.

»Sie ist gut. Sie hat dich um ihren Finger gewickelt. Überleg doch mal, alle Indizien sprechen gegen sie.«

Das wurde mir jetzt aber zu bunt hier! Gerade war ich noch in den Armen von Sam gelegen und im nächsten Augenblick saß ich auf der Anklagebank.

»Wenn du mir etwas zu sagen hast, Nate, dann sag's mir doch bitte ins Gesicht und behandle mich nicht wie Luft«, sagte ich und sah ihn herausfordernd an.

Mein Stiefbruder warf mir einen abfälligen Blick zu. »Das könnte dir so passen. Ich behalte dich weiterhin im Auge.«

Moment mal. Weiterhin? Im Auge behalten?

»Du spionierst mir nach?!«, entfuhr es mir und ich sprang vom

Bett auf. Einen Moment wurde mir vom Heilungsprozess schwarz vor Augen, aber ich hielt mich standhaft. Sofort ging ich in Gedanken die letzten Wochen durch. Wie oft Nate grundlos in meiner Nähe gewesen war, obwohl er mich doch so verabscheute? Bei beiden Angriffen der Gesegneten, im Freizeitpark ... und wenn Nate nicht bei mir war, dann ... Mein Blick wanderte weiter zu Sam, der überall hinschaute, nur nicht zu mir.

»Ihr beide?!«, flüsterte ich.

Natürlich! Wie konnte ich nur so blind gewesen sein? Das alles hatte schon begonnen, als er mich nach meiner ersten Unterrichtsstunde bei Mr Riefer in den Brunnen geworfen hatte. Und warum er sich freiwillig gemeldet hatte, um mich zu trainieren, war mir jetzt auch klar. Der Ball! Der verdammte Ball!

Und dann hatten sie zusammen mit Chris gewartet, als Jara und ich von der Wahrsagerin zurückkamen.

»Wie konnte ich so blind sein?«, keuchte ich, »wie habt ihr Jara und mich verfolgen können?«

Unwillkürlich glitt Nates Blick zu meiner Hand, wo ich noch den Ring von Sam trug, den er mir spaßeshalber über den Gang zugeworfen hatte.

Ich starrte das Schmuckstück an. Ein heißes Gefühl durchfuhr mich und es hatte sicher nichts mit den Geschehnissen von vor fünf Minuten zu tun. Es war die blanke Wut, die mich packte. Mein Herz konnte ich nicht mehr schützen. War dieser Kuss dann überhaupt echt gewesen? Ich riss mir den Ring vom Finger und legte ihn mir auf die Handfläche. Man hätte meinen müssen, die Wut würde meine Konzentration stören, aber ganz im Gegenteil – sie schärfte sie. Da spürte ich es. So hauchzart und fast nicht zu bemerken, steckte in diesem Ring eine Essenz.

»Aufspürungsessenz«, stellte ich nüchtern fest.

Die beiden Männer standen immer noch so stumm vor mir, als hätte es ihnen die Sprache verschlagen. Manche Frauen hätten vielleicht aufgrund des Verrates Tränen vergossen, aber ich musste schallend lachen. Wie hatte ich Gefühle zulassen und mich so verwundbar machen können? Wie konnte ich so dumm gewesen sein?

Verwirrt starrten mich Sam und Nate an, als hätte ich den Verstand verloren. Vielleicht hatten sie damit auch nicht ganz unrecht. Es ärgerte mich, dass ich doch tatsächlich überrascht war hintergangen worden zu sein. Damit hätte ich doch nach der Weissagung von Madame Taranta rechnen müssen.

Ich hörte auf zu lachen und wurde wieder ernst. Sehr ernst.

»Raus, sofort.« Ich deutete auf die Tür und hielt meine Stimme unter Kontrolle, um nicht zu schreien.

»Ria, lass es mich doch erklären«, begann Sam, doch ich schnitt ihm das Wort ab, indem ich ihm den Ring entgegen schmiss.

»Vergiss nicht das mitzunehmen.«

Noch immer rührte sich keiner der beiden. Ich aktivierte die gespeicherte Luftessenz in mir und schubste sie zur Tür.

»Ich sagte, raus! Und wehe, einer von euch taucht beim Training auf.«

Nate verschwand schweigend durch die Tür, doch Sam blieb stehen.

»Wir wollten dich beschützen.«

»Wovor denn bitte? Das einzige Gruselige seid ja wohl ihr Stalker!«

Ich machte eine Handbewegung in der Luft und augenblicklich schloss sich die Tür vor Sams Nase. Wie vom Donner gerührt stand ich bestimmt noch zehn Minuten im Raum. Dann sackten meine Schultern nach unten und die Spannung löste sich aus meinem Körper.

Sam und Nate hatten mich aus einem bestimmten Grund beschattet und ich war zu wütend gewesen, um diesen in Erfahrung bringen zu können. Noch ein gravierender Fehler. Ich hätte ruhig bleiben müssen und herausfinden, was sie wussten. Ob sie wussten, dass Vater mir eine bestimmte Aufgabe übertragen hatte und was seine wahren Pläne beinhalteten.

Aber dieser Kuss, gehörte er zum Plan? Sicher nicht, Nate wäre sonst nicht so ausgerastet. Was wollte er eigentlich hier?

Den Brief?! Ich stürzte zum Schreibtisch und kramte nach dem Umschlag. War alles nur ein Ablenkungsmanöver, um an ihn zu gelangen? Ich hatte ihn doch zwischen meine Dokumente gesteckt, oder? Vielleicht sollte ich doch mal ordentlicher werden. Mein Wecker auf dem Nachttisch piepste.

Ich hatte jetzt absolut keinen Nerv für das Training, aber hier kopflos und mit Wut im Bauch weiterzusuchen, würde mir auch nicht helfen.

Mit meinen Trainingsklamotten und meinem Messer bewaffnet machte ich mich auf den Weg zur Plattform.

Mit wutverzerrter Miene stapfte ich über den Innenhof zum Unterricht. Mir war es egal, was meine Mitschüler von mir dachten. Noch vor Kurzem hatte ich mich so gut gefühlt und jetzt war ich so aggressiv wie ein wütender Terrier. Das nennt man wohl einen tiefen Fall erleiden.

Aus dem Augenwinkel bemerkte ich eine Bewegung links von mir. Braunes Haar, elegantes Auftreten, Liv Watson kam auf mich zu. Zur Gabe noch eins! Was hatte ich verbrochen, dass ich heute so bestraft wurde?! Erst der Angriff meines Vaters, Reans Geständnis, Sams Kuss, Sams Verrat. Ich fand, das reichte für einen Tag. Doch scheinbar ließ sich Liv nicht von meiner Miene abschrecken.

»Kein guter Zeitpunkt, Liv«, warnte ich sie. Wie vermutet ignorierte sie es einfach und ging neben mir her.

»Ria, ich muss mit dir sprechen.«

»Schön für dich, ich aber nicht mit dir. Ich habe zu tun«, giftete ich sie an und beschleunigte meine Schritte.

»Es geht um Rean.« Meine Güte, verstand diese Frau meine Sprache nicht? Ich hatte keine Lust jetzt auch noch mit ihr zu sprechen.

»Nochmal, ich habe keine Lust mit dir zu sprechen. Vor allem nicht über Rean.«

Ich stieg die Stufen zur Plattform empor und sie folgte mir immer noch auf dem Fuß. Anhänglich wie ein Golden Retriever. Oben angekommen fand ich nur gähnende Leere vor.

»Ich habe Mr Riefer gesagt, dass du heute nicht zum Training kommen kannst.«

»Und woher nimmst du dir das Recht heraus eine solche Aktion zu bringen?!«, fragte ich sie nachdrücklich und funkelte sie an. Am liebsten hätte ich ihr eine verpasst, aber ich versuchte mich zu beherrschen.

»Es ist mir wichtig.«

»Schon mal daran gedacht, dass mir das egal ist? Sei nicht immer so egoistisch, Liv!«, rief ich aufgebracht und bemerkte, wie meine Wut sich immer mehr aufstaute. Ich hätte am liebsten auf etwas eingeschlagen.

»Egoistisch, ich?! Fass dir an die eigene Nase, Ria! Du hältst doch Rean seit Monaten hin!«

»Wie bitte?!« Das wurde mir hier langsam echt zu bunt. Wollte sich vielleicht noch jemand mit mir anlegen? Jetzt wäre ein geeigneter Zeitpunkt, ich war eh auf hundertachtzig und so schnell konnte mich da nichts mehr bremsen.

Warum sollte ich egoistisch sein?!

»Du liebst ihn doch gar nicht. Niemand scheint das bemerkt zu haben, aber ich schon. Ich empfinde so viel für Rean und du schwärmst immer nur von ihm, himmelst ihn an, aber wenn er einen Annäherungsversuch startet, hast du nur Augen für Sam.«

Ich starrte sie fassungslos an. Und ich dachte schon, heute konnte mich nichts mehr überraschen. Ich sollte mir dringend angewöhnen den Tag nicht vor dem Abend zu beenden.

»Du liebst Sam und tust so, als wärst du in Rean verliebt, machst ihm Hoffnung und hältst ihn hin. Und da wunderst du dich, wenn ich dich nicht leiden kann?«

»Ganz ruhig. Wer liebt hier Sam?!«, rief ich aus und hob abwehrend die Hände.

»Da! Schon wieder, alles was du raushörst, ist Sam.«

Ich stockte. Sie hatte recht, aber ich konnte nicht zugeben, dass sie mit ihrer Vermutung richtiglag. Vielleicht war ich tatsächlich egoistisch. Dass Rean tatsächlich Gefühle für mich hegen sollte, war mir absolut neu. Ich hörte tief in mich hinein und bemerkte, dass es mir schmeichelte, aber nicht auf Gegenseitigkeit beruhte.

Dennoch ... echte Gefühle für Sam konnten mich in einen Abgrund stürzen, aus dem ich nicht mehr herauskommen würde.

Mit seinem frechen Grinsen und seinem Duft nach Lagerfeuer betörte er mich seit Wochen. Sein gutes Aussehen war ein großer Pluspunkt, aber nur nettes Beiwerk. Dieser Mann wollte mich nicht beschützen, sondern mich so stark machen, dass ich seines Schutzes nicht bedurfte. Er forderte das Beste von mir und gab sich nicht mit weniger zufrieden. Ich strengte mich an, weil ich wusste, dass er an mich glaubte. Aber er beschattete mich. Sam kam meinem Geheimnis so gefährlich nah, dass es mich in Panik versetzte. Er würde es mir nie verzeihen, wenn er wüsste, was ich tat. Ich konnte es ihm sicherlich erklären, aber würde er zuhören? In erster Linie musste ich nun den Brief entschlüsseln und Liv loswerden.

»Es reicht, Liv. Du kannst nicht einfach herkommen und mir an den Haaren herbeigezogene Dinge vorwerfen. Ich habe jetzt außerdem gar keinen Nerv mich mit dir auseinanderzusetzen. Du hast Rean deine Liebe gestanden, wunderbar! Wenn er es erwidert, auch toll. Aber halte mich aus der Sache raus. Und wenn du noch einmal behauptest, dass irgendetwas zwischen Sam und mir ist, dann kannst du deine Beine in die Hand nehmen.«

Wie Liv mit mir sprach, ging mir gehörig gegen den Strich. Rean war ein freier Mann, er konnte tun und lassen, was er wollte. Wenn er mit dieser Zicke zusammen sein wollte, bitte. Wenn ich mich allerdings so reden hörte, fragte ich mich unwillkürlich, wer hier die Zicke war.

Ich drehte mich auf dem Absatz um. Das hier führte zu nichts und je länger diese Unterhaltung dauerte, desto weniger konnte ich mich leiden.

Plötzlich spürte ich hinter mir Livs Essenz, wie sie zu tosen begann. Sie setzte ihre Wasserbegabung ein und ich konnte mich gerade noch so zur Seite werfen, um einer Wasserpeitsche zu entgehen.

Wie erstarrt sah ich sie an. Hatte dieses Mädel noch alle Tassen im Schrank? Wollte sie mich zweiteilen?

»Überleg dir gut, was du als Nächstes machst!«, drohte ich. Aber scheinbar hatte ich den Kurs zur Beruhigung von wildgewordenen Furien nicht belegt. Wäre zu diesem Zeitpunkt sicherlich nützlich gewesen. Mit einer gewaltigen Kraft, die ich ihr nicht zugetraut hätte, erzeugte sie einen Wasserstrahl, dessen wahre Schubkraft ich sicherlich nicht ausprobieren wollte. Liv steuerte ihn zielgerichtet auf mich, doch ich rappelte mich vom Boden auf und brachte mich schleunigst aus der Gefahrenzone.

»Du hast das alles nicht verdient, Jordan!«, schrie sie und schoss mehrere Wasserkugeln auf mich ab, die sicherlich nicht so glimpflich wie die Treffer einer Wasserbombe in einem Luftballon verlaufen würden. Ich rannte die Treppen nach unten, um vom Rand der Trainingsplattform zu entkommen. Wer weiß, in ihrem Wahn hätte sie mich vielleicht sogar herunter geschubst. Dabei konzentrierte ich mich und erfasste mit meiner Gabe die Essenzen der verschiedenen Wasserkugeln. Eine drohte mich zu treffen, ich aktivierte meine Leerenbegabung und saugte, ohne hinzusehen, die Essenz mitsamt dem Wasser auf. Mit meiner Wut auf Liv, Sam, Nate und die ganze Welt im Bauch ging das deutlich leichter. Erstaunlich, immer wenn ich meine Begabung in Verbindung mit Wut nutzte, dann funktionierte sie erheblich besser. Auch bei Madame Taranta hatte ich die Luftblase zum Platzen bringen können, dabei hatte ich es nie zuvor versucht, aber die Wut hatte mich fest in ihrer Gewalt gehabt.

Ich konnte meine Gedanken nicht weiterverfolgen, denn Liv raste mir immer noch wie eine Furie hinterher. Merkte sie nicht selbst, wie albern das war?

Mit Höchstgeschwindigkeit rannte ich Richtung Innenhof unserer Burg in der Hoffnung, sie würde vor den anderen Schülern zur Vernunft kommen.

Aber Fehlanzeige. Ein Wasserstrahl, der deutlich stärker als einer der Feuerwehr sein musste, traf mich in den Rücken und schleuderte mich gegen die Burgwand, noch bevor ich bei den anderen ankam.

Ich schlug mit dem Kopf auf. Liv hielt weiter drauf.

Mein verdammter Rücken war erst vor ein paar Minuten geheilt worden. Noch immer steckte mir der Kampf mit meinem Vater in den Knochen und Heilungsessenzen laugten einen körperlich aus. Das hier war kein fairer Kampf. Doch ich wusste, wenn ich mich nicht bald aufrappelte, würde ich mehr brauchen als nur Sams Essenzen, abgesehen davon, dass ich gerade nicht gut auf ihn zu sprechen war. Wenn ich Liv nicht schlagen konnte, wie sollte ich es erst mit meinem Vater aufnehmen, der immer genug Essenzen mit sich herumtrug, um auch einen langen Kampf durchzustehen?

Mit fürchterlichen Schmerzen suchte ich nach der Essenz in Livs Wasserstrahl und machte sie unschädlich. Augenblicklich stoppte der Druck und ich konnte mich von der Wand lösen. Mit Schwung drehte ich mich herum und startete einen Gegenangriff.

Ich suchte nach ihrer aufgesogenen Essenz in meinem Inneren und aktivierte sie. Mit einer Wasserpeitsche schlug ich sie von ihren Füßen und sie landete im nächsten Busch. Meine Wut verrauchte langsam und machte einem neuen Gefühl Platz, das mir zu denken geben sollte. Ich hatte Lust auf diesen Kampf. Meine Gene schrien danach mich mit ihr zu messen und nicht eher aufzuhören, bis es einen Sieger gab. Normalerweise wehrten wir uns alle gegen diesen Drang, aber manchmal übernahm er die Oberhand. Ich wollte ihm sogar nachgeben. Aber gleichzeitig spürte ich meine Kraft schwinden, als würde sie mit meiner Wut in unmittelbarer Verbindung stehen.

Mein Blick zuckte hinüber zum Innenhof. Mehrere Schüler befanden sich in Sichtweise, aber sie schenkten uns keinerlei Beachtung. Sie bemerkten uns noch nicht einmal. Wir waren vielleicht außer Hörweite, aber sie mussten uns doch sehen! Als hätte jemand eine Essenz benutzt, damit niemand unseren Kampf störte. Wurde ich langsam paranoid? Nur eine Person fixierte mich mit einem gehässigen Grinsen auf den Lippen: Lena. Ich hörte ihr Lachen so laut, als stünde sie direkt neben mir. Hoffentlich hatte Liv genug von ihrer Dusche und sie würde jetzt von mir ablassen.

Dass ich mich abermals zu früh gefreut hatte, bemerkte ich, als mich ein Schwall Wasser von oben auf den Boden drückte.

Unter Ächzen schaffte ich es mich wegzurollen. Ein Schatten warf sich auf mich und ich sah aus dem Augenwinkel ein Aufblitzen. Dieses Miststück hatte ihr Messer gezogen und stürzte sich auf mich.

Nur mit Hilfe der gespeicherten Erdessenz von John konnte ich den Steinboden dazu bewegen mich noch einmal herumzurollen. Livs Messer zischte an mir vorbei und blieb im Stein stecken, dort, wo gerade noch mein Bauch gelegen hatte. Schockiert sah ich zu ihr. Mit wilden Augen starrte sie mich an. Sie hatte den Verstand verloren! Hätte ich nicht gerade gehandelt, wäre ein Messer in meinem Bauch gesteckt und ich wäre garantiert verblutet. Da es noch im Stein steckte, musste sie die Wucht des Einschlages mit ihrer Gabe auch noch verstärkt haben. Jetzt im Kampf bemerkte ich, wie groß der Unterschied zwischen unseren Stufen war. Sie hatte viel mehr Erfahrung als ich. Aber ich war eine Leerenbegabte.

Ich bemerkte erneut einen Schatten über mir und wollte schon ausweichen, doch die Person, die in der Sonne stand, streckte mir eine Hand entgegen.

»John?« Ich griff danach und er zog mich auf die Füße. Er hielt Livs Füße mit seiner Erdbegabung auf den Boden geheftet.

»Du brauchst wohl Hilfe.«

»Sieht ganz so aus«, keuchte ich und klopfte mir den Dreck von der Hose.

»Ryan holt Riefer. Wir sollten diskret bleiben.« John schaffte es immer nur kurze Sätze zu formulieren und nie etwas Unnötiges zu sagen.

»Du meinst, weil sich sonst die gesamte Schülerschaft in den Kampf stürzen würde?« Ich hasste unsere genetische Veranlagung. Wenn wir einen Kampf sahen, fiel es uns schwer uns nicht einzumischen. Auch damals im Archiv wollte ein kleiner Teil von mir sich unbedingt beweisen. In diesem Fall wäre es aber wirklich absolut unnötig noch weitere Schüler mit hineinzuziehen.

»Offensichtlich«, erwiderte er.

Liv erweichte mit ihrer Wasserbegabung den Boden, der sie festhielt. John hielt mit seiner Begabung dagegen an, er häufte immer mehr Erde an, um sie weiterhin gefangen zu halten.

»Schön, dass du deinen Genen wenigstens gefolgt bist und dich in den Kampf eingemischt hast«, versuchte ich zu scherzen und hielt mir die Seite. Sie schmerzte so sehr, dass ich mich nicht traute nachzuschauen.

»Du blutest.«

»Ich hatte es befürchtet«, murmelte ich und löste meine Hand von meiner rechten Seite. Das Messer hatte mich wohl doch erwischt. Ein sauberer Schnitt zog sich durch mein Trainingsshirt und leider nicht nur durch dieses.

Meine komplette Hand war mit Blut verschmiert. *Wunderbar.* Ich brauchte mal eine Pause von Verletzungen! Mein Körper konnte das doch nicht ewig mitmachen.

Aber wenn John Liv weiter auf Abstand zu uns hielt, hätten wir es nur noch mit Lena zu tun. Plötzlich riss es mich und John von den Füßen. Seine Konzentration auf sein Gefängnis für Liv wurde unterbrochen und ich sah noch aus dem Augenwinkel, wie sie sich befreite.

Dann schlug ich abermals hart auf dem Boden auf. Lena reichte Liv die Hand und sie grinsten einander an. Fantastisch. Konnten die beiden jetzt nicht Hand in Hand dem Sonnenuntergang entgegenlaufen und mich in Ruhe lassen? Ich hatte weit Besseres zu tun.

»Das eskaliert schnell«, sagte John mit seiner tiefen und entspannten Stimme, während er sich vom Boden hochdrückte. Manchmal glaubte ich, dass er einen Ruhepuls von dreißig hatte, nichts konnte ihn aus der Ruhe bringen. Ein schöner Ausgleich zu Jara.

»Keine Sorge, Mr Riefer kommt sicher gleich und macht dem hier ein Ende«, ächzte ich.

John hob die Hände und kleine Blätter entstanden rund um meine Wunde. So wurde sie zumindest ein bisschen geschützt.

»Hast du weitere Feinde?«, fragte John und nickte in die Richtung von Liv und Lena.

O ja, zu viele, aber ich hoffte im Stillen, dass Nate und mein Vater ihre Parts für heute erledigt hatten.

»Warum ist Liv sauer?«, fragte er weiter.

»Keine Ahnung, ich habe nichts getan, was dieses Verhalten rechtfertigt.«

Argwöhnisch blickte er mich an.

»Wirklich«, setzte ich nach.

Lena griff erneut an, sie riss mich gezielt mit ihrer Luftbegabung empor, sodass ich fünf Meter über dem Innenhof schwebte. John ging augenblicklich in die Hocke und legte seine Hände auf den Boden. Eine dicke Ranke schoss empor und umschloss meinen Knöchel. Keine Sekunde zu früh, denn die Kraft, die mich oben hielt, verschwand in diesem Augenblick. Ich weiß, wir stammten von den Samurai ab und wir waren alle kämpferisch veranlagt. Niemand wollte einem guten Kampf aus dem Weg gehen, aber das hier grenzte an vorsätzlichen Mord. Was war in die beiden gefahren, dass sie so extrem reagierten? John stellte mich wieder auf die Füße. Wo waren meine Stalker, wenn ich sie brauchte? Wobei ich mir nicht sicher war, auf welcher Seite Nate stehen würde.

»Sie kommen«, sagte John und ich nickte. John stampfte auf den Boden, womit er Liv zu Fall brachte. Lena schwang sich in die Luft und zog ihre Verbündete mit sich.

Was hatte ich den beiden denn so Schlimmes getan?

Gut, Liv fühlte sich wegen Rean auf die Füße getreten und Lena konnte mich seit meinem Date mit Sam noch weniger leiden als zuvor. Wenn ich ihr jetzt noch sagte, dass ich wusste, wie Sam küsste ... Okay, blöder Gedanke, denn nun ging meine Konzentration flöten. Ich schüttelte den Kopf. Ich konnte versuchen Lena vom Himmel zu holen, aber bei dieser Höhe würde sie sich beim Aufprall verletzen.

Meine Zweifel daran, ob ich ihnen tatsächlich weh tun konnte, zerstreuten sich in dem Augenblick, wo Liv John und mich von oben mit Wasserkugeln attackierte.

»Hol sie runter«, forderte John, während er mit Erdbrocken den Angriff konterte.

»Du hast ja recht.« Bei schwebenden Luftbegabten erforderte es ein bisschen mehr Konzentration, den Unterschied zwischen ihrer Luftessenz und ihrer Lebensessenz zu erfühlen. Sie wendeten ihre Gabe auf sich selbst an, weshalb die Lebensessenz nah bei ihrer Luftessenz lag. Ich konzentrierte mich und spürte deutlich den Unterschied zwischen den beiden, dann schickte ich geschwind meinen für die anderen unsichtbaren Nebel aus und stahl die Flugessenz. Mit einem Aufschrei stürzten sie ab.

»Hab sie!« John war zu gut für diese Welt, mit einem Geflecht aus Ästen und Blättern schwächte er ihren Aufprall am Boden ab.

Denn deckte er sein Werk mit Holz ab, sodass die beiden vorerst gefangen waren.

»Beeindruckend, ich wusste gar nicht, dass du so stark bist.«

»Ich trainiere mit Jara«, sagte er und fuhr sich durch die kurzen schwarzen Haare.

»Auf jeden Fall hilft es. Ich denke, dort drinnen sollten sie sich abregen.«

Noch immer hielt John seine Hände auf das Gefängnis gerichtet und erschuf weitere Holzgeflechte zur Stabilisation.

»Wird nicht lange halten. Sie schneiden sich raus.«

Ich schaute mit meiner Gabe hinein und tatsächlich. Die beiden schnitten sich mit ihren Begabungen immer mehr aus dem Gestrüpp heraus. Geschwind suchte ich in meinem Inneren nach verfügbaren Essenzen, aber bis auf einen kleinen Vorrat an Luftessenzen von Lena fand ich nur noch einen kläglichen Rest von John.

Ich konnte noch nicht so gut mit anderen Essenzen umgehen und selbst wenn ich die beiden verletzen wollte, konnte es passieren, dass ich John oder mich selbst dabei traf.

Plötzlich überschwemmte Unmengen an Wasser das Gefängnis und mit einem lauten Ächzen musste John dem Druck nachgeben. Die Äste barsten und Holzsplitter flogen in unsere Richtung. Ich schaffte es gerade noch eine Luftkugel um uns beide zu legen und damit den schlimmsten Schaden zu verhindern. Lena warf ihr Messer und gleichzeitig ihre Luftsicheln auf unsere Blase. Die Klinge bohrte sich in unseren kleinen Schutzwall und ließ ihn wie eine Seifenblase zerplatzen.

Wäre ich eine echte Luftbegabte gewesen, wäre das sicherlich nicht passiert. Lena wusste genau, dass ich noch meine Schwierigkeiten hatte mit allen Elementen umzugehen, außer dem Feuer. Sonst hätte sie das Messer sicherlich nicht geworfen.

»Tut mir leid, dass ich dir keine Hilfe bin«, ächzte ich.

»Passt schon«, sagte John schlicht.

Lena umhüllte John mit einer Luftblase. Ich stürzte schon zu ihm, um die Essenz zu lösen, doch Liv richtete erneut einen Strahl auf mich. Ich hielt dem Wasserdruck stand, bemerkte jedoch, dass dieses Biest gleichzeitig die Blase mit Wasser füllte. John konnte so keinen Kontakt zum Boden aufbauen, den er dringend für seine Begabung brauchte. Wir waren erst im ersten Jahr, unsere Fähigkeiten hielten sich in Grenzen. Er würde ertrinken, wenn ich ihm nicht half.

Mit dem Rest der Erdessenz versuchte ich Zacken zu erzeugen, um Johns Gefängnis zum Platzen zu bringen.

Doch vergebens, Lena hielt ihre Ummantelung stabil.

Ich suchte in meinem Inneren nach Essenzen und fand nichts mehr. Liv zückte erneut ihr Messer.

Leider eine verdammt gute Idee von ihr. Meine Seite brannte wie Feuer und schränkte meine Beweglichkeit erheblich ein. Ihre Gaben konnte ich aufsaugen und gegen sie verwenden, aber einen körperlichen Angriff mit der Verletzung nur beschränkt kontern.

So ein Scheiß! Schnell zog ich mein Messer aus der Tasche an meinem Oberschenkel und parierte ihre Angriffe. Wenigstens im Nahkampf war ich gut und konnte einige wenige Treffer landen. Ich hatte keine Zeit mehr, John ging sicherlich langsam die Luft aus. Noch immer trommelte er gegen die Hülle. Bis das Geräusch verstummte. Mir blieb nichts anderes übrig, als alles auf eine Karte zu setzen. Dafür musste ich mir für ein paar Sekunden Liv vom Hals schaffen. In diesem Moment setzte sie eine zusätzliche Wasserpeitsche ein. Die Verzweiflung darüber, John nicht helfen zu können, machte mich blind gegenüber all dem, was ich nicht konnte. Ich MUSSTE jetzt einfach handeln, mir blieb keine Wahl. Innerhalb von wenigen Augenblicken erfasste ich die Wasseressenz und verwendete sie gegen Liv zur Ablenkung. Ich schoss mein Bein nach oben und trat, so fest ich konnte, gegen ihre Brust. Sie taumelte zurück. In diesem Moment drehte ich mich zu John um und schleuderte das Messer mit all den verbliebenen Luftessenzen, die noch irgendwo verborgen waren, gegen sein Gefängnis. Im nächsten Moment musste ich mich Liv wieder zuwenden, die sich schon vom Boden abstieß, um auf mich zu springen. Schützend hob ich meine Arme vors Gesicht und rutschte auf dem nassen Boden aus. Ich fiel und entging ihrem Angriff. Nasser Boden? Gabe sei Dank! Die Blase war geplatzt, aber John lag bewegungslos am Boden. Ich spürte seine schwerfällige Essenz in seinem Inneren. Schon einmal ein gutes Zeichen, auch wenn er scheinbar bewusstlos war.

Ich musste allein klarkommen und das würde ich. Nur wie?

Liv verstärkte ihre Angriffe mit dem Wasser, um ihre Wucht zu maximieren.

»Liv, komm wieder runter! Du tickst doch nicht nur wegen Rean so aus! Egal, was ich noch getan habe, wir können das doch in Ruhe klären«, appellierte ich an ihre Vernunft. Auch wenn diese sich schon seit einiger Zeit verabschiedet hatte.

»Du verdienst seine Aufmerksamkeit nicht. Du bist so ein mieser Mensch und doch bekommst du alles, was du willst.«

»Zum Thema mies, wer greift mich denn hier so blindlings an? Ihr habt John fast getötet!«

Blöde Idee, ich und meine große Klappe. Mit einer erneuten Wassersichel stieß mich Liv von sich. Ich fiel und hätte am liebsten einen Flickflack gemacht, um wieder auf die Beine zu kommen, aber meine Seite spielte bei diesem Vorhaben nicht mit.

Ich hatte keine Essenz mehr und nichts zum Aufsaugen. Von vorn stürzte sich Liv in meine Richtung und von oben raste der Schatten von Lena auf mich zu. Ich suchte fieberhaft nach etwas in mir. Wut, ich brauchte Wut.

Ich dachte daran zurück, dass ich Gefühle für Sam zugelassen hatte und dieser mich von Anfang an ausspionierte. Ich war unvorsichtig mit meinem Herzen gewesen. Aber diesen Fehler würde ich nicht ein weiteres Mal machen. Ich brauchte niemanden außer Jara. Enttäuschung über Sam mischte sich mit Wut.

Ein Funken entflammte. Mehr! Ich suchte in mir nach Schmerz. Schmerz, den ich in den Abgrund gestoßen hatte, Wut auf meinen Vater, dass er mich mit meinen Geschwistern erpresste. Wut auf Robert, dass er mich jedes Mal wie ein Stück Fleisch musterte. Aber im Fokus stand meine Mum. Meine Mum, die mich verlassen, mit ihrem Tod ein Wrack aus meinem Vater gemacht und zudem mir die Aufgabe übertragen hatte, auf ihn zu achten, ihm zu gehorchen. Ihr Verlust hatte ihn zu dem Mann gemacht, der er heute war. Kaltherzig und unberechenbar. Und das nur, weil sie sich nicht von Menschen behandeln hatte lassen wollen.

Eine Kettenreaktion setzte sich in Gang. Als würde eine Sicherung durchbrennen. Ich spürte eine Kraft in mir, die sich so ähnlich anfühlte wie die Feueressenzen der anderen. Aber sie gehörte mir! Sie war ein Teil von mir und nichts Geborgtes. Ich ließ sie frei, die glühenden Flammen schossen unkontrolliert aus mir heraus. Wie ein Pulverfass, das nur einmal explodieren konnte, entfloh die Energie aus mir und stieß Liv und Lena zurück. Die Flammen erfassten sie. Plötzlich fühlte ich mich erschöpft und ausgelaugt. Meine Beine trugen mein Körpergewicht nicht mehr und knickten weg. Wie ein nasser Sack fiel ich zur Seite und blieb einfach liegen. Am liebsten hätte ich mich auf den Rücken gerollt und den Himmel angestarrt, damit ich nicht sehen musste, wie Liv und Lena von den Flammen verschlungen wurden. Ich konnte das Feuer nicht kontrollieren, sondern starrte einfach nur geradeaus. Ich war eine Mischbegabte und so langsam glaubte ich, dass ich diese Pille zur Unterdrückung der zweiten Begabung nie erhalten hatte.

Und wäre das tatsächlich wahr, dann hätte ich zusätzlich die Begabung meiner Mutter geerbt und es die ganze Zeit nicht gewusst: das Feuer, welches gerade vor nichts Halt machte und alles niederbrannte.

Warum hatte ich es bisher nicht gespürt? Gewissheit über all diese Fragen und Vermutungen hätte ich allerdings erst, wenn ich diesen dämlichen Bericht vom Hohen Rat entschlüsselte. Ich musste den Brief wiederfinden.

Ich spürte, dass Jara in meiner Nähe war. Es war auf einmal so ruhig, die Schreie von Liv und Lena entfernten sich immer weiter und ich hörte nichts mehr. Wie gern hätte ich den Himmel beobachtet, wo die Wolken ungerührt von den Geschehnissen hier unten weiterzogen.

»Gut gemacht, Ria. Du hast gewonnen.« Die Worte von Jara drangen an mein Ohr. Sie kniete neben meinem Kopf und schaute mich so mitfühlend an, dass mir angst und bange wurde.

Was hatte ich getan?

WIE MAN EINE MISCHBEGABTE IST

Ich erwachte in einem nur schwach beleuchteten Raum und hörte mehrere Stimmen, die aufgeregt durcheinander redeten. Mein Kopf dröhnte, aber er war weich gebettet auf einem Kissen. Ich spürte ein Gewicht auf meinem Körper, welches von meiner Decke stammen musste. Demzufolge lag ich vermutlich in meinem eigenen Bett. Meine Kehle fühlte sich staubtrocken an, als wäre ich stundenlang durch eine Wüste gewandert. Mein Körper schmerzte wie nach einem langen Training, auch mein Geist war müde und erschöpft. Ich wollte absolut nicht aufwachen. Noch immer konnte ich all die Gedanken und Geschehnisse nicht sortieren und ich wollte mich ihnen nicht stellen. Das war ein riesiges Desaster und wenn ich Pech hatte, schob man mir alles in die Schuhe.

Langsam versuchte ich die Stimmen zu identifizieren. Jara hörte ich deutlich heraus, aber auch Rean und John.

Alles gut, ich konnte weiterschlafen. Plötzlich vernahm ich Sams Stimme und schreckte sofort auf.

Ich sah mich um und erkannte alle vier Anwesenden im Raum, sie standen im Kreis und diskutierten. Als sie bemerkten, dass ich wach war, verstummten sie augenblicklich und musterten mich. Ich erkannte in ihren Augen deutlich ihr Misstrauen. Als würde ich sie gleich anspringen und meine neuen Kräfte ausprobieren – sofern ich wirklich welche hatte.

John sah aus, als wäre nichts geschehen. Er war nur einen Tick blasser als sonst.

»Wie geht es dir, John?«, fragte ich leise.

»Ganz gut. Und dir?«

»Mein Kopf dröhnt, ansonsten auch ganz gut. Es tut mir leid, dass du da hineingezogen wurdest.«

»Hätte ich dir nicht geholfen, hätte Jara mich umgebracht. Alles gut.« Er lächelte mich sogar ein wenig an. Jara legte einen Arm um ihn und drückte ihm einen Kuss auf die Lippen. »Sehr richtig.«

Ich schluckte und bemerkte, dass meine Kehle immer noch staubtrocken war.

»Hat jemand von euch etwas zu trinken für mich?«, krächzte ich. Jara griff nach der Flasche neben ihrem Bett und gab sie mir. Ich öffnete sie und trank daraus. Noch immer schwiegen die anderen.

»Okay, wie schlimm ist es?«, fragte ich und schwang meine Beine aus dem Bett. Probehalber sah ich an mir herunter. Alles noch dran. Ich prüfte meine rechte Hüfte, kein Einschnitt, keine Narbe. Gut. Ein Blick auf die Uhr verrict mir, dass es mitten in der Nacht war. Ich hatte vermutlich mehrere Stunden geschlafen.

Jara kam zu mir ans Bett und setzte sich neben mich.

»Dich trifft keine Schuld. John hat für dich ausgesagt, dass Liv dich angegriffen hat«, erklärte Jara, doch ihr Blick blieb distanziert.

»Wie geht es ihr und Lena? Habe ich sie schlimm verbrannt?«, fragte ich und traute mich nicht in die Gesichter meiner Freunde zu schauen.

»Sie werden es überstehen und vielleicht bleiben nur Narben zurück. Sie werden auch nicht von der Schule geschmissen. Weil das – Zitat – *in der Natur von Begabten liegt und ja nichts passiert ist.* Außerdem schienen sie unter Drogeneinfluss gestanden zu haben. Ms Hetzig geht der Sache nach, aber die beiden haben keine Ahnung, wie es passieren konnte. Jetzt muss das mit ein bisschen Wahrheitsessenz herausgefunden werden«, sagte Sam und schaute mir dabei nicht in die Augen.

Es sollte also ohne Konsequenzen bleiben, dass sie mich beinahe umgebracht hatten? Was war das denn bitte für eine Erklärung?! Wo war die Grenze? Wenn ich tot gewesen wäre? Das mit den Drogen sickerte langsam in meinen Kopf. Liv und Lena hatten schon nicht ganz klar im Kopf gewirkt, aber wer sollte ihnen etwas untergejubelt haben?

»Was ist denn passiert?«, fragte Rean und kam zu mir. Er setzte sich neben mich auf die Bettkante und legte eine Hand auf mein Knie.

Ich druckste herum, mir sehr wohl der Anwesenheit von Sam bewusst.

»Ich war auf dem Weg zum Training, als Liv mich abfing. Dann erzählte sie mir, dass sie dir ihre Liebe gestanden hat. Sie hat mir ein paar Vorwürfe gemacht, auf die ich auch nicht gerade diplomatisch reagiert habe. Dann ist sie auf mich losgegangen und konnte sich nicht mehr beruhigen. Und schließlich kam Lena ihr zu Hilfe. Ende.«

Die vier starrten einander an. Ich seufzte. »Was verbergt ihr vor mir?«

Jara setzte sich auf meine andere Seite und legte den Arm um mich.

»Verbergen ist nicht richtig, wir machen uns nur Sorgen um dich. Du verbrauchst extrem viele Heilungsessenzen, das kann nicht gesund sein. Dein Körper muss sich auch mal erholen«, sagte sie und nahm dabei meine Hand.

»Einigen von euch glaube ich das, aber Sam, ganz ehrlich, was machst du hier? Sorgen machst du dir sicherlich nicht.«

Er stieß einen Schwall Luft aus.

»Du hast das vorhin falsch verstanden«, begann er, doch ich unterbrach ihn sofort wieder.

»Was genau? Das mit dem Kuss oder dass du mich ausspionierst?«, platzte es aus mir heraus und im gleichen Atemzug ärgerte ich mich maßlos. Man hörte deutlich, dass ich verletzt war und viel schlimmer, diese Informationen hatte ich höchstens mit Jara teilen wollen. Jetzt wussten es auch Rean und John. Dementsprechend überrascht schauten alle drei aus der Wäsche.

»Ein Kuss?«, fragte Rean und seine Hand rutschte von meinem Bein herunter.

»Ja, Leva, etwas, das zwei Menschen machen, die die Finger nicht voneinander lassen können«, erwiderte Sam und verdrehte die Augen. Es brachte auch nichts, dass ich ihm einen bösen Blick zuwarf.

John ging zu meinem Schreibstuhl und ließ sich desinteressiert darauf nieder. »Also mich stört eher, dass Sam Ria ausspioniert hat.«

»Können wir das vielleicht unter vier Augen klären?«, fragte Sam und trat ungeduldig von einem Fuß auf den anderen.

Ich wollte schon seufzend einwilligen, als sich Jara – ganz die Löwenmama – vor mich stellte.

»Nichts da, du vergreifst dich nur wieder an ihr. Kommt gar nicht in die Tüte, dass du ihr nochmal zu nahe kommst!«

»Nun mach mal halblang, es war nicht so, dass Ria das nicht auch gewollt hat.«

Ich spürte, wie mir die Hitze in die Wangen stieg. So wollte ich nicht mehr empfinden, aber mein blödes Herz schlug auch deswegen schneller, weil er genau an der gleichen Stelle stand, wo er mich heute geküsst hatte.

»Seht ihr«, sagte er und deutete in meine Richtung, »außerdem war das ja keine große Sache. Nur ein Kuss.«

Oh.

Hm.

Ok.

Nur ein Kuss.

Eine Durchsage: Bitte schnell einen Schutzwall um das Herz hochziehen, wir erwarten einen starken Aufprall mit verheerenden Schäden.

Doch die Worte waren schneller eingedrungen, als jemand in meinem Inneren handeln konnte.

Treffer versenkt.

Ich stand wackelig auf, schwankte an allen vorbei und machte die Tür auf.

»Ich möchte jetzt alle männlichen Teilnehmer bei diesem absolut reizenden Meeting höflichst bitten unser Zimmer zu verlassen.«

Drei völlig erstaunte Männer betrachteten mich, bis sie im wahrsten Sinne des Wortes Feuer unterm Hintern bekamen, denn Jara schoss kleine Feuerkugeln auf sie ab.

John war als Erster draußen, vermutlich froh sich wieder um seinen eigenen Kram kümmern zu können. Rean folgte kurz darauf kopfschüttelnd. Tja, so fühlt man sich, wenn man überrumpelt wird. Hatte er heute Nachmittag auch mit mir gemacht. Als Letzter blieb Sam zurück, dem die Feuerkugeln nichts ausmachten.

»Wir werden noch darüber sprechen, Ria«, sagte er.

»Lass mich kurz darüber nachdenken. Ich denke nicht. Ich denke, ich habe genug von dir. Scher dich lieber zurück zu deinem Fanclub und richte Lena doch bitte aus, wenn sie mir nochmal zu nah kommt, lasse ich sie in Flammen aufgehen.«

Damit knallte ich die Tür hinter ihm zu, drehte den Schlüssel im Schloss herum und ging zurück zu meiner besten Freundin. So sollte ich demnächst öfter mit ihm umgehen, ihm gar keine Gelegenheit für Widerworte geben.

»Kannst du das Feuer denn schon kontrollieren?«, fragte sie. Ich zuckte mit den Schultern. »Auf keinen Fall, aber das weiß sie ja nicht.«

Jara schmunzelte, doch sie betrachtete mich besorgt.

»Möchtest du darüber reden, was passiert ist?«

Nein, ich wollte nicht über mein angeschlagenes Herz reden. Dieser Tag sollte einfach nur schnell enden und aus dem Kalender gestrichen werden. Es reichte mir absolut. Erst die Begegnung mit Robert, der Angriff meines Vaters, Reans Geständnis, Sams Kuss, Sams Verrat, Livs Angriff und erneut Sam mit seiner frohen Botschaft, der Kuss hätte nichts bedeutet. Ich ging zu meinem Schreibtisch und begann nach dem Brief zu kramen. Vielleicht hatte ich ihn vorhin in der Eile übersehen.

»Ja, wenn wir endlich diesen Mist entschlüsselt haben.«

Jara gähnte ausgiebig. Ein Blick auf die Uhr verriet mir, dass es bereits nach drei war.

»Noch länger kann ich nicht warten, Jara. Nicht dass noch etwas anderes dazwischenkommt.«

»Alles gut, ich habe den Brief bei mir. Ich lasse so etwas doch nicht im Zimmer, wenn nur Skene und du da sind.« Sie hob ihr Shirt hoch und zog den Umschlag an der Seite aus ihrem BH.

»Danke für das Vertrauen und das sichere Versteck«, grinste ich und holte aus meinen Overknee-Stiefeln, die am Eingang standen, die Entschlüsselungsessenz.

»Immer gern.« Schmunzelnd nahm sie die Blätter aus dem Umschlag und drückte sie mir in die Hand.

»Dann werden wir jetzt erfahren, ob das all diesen Aufwand wirklich wert war«, sagte ich und aktivierte meine Leerengabe, um die Essenz freizusetzen. Aufregung wollte sich einfach nicht einstellen, ich war zu erschöpft und Jara fielen beinahe die Augen zu. Dennoch wollte ich es einfach hinter mich bringen.

Kaum berührte der Nebel der Essenz das Papier, veränderten sich die Buchstaben und brachten sich in die richtige Reihenfolge.

Jara legte sich auf den Rücken und murmelte: »Und? Was steht da jetzt so super Geheimes drin?«

Ich las und las und lachte. Ich lachte laut und schallend auf, bis ich keine Luft mehr bekam und sich das Gelächter in Keuchen verwandelte. Der Sauerstoff wollte nicht mehr in meine Lungen fließen. Ich hustete und versuchte die Fassung zu wahren. Aber angesichts dieses beschissenen Dokuments würde ich überschnappen. Vielleicht hatte ich es befürchtet, vielleicht hatte ich es geahnt. Aber das hier übertraf meine Vermutung. Mir kam Roberts Anspielung wieder ins Gedächtnis. *Kleines Experiment* hatte er mich genannt.

Das traf es doch ganz gut. Mein Vater hatte aus welchem Grund auch immer Robert erzählt, dass ich zwei Begabungen hatte. Warum verschloss ich eigentlich die Augen vor der Wahrheit? Ich wusste genau, warum mein Vater es ihm erzählt hatte. Ich war nicht dumm und dennoch wollte ich es nicht wahrhaben.

Jara setzte sich wieder auf und musterte mich argwöhnisch.

»Was ist los, jetzt sag schon!«

»Ich bin eine tickende Zeitbombe.«

Entgeistert starrte mich Jara an. Zuerst musste ich meine Gedanken sortieren.

»Ich habe einige Unterlagen im Hohen Rat gelesen, die unten bei den Papageien versteckt waren. Alle Mischbegabten erhalten im Alter von sechs Jahren eine spezielle Pille. Damit verlieren sie ihre zweite Begabung und das zu 99,99 Prozent. Früher kam es immer mal wieder zu Zwischenfällen, wenn Mischbegabte zwei Begabungen hatten. Das waren die Unterlagen im Hohen Rat, die mein Vater mir heute abgenommen hat, bevor ich weiter darin lesen konnte«, begann ich. Jara folgte meinen Erklärungen mit großen Augen. Die Müdigkeit in ihrem Gesicht schien wie weggeblasen.

»In meinem Fall wären das Feuer und Leere«, ergänzte ich und sah sie abwartend an.

Endlich fiel bei ihr der Groschen.

»Das heute war gar keine Feueressenz, oder?«, fragte sie andächtig und starrte mich an.

»Nein, ich hatte keine Ressourcen mehr zur Verfügung.«

Sie setzte sich in den Schneidersitz und runzelte die Stirn, während sie vor sich hin brabbelte.

»Deshalb war dein Angriff auch so stark. Das Feuer kam von dir. Du hast zwei Begabungen!« Bei den letzten Worten sprang sie auf und hüpfte auf meinem Bett auf und ab. »Du. Hast. Zwei. Begabungen!«

Ich nickte. »Aber keine Ahnung, wie ich das Feuer kontrollieren könnte. Du hast gesehen, was heute passiert ist.«

Jara hüpfte noch einmal und ließ sich dann wieder auf ihren Hintern fallen. »Und was steht jetzt in diesem Dokument, dass du gerade so ausgerastet bist?«

»Tja, das ist der Haken an der Sache. Ich vermute mal, dass die Pille bei mir vor sechs Jahren nicht angeschlagen hat. Ich also zu den 0,1 Prozent gehöre. Und in diesen Testergebnissen hier drin steht so einiges. Der Hohe Rat hat vor vielen Jahren Mischbegabte mit zwei Begabungen und Purbegabte gegeneinander antreten lassen.«

Jara nahm mir das oberste Blatt aus der Hand und überflog die Tabelle, die erst durch die Essenz zum Vorschein gekommen war.

In dieser Tabelle waren die Ergebnisse der Kämpfe verzeichnet. Jara ließ das Blatt langsam wieder sinken.

»Die Puren haben jeden Kampf verloren.«

Ich nickte. *Verloren* war eine nette Umschreibung. Vielmehr schien es bei den Kämpfen um Leben und Tod gegangen zu sein.

»Du weißt, ich liebe dich, Ria, aber jetzt muss ich dich mal was fragen. Warum bist du dann so schwach?«

»Keine Ahnung, vermutlich wusste ich es nicht und habe daher nie auf meine Ressourcen zurückgegriffen. Auch jetzt kann ich das Feuer nicht in mir spüren«, sagte ich und blätterte eine Seite weiter. »Leider ist das nicht der Grund, warum ich gelacht habe. Laut diesen Unterlagen haben solche Mischbegabten einen Gendefekt. Sie können ihre Begabungen nicht kontrollieren und irgendwann werden sie von ihrer Gabe verschlungen!«

»Was? Zeig her!«

Jara nahm nun alle Zettel an sich und las andächtig jedes Blatt selbst durch. Ich fühlte mich wie vor den Kopf gestoßen. Ich wollte diesen Tag unbedingt beenden. Ich hatte keine Lust mehr. In meinem Kopf spielten die neu gewonnenen Informationen verrückt. Ich versuchte meine Gedanken zu sammeln: Durch das Verlieren der zweiten Gabe ging das Risiko einer sogenannten *Verschlingung* laut den Unterlagen gegen null. Es wurde bildhaft beschrieben, wie der Begabte selbst und seine Umgebung innerhalb von einem Kilometer von seiner Gabe verschlungen wurden. Ich war eine tickende Zeitbombe und konnte jeden Augenblick hochgehen. Eine Gefahr für die gesamte Akademie.

»Das ist scheiße«, sagte Jara schließlich und ließ die Unterlagen sinken.

»Ja, das ist es«, erwiderte ich und ließ mich zurück aufs Bett fallen. Ich starrte an die Decke. Jara tat es mir gleich und ließ die Papiere auf den Boden gleiten.

Ich konnte jeden Augenblick sterben und dabei viele Menschen mit in den Tod reißen.

»Also sehe ich das richtig, dass durch die Pille Mischbegabte zu Purbegabten werden und die Großen Fünf es vor allen geheim gehalten haben. Sie haben uns in dem Glauben gelassen, dass es Mischbegabte gibt, aber haben eigentlich alle Mischbegabten als Kinder zu Purbegabten gemacht. Damit bist du die einzig wirklich existierende Mischbegabte«, sagte Jara nach langer Stille.

»Ja.«

»Und warum verheimlichen das die Großen Fünf?«

»Überleg doch mal, sie haben Angst um ihre Positionen. Denk doch mal an die ganzen Machthungrigen da draußen. Wenn das veröffentlicht wird, dann könnten stärkere Mischbegabte sich deren Position zu eigen machen. Sie wollen die Stärksten bleiben, diese alten Säcke, und sich ihren Po auf den gepolsterten Stühlen bis zum Tod platt sitzen. Und jeder neue Typ bei den fünf Großen ist natürlich ein Purbegabter und deshalb behalten sie das Geheimnis für sich. Man darf natürlich auch nicht vergessen, dass solche Mutationen wie ich eine große Gefahr sind, wenn wir explodieren«, warf ich ein.

»Das ist scheiße.«

»Ja, das ist es.«

»Hast du Angst?« Jara drehte sich auf die Seite und musterte mich genau.

Ich schluckte und hätte am liebsten verneint. Aber das hier war Jara, meine Seelenverwandte. Niemand kannte mich so wie sie.

»Ja.« Der Kloß in meinem Hals wollte nicht verschwinden, dennoch schaffte ich es sie zu fragen.»Und du? Hast du Angst vor mir?«

»Du bist Ria, meine beste Freundin seit dem Sandkasten. Ich könnte niemals Angst vor dir haben.«

Ich griff nach ihrer Hand und sie drückte sie. So lagen wir da und warteten auf den Schlaf.

WIE MAN IN PANIK GERÄT

Der vergangene Tag hatte mich fertiggemacht. Abgesehen von den vielen Verletzungen, die ich alle irgendwie durch die Heileressenzen weggesteckt hatte, schlugen meine Gedanken Saltos und das schön durcheinander – ohne Reihenfolge. Mein Kopf schwirrte schon und die Lautstärke im Speisesaal machte es nicht besser. Am schlimmsten waren allerdings diese Blicke im Nacken. Von überall erdolchten sie mich. Mit der Geheimhaltung nahm es hier in der Schule sowieso niemand so genau, also wusste wohl jeder, dass Liv und ich eine minimale Auseinandersetzung ausgefochten hatten.

Liv saß mit ein paar Verbänden bereits mit Rean am Frühstückstisch und mein Stolz verbot es mir, bei diesem Anblick auch nur eine Miene zu verziehen.

Mit meinem Tablett in der Hand ließ ich meinen Blick weiterschweifen. Plötzlich schob sich Layla in mein Blickfeld. Sie strahlte von einem Ohr zum anderen und schloss mich in ihre Arme.

Das hatte sie noch nie getan und ich war niemand, der Körperkontakt suchte. Dennoch tat es mir in diesem Moment überraschend gut. Layla sorgte sich um mich und das schenkte mir ein warmes Gefühl im Bauch. »Wenn der Tag gestern nicht dein Freund war, so war er dein Lehrer«, sagte Layla in ihrer gewohnt kryptischen Art. Dann gehörte sie wohl auch zu den unzähligen Geheimnisträgern.

»Aus einem Glückskeks?«, fragte ich und versuchte mich sanft aus der Umarmung zu lösen. *Genug Körperkontakt für den Morgen.*

»Nein, der Wind des Schicksals hat mir diese Worte zugeflüstert.«

»Natürlich.«

»Komm mit zu unserem Tisch«, sagte sie und zog mich in die entgegengesetzte Richtung, in die ich eigentlich wollte, aber gut. So musste ich nicht allein frühstücken, denn Jara hing an Johns Lippen. Ich vermutete, dass das intensive Interesse daher rührte, dass John mir gestern zur Seite gestanden hatte.

Layla saß mit Chris und ein paar weiteren aus ihrer Stufe, die aber alle mit ihren Büchern beschäftigt waren, an einem Tisch.

»Guten Morgen, Schwesterherz«, begrüßte mich Chris grinsend. Er stand extra auf und räumte seinen Platz, damit ich dort sitzen konnte, obwohl neben ihm sogar ein Stuhl frei war. Sehr merkwürdig.

»Morgen, warum strahlst du so? Hast du noch nicht von gestern gehört?«, fragte ich argwöhnisch und ließ mich zwischen die beiden nieder.

»Jeder hat von gestern gehört. Bist wohl doch keine so große Hohlbirne, wie ich angenommen hatte.« Ich sah auf und erkannte Nate, der mir direkt gegenüber saß und sich bis eben hinter einem Buch versteckt hatte.

»Ach nee, sieh an. Was willst du hier?«, fauchte ich. Nate hob sein Butterbrot hoch. »Frühstücken? Außerdem bist du an diesen Tisch gekommen.«

Stimmte auch wieder. Gabe noch eins, das mit Sam gestern machte mir mehr zu schaffen als angenommen, wenn ich mir noch nicht einmal anständige Wortgefechte mit Nate liefern konnte. Ich wurde richtig zickig. Ganz von der winzigen Kleinigkeit abgesehen, dass ich jederzeit explodieren konnte, was mich ziemlich nervös machte.

Ich sollte Nate einfach ignorieren, ich hatte jetzt andere Probleme, als mich damit auseinanderzusetzen, dass die beiden mir offenbar hinterher spionierten. Etwas ruhiger nahm ich einen Bissen von meinem Brötchen und kaute langsam darauf herum. Ich sollte dringend meine Gedanken sortieren und vielleicht einmal die wichtigsten Baustellen aufschreiben, damit ich den Überblick behielt. Chris und Layla versuchten mich in ein Gespräch zu verwickeln, aber ich war mit meinen Gedanken woanders. Gestern war mir klargeworden, dass ich durchaus Gefühle für Sam hegte. Auch wenn oder gerade weil der Kuss für ihn nichts bedeutet hatte, was ich ihm übrigens immer noch nicht abkaufte.

Ich wandte mich an Chris und Layla: »Wegen gestern habe ich keinerlei Essenzen mehr in mir. Es wäre toll, wenn ihr mir ein bisschen geben könntet. Dann fühle ich mich nicht ganz so schutzlos. Johns Erdbegabung hat mir gestern das Leben gerettet.«

Ohne zu zögern erzeugte Layla mehrere kleinere Wirbelstürme. Nach wie vor war ich der Ansicht, dass Luftbegabte die stärksten von allen waren. Auch Chris schenkte mir ein paar Feuerbälle, deren Essenzen ich in mir aufnahm. Das leere Gefühl in mir verschwand und ich fühlte mich wieder vollständig.

Hinter mir zerbrach ein Teller und ich drehte mich ruckartig um. Da saß Sam an einem Tisch, zusammen mit Lena und ein paar der anderen Mädchen aus seinem Fanclub. Ich ließ mein Brötchen sinken.

So schnell kann einem der Appetit vergehen, faszinierend. Der Typ tat doch sonst nie, was ich ihm sagte, aber ausgerechnet das von gestern musste er umsetzen? Dass er gleich zu seinen dummen Groupies lief?

»Entschuldigt mich, ich habe keinen Hunger mehr.«

Ich stand auf und ignorierte die Blicke meiner Freunde. Man musste sich ja nicht auch noch selbst geißeln, wenn man genug andere Sorgen hatte.

Ich wollte eigentlich zurück auf unser Zimmer gehen, aber auf dem Weg dahin kam ich an Ms Hetzigs Büro vorbei. Die Tür stand seltsamerweise offen und ich erhaschte einen Blick auf die vielen Schülerakten. Meine Gedanken rasten. Die Schülerakten wurden in ihrem Büro aufbewahrt. Ich erstarrte. Mir kamen zwei Klassenkameraden entgegen, einer von ihnen trug eine Armbanduhr. Ich spürte ihre argwöhnischen Blicke auf mir.

»Was ist denn mit Ria los? Hat der Kampf gestern etwas in ihrem Kopf kaputt gemacht?«, scherzte der Uhrenträger und tippte sich gegen die Schläfe. Sie liefen an mir vorbei und ich hörte sie noch lachen.

Mir wurde schlecht. Mein Vater hatte mir zwei Tage nach dem Schulbeginn eine Armbanduhr gebracht, die ich angeblich vergessen hatte. Danach war er im Büro von Ms Hetzig gewesen. Das konnte alles nicht wahr sein! Auf dem Absatz kehrtmachend, rannte ich drauf los. Ohne Ziel, aber mit viel Motivation vor meinen Problemen davon zu laufen. Ich verließ die Burg und rannte einfach weiter. Immer weiter. Vor einiger Zeit hatte ich mal gelesen, dass Leute viel besser denken konnten, wenn sie joggten. Ich beschleunigte meine Schritte noch weiter, bis ich rannte, als wäre der Teufel hinter mir her. Als verfolgte mich mein Vater, der wollte, dass ich ihm den Bericht über die Mischbegabten brachte und stärker wurde. Oder Robert, der mich als *nettes Experiment* betrachtete. Oder Sam, der es erst geschafft hatte, sich in mein Herz zu schleichen, und es dann anknackste. Oder die Wahrheit, die jetzt präsenter war als je zuvor. Meine Beine brannten, meine Lunge protestierte, aber ich war noch nicht bereit stehen zu bleiben. Ich spürte den Boden unter meinen Füßen, wie ich über Erdlöcher sprang und Steinen auswich. Irgendwann blieb ich abrupt stehen und ließ mich nach hinten sinken. Ich starrte in den Himmel und keuchte. Es war nichts weiter zu hören als mein lauter Atem und Vogelgezwitscher. Meine Jacke klebte unangenehm an mir, aber es war zu kalt, um sie auszuziehen. Der November näherte sich mit großen Schritten.

Lange hatte ich vermutet, dass mein Vater mir etwas verheimlichte. Ich war vorsichtig gewesen, versuchte seinen Befehlen Folge zu leisten und dabei verdeckten Widerstand zu leisten. Doch jetzt ergab alles einen Sinn. Warum mein Vater mir damals diese fremde Uhr brachte; warum er Robert gesagt hatte, ich wäre ein Experiment; warum er mich immer so unter Druck setzte, damit ich besser wurde und mich beim Training anstrengte; und letztendlich, warum er so kühl geworden war.

»Mein Vater ist ein Gesegneter«, sagte ich.

Endlich war es ausgesprochen. Auch wenn es niemand hörte, so fiel doch eine Last von mir ab. Ich würde nicht mehr vor der Wahrheit weglaufen, sie würde mich sowieso einholen.

Damals war er nur zu Besuch in die Schule gekommen, um herauszufinden, wo die Schülerakten versteckt lagen. Deswegen wussten auch die Gesegneten so genau, wo sie diese finden würden. Er hatte Ms Hetzig besucht und die Akten gesehen. Dann töteten die Gesegneten Basti und dessen Vater trat von seiner Position als Vertreter der Unbegabten zurück. Mein Vater bekam seine Stelle und stieg damit im Hohen Rat auf. Er hatte Robert, dem Anführer der Gesegneten, erzählt, dass ich eine echte Mischbegabte war, bevor ich es selbst wusste. Ich war für die beiden ein Versuchsobjekt. Ein Experiment, wie weit man mich treiben konnte, bis die zweite Gabe erwachte. Und natürlich wurde er uns gegenüber kühl, er war ein verdammter Gesegneter.

Ich versuchte erneut zu Atem zu kommen und sagte noch einmal mit deutlich festerer Stimme: »Mein Vater ist ein Gesegneter und versucht den Hohen Rat zu infiltrieren und ich kann nichts tun.«

Niemand hörte mich und mein Geständnis. Ich blieb hier. Wie lange wusste ich nicht, aber lang genug, bis mein Magen irgendwann knurrte und die Sonne schon wieder sank.

***

Ich schlich mich unbemerkt auf unser Zimmer und duschte ausgiebig. Das war einfacher gewesen als gedacht. Nur mit einem Handtuch bekleidet und einem auf dem Kopf ging ich zurück in unser

Zimmer und suchte mir etwas Bequemes für den Abend heraus. Von Jara keine Spur.

Plötzlich sprang mit einem lauten Knall unsere Zimmertür auf und ich schrie erschrocken auf, nur um im nächsten Moment kampfbereit zu sein. Doch in der Tür stand kein Gesegneter, wie zunächst vermutet. Sondern ein total verschwitzter Sam.

»Scheiße, Ria!«

Er kam mit großen Schritten auf mich zu und umarmte mich. Wobei *umarmen* hier das falsche Wort ist, er presste mich so fest an sich, dass mir sämtlicher Atem entwich. Selbst die Luft schien zwischen uns keinen Platz mehr zu haben. Auch wenn er so stark schwitzte, stank er nicht. Es war sein eigener Duft, der dominierte.

Sofort kribbelte mein dämlicher Bauch und obwohl ich böse auf ihn sein sollte, genoss ich es, dass er sein Gesicht in meiner nackten Schulter vergrub. Langsam legte ich einen Arm auf seinen Rücken und strich sanft darüber, die andere Hand vergrub ich in seinen Haaren. Mein Turban rutschte mir vom Kopf und meine nassen langen Haare fielen in Strähnen herunter. Ich hasste meine Haare im nassen Zustand.

In diesem Moment war es nicht wichtig, dass Sam mich ausspioniert oder mir mein Herz angeknackst hatte oder heute Morgen am Tisch mit Lena gesessen war – auch wenn das eine durchaus beeindruckende Auflistung war.

Ich genoss seine Gegenwart mehr, als ich zugeben wollte.

Gefühlt standen wir mehrere Minuten stumm im Raum, Sam sagte nichts, sondern schüttelte nur ab und zu seinen Kopf.

»Was ist denn passiert?«, fragte ich schließlich. Er löste sich von mir und tastete meine Schultern und Arme ab, als würde er sich vergewissern, dass mir auch nichts fehlte.

»Sam, jetzt sag schon oder lass mich zumindest etwas anziehen. Nur im Handtuch will ich nicht vor dir stehen«, sagte ich. Zum ersten Mal sah er mir in die Augen und nickte dann stumm. Er ließ seine Arme sinken und ich suchte mir ein viel zu großes schwarzes Shirt sowie eine lange rotschwarzkarierte enganliegende Leggins aus meinem Schrank.

Noch immer bewegte sich Sam keinen Zentimeter, weshalb ich zu ihm ging und ihn umdrehte. Es musste etwas Schwerwiegendes passiert sein, wenn er noch nicht mal einen Kommentar zu meinem Bekleidungszustand abgab.

Brav stand er mit dem Rücken zu mir, während ich mich umzog. Er schummelte nicht eine Sekunde lang.

»Ria, wo warst du? Wir haben die gesamte Burg auf den Kopf gestellt«, sagte er endlich, als ich gerade meine Leggins hochzog und damit vollständig bekleidet war.

»Laufen.«

»Den ganzen Tag?! Ich dachte, ich hätte dich verloren!«, rief Sam aufgebracht und drehte sich wieder zu mir um. Einen Augenblick später stand er wieder so dicht vor mir, dass seine Brust bei jedem Atemzug meine berührte.

»Okay, was ist passiert? Normalerweise ist es doch kein großes Ding«, sagte ich und legte ihm beruhigend meine Hand auf die Brust. Er schloss die Augen und atmete tief durch, ehe er seine Hände auf meine legte und sie sanft umschloss.

»Der Großvater von Nate ist tot.«

Scheiße. Scheiße, verdammt, verdammter Mist!

Die Nachricht sickerte langsam in mein Bewusstsein und meine Beine wurden weich. Ich konnte mich nicht länger auf ihnen halten, Sam reagierte sofort und zog mich zurück an seine Brust. Vermutlich wusste er mehr, als er vorgab, denn ansonsten hätte er dieser Neuigkeit nicht so viel Bedeutung beigemessen. Aber das war sie, bedeutsam und schrecklich.

Nicht nur, dass Nates Großvater sein Leben lassen musste, er war einer der großen Fünf im Hohen Rat.

Ich ahnte schon, was als Nächstes kommen würde.

»Er wurde von den Gesegneten ermordet und dein Vater hat jetzt seine Position«, sagte Sam.

Ich wusste es und es schnürte mir die Kehle zu. Niemand wusste, dass mein Vater ein Gesegneter war, ich hatte es mir selbst erst vor wenigen Stunden eingestanden. Auch wenn ich es schon die ganze Zeit vermutet hatte. Mit seinen Genen und durch die Heirat mit Emilia, der Tochter von einem der Großen Fünf, eignete er sich am besten für die Position als einer der Großen Fünf. Ich hatte es nicht verhindern können. Aus dem Augenwinkel sah ich mein Handy aufleuchten. Ich brauchte nicht nachzuschauen, denn mir war absolut klar, wer mir gerade ein neues Foto von Moni und Mira geschickt hatte. Dieses Spiel würde ich verlieren. Diese Verantwortung war zu groß für mich, doch ich konnte mich Sam nicht anvertrauen.

Er hielt mich noch immer eng an sich gepresst und küsste immer wieder meinen Scheitel, als würde er sich vergewissern, dass ich noch da war.

Keine Ahnung, was Sam genau wusste, aber ich hatte keine Kraft mehr es herauszufinden. Dieses Versteckspiel raubte mir meine gesamte Energie.

»Ich bin da, Ria.«

Ich krallte mich in seinem nassen Shirt fest und versuchte mich zu beruhigen. Noch konnte ich alles drehen. Ich konnte meinen Vater zur Vernunft bringen. Mit den neuen Informationen über die Mischbegabten würde ich es schaffen.

Doch in diesem Augenblick tat es gut jemanden zu haben, der mich hielt.

»Warum bist du nicht bei Nate?«, fragte ich an seiner Brust. Nate hatte seinen Großvater geliebt. Für ihn hatte er seinen Nachnamen behalten. Sehr oft war er zu ihm verschwunden, wenn es ihm zu Hause zu viel wurde. Das wusste ich und Sam natürlich auch.

»Ich musste erst wissen, wo du bist. Ob du den Gesegneten in die

Hände gefallen bist und wie es dir geht. Es tut mir alles so leid«, erklärte er und hielt mich ein Stück von sich weg, um sich mein Gesicht anzuschauen.

Es war ihm nicht bekannt, dass mein Vater ein Gesegneter war. Denn sonst hätte er gewusst, dass die Anhänger von Robert mir nie etwas getan hätten. Es war lieb von Sam, dass er sich so um mich sorgte.

Ich hatte so viele Fragen an ihn, warum das Spionieren? Warum hatte der Kuss nichts bedeutet? Aber im Moment brauchte Nate ihn dringender als ich.

Ich streckte mich ein Stück und drückte ihm einen Kuss auf die Wange. »Danke, dass du mich gesucht hast. Mir geht es gut. Jetzt jedenfalls, nachdem ich eine gehörige Portion von dir hatte«, schmunzelte ich.

Sam lächelte vorsichtig und strich mir durchs wirre Haar. »Ja, meine Anwesenheit kann betörend wirken.«

Ich gab ihm einen sanften Klaps auf den Oberarm. Jetzt war er wieder ganz der Alte. Die Vorlage hatte ich ihm natürlich gegeben.

Die Dinge wurden jetzt erst so richtig ernst. Ich musste handeln, wenn ich nicht wollte, dass die Gesegneten bald den Laden im Hohen Rat schmissen.

»Geh, Sam, Nate braucht dich.« Und ich brauchte Ruhe, um mir einen Plan zu überlegen, wie ich das alles wieder geschickt geradebiegen konnte, ohne dass mein Vater weitere Todesopfer forderte. Ihn zu verraten schied selbstverständlich aus. Miras und Monis Sicherheit hing davon ab. Außerdem war er mein Vater. Derjenige, der mir Fahrradfahren beigebracht hatte, der mit mir trainiert und mit mir Autos gespielt hatte. Als ich klein war, hatte meine Mutter viel mit Chris und ihren zahlreichen Hilfsorganisationen zu tun. Ich blieb meistens auf der Strecke. Doch nicht bei meinem Dad. Als ich zum Ballett wollte, kaufte Dad mir mein erstes Tutu und setzte sich mit einem strahlenden Grinsen zu den anderen Müttern. Er nahm mich mit zu meiner ersten Modenschau und stellte mir die Designer vor. Mein Dad gab mir die Stoffschere meiner Mum und sagte mir, ich sei an der Reihe etwas Großartiges zu erschaffen. Doch dann starb meine Mum und mein Dad wurde zu dem Mann, der er heute war. Zu einem kalten, berechnenden Menschen.

Doch ich weiß, dass mein alter Dad immer noch hinter der Fassade steckt und ich ihn retten kann. Ich werde ihm die Stütze sein, die ich nach dem Tod meiner Mum nicht sein konnte.

»Da ist noch etwas«, begann Sam und ich schaute ihn abwartend an, »die Stelle deines Vaters hat jetzt ein gewisser Robert.«

Panik. Panik durchflutete mich und ich kämpfte mich aus Sams Umarmung. Robert war der Vertreter der Gesegneten, damit der direkte Leiter der Abteilung für Strafverfolgung der Gesegneten, und mein Vater war einer der Großen Fünf. Das war nicht gut. Gar nicht gut. *Okay, bloß nicht ausrasten.* Ich musste Ruhe bewahren.

Ich schlug gegen meinen Kleiderschrank, um mich ein wenig zu beruhigen. Aber es half nichts. Zwischen den dreitausend Sachen auf dem Boden lag ein Zopfgummi. Ich hob es auf und band mir die noch feuchten Haare fest nach oben. Kurzatmig versuchte ich meinen Puls nach unten zu drücken.

»Ich wusste, dass dieser Robert gefährlich ist«, murmelte Sam und ging auf und ab.

»*Gefährlich* ist eine nette Untertreibung.«

Ich lief zum Fenster und warf einen Blick in die aufkommende Dunkelheit. Für einen Moment musste ich woanders hinschauen als zu Sam. Nervös tippte ich mit dem Fuß, um wenigstens ein bisschen meine Unruhe rauszulassen. Plötzlich kam mir ein Gedanke. Mein Vater würde nicht zulassen, dass zu viele Menschen Bescheid wussten. Vielleicht waren mir Sam und Nate zu auffällig gefolgt und er hatte das irgendwie mitgekriegt? Natürlich war ich paranoid, wie konnte ich es nicht sein in dieser verfahrenen Situation?

»Wie viel wissen Nate und du eigentlich?«

In der Dunkelheit sah ich unter unserem Fenster eine Gestalt entlanglaufen. Heute konnte ich auf weitere Überraschungen verzichten. Ich öffnete es und pfiff laut und schrill. Reflexartig schaute die Gestalt zu mir nach oben und im Schein unserer Beleuchtung erkannte ich Nate. Wo wollte er denn jetzt noch hin? Verärgert wandte er sich ab und stapfte weiter. Sam kam an meine Seite und runzelte die Stirn. »Vermutlich zu viel, um allein in der Dunkelheit spazieren zu gehen«, sagte er.

»Das befürchte ich auch.«

»Auf welcher Seite stehst du eigentlich, Ria? Ich werde nicht schlau aus dir«, gestand er und musterte mich durchdringend.

»Auf meiner eigenen. Die Welt ist nicht nur schwarz und weiß, Sam. Sie besteht nicht aus Gesegneten und dem Rest der Begabten«, sagte ich hektisch.

»Heißt das, du bist eine Gesegnete?« Er kam noch näher und nahm mein Kinn in seine Hand. Ich nahm eine Bewegung aus dem Augenwinkel wahr und ein plötzliches Aufleuchten von Flammen. Sofort streckte ich meine Gabe aus. Ich nahm eindeutig Nates Gabe wahr, aber außerdem noch vier weitere und darunter war ganz sicher niemand von unserer Schule.

»Das heißt, dass ich meinem verhassten Stiefbruder jetzt den Arsch retten werde. Und du kommst am besten mit«, sagte ich und sprang aus dem Fenster, bereit Nate zu helfen.

Natürlich tat ich es aus reiner Nächstenliebe und nicht aufgrund der Tatsache, dass er mir dann danken würde müssen.

WIE MAN KEINEN KAMPF AUSLÄSST

Mit Laylas Luftessenz federte ich meinen Aufprall ab und eilig schoss ich mit dem Wind in der Luft über die Wiesen in die Richtung, wo immer wieder Licht aufflammte.

Selbstverständlich standen meine Schuhe noch oben, aber auf die Schnelle hätte ich in meinem Chaos sicher nichts gefunden. Mist, ich hatte Sam völlig vergessen. Aber jetzt umkehren, wo er bestimmt schon auf dem Weg zur Treppe war, ergab auch keinen Sinn.

Dieses Mal mussten die Gesegneten noch nicht einmal die Barriere durchbrechen, Nate war direkt in ihre Arme gelaufen, außerhalb des Schutzes.

Ich kam der Gruppe näher und erfasste noch im Anflug die Essenzen. Zwei Wasserbegabte, ein Luftbegabter und ein Erdbegabter. Was für ein Fest für einen Leerenbegabten, aber gleichzeitig eine wohl unüberwindbare Herausforderung für jemanden mit meinem Leistungsniveau. Auch wenn ich eine echte Mischbegabte war, so musste ich bei einer zu starken Benutzung meiner Zweitbegabung mit dem Verschlingen rechnen. Wenigstens wären die Gesegneten und Nate dann kein Problem mehr.

Ich würde das schon irgendwie hinbekommen.

Ich kann das. Ich bin eine starke Leerenbegabte. Ich kann das. Mein Vater wird mich nicht für eine Versagerin halten. Ich kann das.

Endlich am Ort des Geschehens angekommen spendete Nates Feuer genug Licht, um erkennen zu können, dass er in nicht so optimaler Verfassung war. Allerdings wirkte seine Gabe stärker denn je. Noch hatten mich die Gesegneten nicht bemerkt. Geschwind saugte ich einige Essenzen der Angriffe auf Nate ein, um mich zu stärken, bevor ich mich den Wölfen zum Fraß vorwarf.

Der Wasserbegabte erzeugte eine riesige Wasserkugel, die Nate zu verschlingen drohte. Ich musste einschreiten und mich mitten hineinbegeben, um diesem Monster zu kontern. Die Essenz war zu stark, um sie aufsaugen zu können. Zu genau war mir das letzte Mal in Erinnerung, als ich nach Sams Feuerball in Ohnmacht gefallen war.

Ich warf mich ins Getümmel und deckte Nates Rücken.

»Ria?!« Er wirkte überrascht, ich ehrlich gesagt auch. Nate war nie besonders freundlich zu mir gewesen, aber er gehörte nun einmal zur Familie. Also war es selbstverständlich, dass ich ihm half.

»Du kümmerst dich um vorn. Ich übernehme das hier!«, sagte ich und konnte mir deutlich vorstellen, wie Nate aufgrund meiner Anweisung die Augen verdrehte.

Der Wasserball kam näher und ich mobilisierte jegliche Luftessenz in mir, um einen Gegenwind zu erzeugen. Mit einem Funken mehr Talent hätte ich gleichzeitig die Wasseressenz einsaugen können, aber gut. Ich versuchte etwas aus dem zu machen, was mir zur Verfügung stand und Sam musste auch bald kommen. Wenigstens waren meine Klamotten für einen Kampf geeignet, wenn man von den fehlenden Schuhen absah. Die beiden Wasserbegabten verstärkten ihre Kugel weiterhin, sodass ich noch mehr Luftessenz investieren musste. Kein guter Plan, mir würde die Essenz schneller ausgehen als den anderen ihre Energie. Ich musste etwas versuchen, keine Ahnung, ob ich es schaffen konnte.

»Nate, bei drei schmeißt du dich nach links«, forderte ich.

»Mein links oder dein links?«

»Was?«

»Wir stehen Rücken an Rücken, welches links meinst du?«

Ich verdrehte die Augen, das konnte doch jetzt nicht sein Ernst sein.

»Von mir aus links. Eins, zwei …«

»Ich hoffe sehr für dich, dass du keine Rechts-Links-Schwäche hast.«

»Drei!«

Wir warfen uns beide nach links, ich unterbrach die Luftströmung von vorn, um sie von weiter unten nach oben zu befördern. Es klappte und das Wasser preschte knapp über unsere Köpfe hinweg. Nate versuchte weiterhin, den Luftbegabten mit vielen Feuertricks zu verwirren, und das machte er echt geschickt. Es wunderte mich überhaupt nicht mehr, dass er zu den Besten seines Jahrganges gehörte. Plötzlich spürte ich einen heißen Schmerz in meinem linken Bein. Ich schrie auf, sah jedoch nichts, weil Nates Bein auf der anderen Seite vor sich hin züngelte.

»Ria!«, rief Sam aus der Dunkelheit.

Noch immer war ich nicht in der Lage etwas zu sagen, denn sobald ich den Mund aufmachen würde, würde ich wieder schreien. So einen Schmerz hatte ich noch nie gespürt. Vor mir entflammten die Gesegneten, die sich in der ersten Sekunde nicht zu helfen wussten. Das musste Sams Feuer sein! Sam war endlich da! Gabe sei Dank! Noch nie war ich so froh gewesen ihn zu sehen.

Im Licht der Flammen schaute ich auf mein Bein und bereute es sofort. Der Erdbegabte hatte mir einen Ast durch mein Bein gerammt, direkt aus dem Boden. Ich war mit einem Ast auf dem Boden festgepinnt. »Scheiße!«, fluchte ich zwischen zusammengebissenen Zähnen.

Das hier war kein Kratzer, sondern eine verdammt gefährliche Verletzung. Die beiden Wasserbegabten löschten sich gegenseitig und konzentrierten sich voll und ganz auf Sam, während Nate mit dem Luftbegabten beschäftigt war.

Plötzlich flammte vor meinem Gesicht eine kleine Fackel auf und ein fünfter junger Mann hockte vor mir. Er presste mir die Hand auf den Mund. Dann betrachtete er eingehend mein Gesicht und dann mein Bein.

»Verflucht, du hast sie verletzt. Wir müssen sofort zurück«, wisperte er und kurz darauf aktivierte er eine Teleportationsessenz.

Was zum Gesegneten?!

Verdutzt erkannte ich, dass die anderen Gegner sich ebenfalls aus dem Staub machten und uns keuchend zurückließen.

»Verdammt, Ria.« Sam stürzte sofort zu mir und betrachtete mein Bein.

»Nate, hast du noch eine Heilungsessenz?«, fragte er sichtlich in Panik.

»Ja, aber die wird nicht viel bringen.«

»Egal, gib her! Mr Riefer kommt da hinten, ich habe ihm eine Spur aus kleinen Feuerkugeln gelegt.«

Ich wollte so gerne etwas dazu sagen, aber noch immer hielt ich es für keine gute Idee meinen Mund aufzumachen.

Nate wühlte in seiner Tasche und reichte Sam eine kleine Kugel. Dieser riss sich einen Teil seines Shirts ab und ich konzentrierte mich lieber auf seine Bauchmuskeln, anstatt auf das, was gleich kommen würde.

Er legte mir das Stück Stoff zwischen die Zähne.

»Sei tapfer!«, forderte er und legte die Kugel oberhalb meines Knies ab.

Es durchzuckten mich tausende kleine Blitze, als würden große Nadeln immer wieder auf mich einstechen. Ich versuchte nicht zu schreien, aber das ging kläglich in die Hose.

Dann war der Schmerz plötzlich nur noch ein dumpfes Echo in meinem Kopf. Ich wusste, er war noch da, aber nicht mehr so präsent wie zuvor.

»Danke«, flüsterte ich. Er hatte mein Bein nicht geheilt, aber die Schmerzen abgeschwächt. Erschöpft ließen sich die beiden ins Gras fallen und blieben sitzen. Ich mied den Anblick meines Beins und starrte lieber auf Sams heiße Bauchmuskeln.

»Ich sehe, dass du starrst«, sagte er.

»Ich habe einen Ast in meinem Bein, weil ich deinem besten Freund geholfen habe. Ich darf so viel starren, wie ich will«, erwiderte ich und die beiden Jungs lachten auf.

***

»Jordan! Wie schaffst du es ständig in Schwierigkeiten zu stecken?!«, schimpfte Mr Riefer und stemmte die Hände in die Hüften. Endlich war der Hüne hier! Es waren bestimmt zehn Minuten vergangen, bis er uns gefunden hatte. Ich lag keuchend auf dem Boden und verzog vor Schmerzen mein Gesicht.

»Ich tippe auf pures Talent«, antwortete ich und stemmte mich hoch, um mich auf meine Ellenbogen zu stützen.

»Okay, ihr drei bewegt euch nicht, ich hole ein paar Heilungsessenzen und einen Arzt. Ich errichte ein Schutzfeld um euch, wer weiß, was Jordan noch so alles anzieht.«

»Wird mir nicht schwerfallen!«

Ich streckte ihm einen Daumen nach oben entgegen, aber Mr Riefer war schon auf dem Rückweg.

»Warum hast du dich eingemischt, Hohlbirne? Stehst du so sehr auf Verletzungen?«, sagte Nate in die sich ausbreitende Stille hinein. »Dass du überhaupt noch lebst, ist ein Wunder.«

»Du bist trotzdem mein Bruder, ob du willst oder nicht. Ob angeheiratet oder nicht, du bist ein Teil dieser Familie, also muss ich mich doch in deine Angelegenheiten einmischen, sowie du es schon die ganze Zeit machst«, erklärte ich und keuchte auf. Dieses Mal würde eine Heileressenz den Schaden sicherlich nicht innerhalb von ein paar Minuten richten. Mr Riefer musste sich beeilen. Ich hatte wirklich Angst mein Bein zu verlieren.

Nate sagte nichts dazu, sondern betrachtete mich stumm, ehe er langsam nickte.

Sam robbte sich näher an mich heran und stieß mich sanft mit der Schulter an. »Geht's?«

»Ich würde mich gegen weitere Schmerzmittel nicht wehren.«

Er lächelte so schön, dass ich fast bereit war alles zu vergessen, was geschehen war und ihn zu küssen. Aber nur fast. Mein Stolz verbot es mir, ich war kein ihm hinterherlaufender Sidekick in seiner Geschichte.

»Sie haben aufgehört zu kämpfen, als sie dich erkannt haben«, stellte Sam fest. Es war ihm also nicht entgangen.

Eigentlich war ich den Jungs ein paar Erklärungen schuldig. Ich konnte ihnen natürlich auch gleich die gesamte Wahrheit sagen, aber dann würden sie sehr bald die Radieschen von unten betrachten. Und leider schlug mein Herz viel zu schnell in Sams Gegenwart, als dass ich das riskieren wollte.

»Warum bist du so in Panik geraten, als ich dir von Roberts neuer Stelle als Vertreter der Unbegabten erzählt habe?« Er ließ echt nicht locker. Und langsam war ich es so leid die Doppelagentin spielen zu müssen.

»Robert ist der Anführer der Gesegneten und damit als Vertreter für die Unbegabten, die er am liebsten am Boden sehen würde und die ihm huldigen sollen, völlig ungeeignet. Mal ganz davon abgesehen, dass er damit die Abteilung leitet, die gegen IHN ermitteln sollte und er somit mehr Einfluss hat, als mir lieb ist«, erklärte ich und versuchte ihnen dabei nicht in die Augen zu schauen.

»Dann müssen wir ihn aufhalten.«

»So einfach ist das nicht, Nate. Wenn wir keinen Beweis vorlegen können, dann wird uns niemand glauben, weil ...«

»Weil Leonard, dein Vater, einer seiner Anhänger ist«, beendete Nate meinen Satz. Überrascht schaute ich die beiden an. Woher wussten sie das? Ich hatte es niemandem erzählt und Jara hatte nur Hinweise gehabt. Niemals würde sie ein so heikles Geheimnis ausgerechnet den beiden weitererzählen.

»Deshalb haben wir dich beschattet. Nate kam es komisch vor, dass Robert in eurem Haus ein- und ausging. Dass Robert der

Anführer der Gesegneten ist, konnte er sich aus den Gesprächen zusammenreimen. Sowohl durch die beiden, als auch durch die Gespräche zwischen Chris und dir. Und natürlich hat er mich als seinen besten Freund eingeweiht.«

Es stand die unausgesprochene Frage im Raum, ob Sam deshalb mit mir so viel geflirtet hatte. Es erklärte zumindest, dass die beiden die ganze Zeit über in meiner Nähe waren.

»Hast du mich deshalb zum Ball eingeladen? Weil Nate in unserem Zimmer nach Beweisen gesucht hat?«, fragte ich. Ich musste dieses Gespräch am Laufen halten, nicht nur wegen der Informationen, sondern vor allem, um mich abzulenken. Mein Bein pochte und der Schmerz schob sich immer mehr in den Vordergrund.

»Ja. Und wie du dir denken kannst, haben wir nichts gefunden. Ist Leonard auch verantwortlich für den Tod von Basti und meinem Opa?«, fragte Nate und schaute mich dabei aus traurigen Augen an.

»Ich weiß es nicht.« Ich wusste es nicht mit Sicherheit, aber ich glaubte es. Die Außentemperatur sank gewaltig und ich hatte nicht die Kraft meine Körperwärme zu halten.

Ich spürte, dass Mr Riefer zusammen mit einem Haufen von Leuten wieder in unsere Richtung kam. Unter anderem auch mit Jara und Rean. Gabe sei Dank, ich brauchte die beiden an meiner Seite.

Denn die Suche nach dem Verräter hatten wir vielleicht völlig falsch verstanden. Die Vorhersagung von Madame Taranta hatte besagt, der Verräter würde meinen Plänen im Weg stehen. Sam und Nate hatten alles darangesetzt mir im Weg zu stehen. Aber ich hatte doch noch gar keinen richtigen Plan, wie ich meinen Vater und die Gesegneten aufhalten konnte. Es passte vorn und hinten nicht. Vielleicht hatte sich der Rabe auch einfach geirrt.

Als ich langsam zu zittern begann, rutschte Sam noch näher an mich heran und schloss mich in seine Arme. Er war so schön warm wie mein ganz persönliches Lagerfeuer. Ich schmiegte mich an ihn.

»Ria, auf wessen Seite stehst du eigentlich? Du musst deinen Vater aufhalten! Es verschwinden immer mehr Leerenbegabte spurlos und der Essenzenmarkt gerät ins Stocken«, sagte Nate. Im Untergrund dürfte noch so viel mehr vor sich gehen, als Nate gerade aufgezählt hatte. Der Hohe Rat sollte wohl fallen, um dann mit vereinter Kraft der Gesegneten die Regierungen der Unbegabten anzugreifen und schließlich zu unterwerfen. So lautete jedenfalls der Plan von Robert, soweit ich das bei einigen Treffen in unserem Haus mitbekommen hatte. Aber da hatte ich noch nicht gewusst, dass mein Vater zu seinen Anhängern gehörte. Zu diesem Zeitpunkt hatte ich gedacht, er würde Robert aufhalten.

»Ich stehe nicht auf der Seite der Gesegneten – und was habt ihr beide immer mit euren Seiten?«

»Warum beschützt du deinen Vater? Du verschweigst uns noch immer etwas«, sagte Sam und strich mir sanft über den Kopf.

»Wenn man jemanden liebt, dann hat man manchmal keine Wahl«, wisperte ich leise vor mich hin.

Endlich trafen unsere Retter ein. Wir wurden versorgt, doch zu laufen schied aus offensichtlichen Gründen aus. Sam nahm mich auf den Arm und trug mich sanft und vorsichtig zurück zur Akademie. Ich liebte diesen Menschen. Aber als ich so in seinen Armen lag, wurde mir klar, dass er mich ablenkte. Ich konnte mich nicht darauf konzentrieren meinen Vater aufzuhalten. Dennoch sprach ich mir weiterhin gut zu, dass ich das alles schaffen konnte. Solange mein Vater nicht die Information aus dem Brief hatte, würde er sich keine Armee aufbauen können oder dergleichen.

Wie falsch ich damit lag, erkannte ich, als ich, mittlerweile auf Jaras Rücken, in unserem völlig verwüsteten Zimmer ankam. Und nein, es war nicht mein übliches Chaos, denn auch Jaras Seite sah aus wie ein Schlachtfeld. Auf meinem Handy blinkte eine weitere Nachricht von meinem Vater. Ich erwartete ein Bild von Moni und Mira, doch stattdessen fand ich ein Foto von Sam und mir vor. Es war ein wirklich hübsches Bild, ich strahlte ihn so an, dass selbst ein Blinder meine Gefühle für ihn ablesen konnte. Und gerade das jagte mir einen Schauer über den Rücken.

Mein Handy vibrierte abermals. Eine Nachricht von meinem Vater:

Noch näher ist zu nah, zu viel Wissen ist manchmal ein Fluch.

So könnte auch ein durchschnittlicher Vater reagieren, aber nicht meiner. Das war eine Drohung. Nate war heute nur knapp mit dem Leben davongekommen und mittlerweile war ich mir sicher, dass dieser Angriff kein Zufall gewesen war.

»Ria, der Brief ist weg«, sagte Jara nüchtern. Ich nickte. Das hatte ich schon befürchtet. Ich lag auf meinem Bett, das Bein geschient und die Heilung angeregt. Es würde fünf Tage dauern, bis alles vollständig verheilt war.

»Sag Rean Bescheid, dass ich ihn brauche.«

WIE MAN SICH ABSCHOTTET

Rean war sofort bereit mir zu helfen und ich brauchte seine Unterstützung dringender, als mir lieb war. Jara und er blieben während des gesamten Heilungsprozesses an meiner Seite, sie sorgten dafür, dass niemand sonst das Zimmer betrat.

Nur ein einziges Mal ließen sie Liv zu mir. Sie setzte sich auf einen Stuhl neben meinem Bett und wirkte ehrlich betroffen.

»Ich weiß nicht, was mit mir los war, Ria. Ich kann mich nur noch ganz verschwommen an den Tag erinnern. Ms Hetzig meinte, dass man mir Drogen untergejubelt hat. Dennoch tut es mir aufrichtig leid«, sagte sie. Ich richtete mich ein Stück auf und winkte sie näher heran. Dann verpasste ich ihr eine Kopfnuss, die mir vermutlich fast mehr weh tat als ihr.

»Jetzt sind wir quitt. Alles gut. Und du hattest vielleicht auch ein bisschen recht. Hat Rean wenigstens erkannt, dass du die Richtige für ihn bist?«, fragte ich.

Eine rötliche Färbung schlich sich auf ihre Wangen und wir lachten. Manchmal war es eben doch ganz einfach, man musste nur einmal Dampf ablassen.

Während die anderen im Unterricht steckten, nutzte ich die freie Zeit zum Nachdenken und davon gab es eine ganze Menge. Dabei schaute ich mir oft das Bild von Sam und mir an. Ich würde nicht zulassen, dass mein Vater Sam etwas antat. Das hatte Sam nicht verdient, auch wenn er arrogant war und mich oft zur Weißglut trieb, aber so brachte er mich auch dazu das Beste aus mir herauszuholen.

***

Ich hatte einen Entschluss gefasst. An diesem Abend, als ich schon wieder vollständig auftreten konnte, tat ich etwas völlig Abstruses. Ich sprach mit Jara über meine Gefühle, was wir äußerst selten taten.

»Ich sehe dir doch an der Nasenspitze an, dass dich etwas beschäftigt. Was ist denn los mit dir? Ich musste Sam schon zehnmal abweisen, weil du ihn nicht sehen willst«, sagte Jara und machte sich daran meine Klamottenberge in Farben zu sortieren, um sie später zu waschen.

»Ich muss das mit Sam beenden. Wobei *beenden* das falsche Wort ist, da war ja nie etwas zwischen uns. Ich gehe ihm einfach aus dem Weg.«

Sie schaute auf und musterte mich mit einem Blick, der so viel sagte wie: Wen willst du hier verarschen? »Und warum redet ihr nicht einfach miteinander?«

»Niemand ist davon genervter als ich. Aber manche Dinge kann man nicht besprechen. Und außerdem sind wir kein Paar!«, sagte ich und sprang probehalber ein paar Mal im Raum hin und her, aber mein Bein schien vollständig verheilt zu sein. Wenigstens das. Solange ich mich ablenkte, machte es das bevorstehende Gespräch nicht so schlimm.

Ich wurde von Jara von meinem Stehplatz verscheucht, da um mich herum noch ein paar weiße Klamotten von mir lagen.

»Hast du dir wenigstens selbst eingestanden, dass du Rean nicht liebst?«, fragte sie und betrachtete zufrieden die drei riesigen Wäscheberge, in die sie meinen kompletten Kleiderschrank unterteilt hatte.

Mir klappte der Mund auf und ich starrte Jara an. Doch sie zuckte nur mit den Schultern. »Also bitte, ich kenne dich seit dem Sandkasten und du warst nie wirklich in Rean verknallt. Das Leben mit ihm wäre viel zu langweilig für dich gewesen. Und du brauchst gar nicht anfangen zu widersprechen. Sieh dir nur die letzten Wochen an, du hast die Heileressenzen für ein komplettes Schuljahr für

ALLE Schüler aufgebraucht. Du ziehst Gefahr magisch an und Sam stinkt schon nach Aufregung und Abenteuer.«

Sie trat mit ihren kräftigen Beinen so sehr gegen meinen weißen Berg, dass die Klamotten nur so flogen. Okay, sie war wütend.

»Und was ist jetzt dein Plan?«, fragte sie von mir abgewandt und mit geballten Fäusten. Ich hörte deutlich die Besorgnis aus ihrer Stimme heraus.

»Ich muss stärker werden als Robert. Du hast es doch selbst gesagt, ich bin die einzige Mischbegabte und kann es mit ihm aufnehmen. Dafür muss ich nur genügend trainieren.«

»Das gefällt mir nicht.«

Ich umarmte meine beste Freundin und drückte ihr einen Kuss auf die Wange. »Danke, dass du dir Sorgen machst.«

»Einer muss es ja tun!«

***

»Du gehst mir seit Tagen aus dem Weg«, warf mir Sam beim Training mit Mr Riefer, John, Rean und Layla vor. Sie alle hatten sich bereit erklärt mich so richtig zu fordern. Es gelang mir jedoch nur mäßig ihre Erwartungen zu erfüllen. Ich fühlte mich auf den Boden gedrückt, als würde eine Barriere verhindern, dass ich mein volles Potenzial ausschöpfe.

Es regte mich auf und Sams Vorwürfe konnte ich da absolut nicht gebrauchen.

»Wenn es dich nervt, dann frage ich Chris, ob er mir hilft«, gab ich zurück und schnappte mir meine Trinkflasche und mein Handtuch.

Allzu deutlich spürte ich die Blicke meiner anderen drei Freunde im Nacken, doch sie sagten nichts, sondern machten sich extra langsam fertig.

»Das ist keine Antwort auf meine Frage. Hey, bleib stehen!«

Er wetzte mir hinterher, doch ich beschleunigte ebenfalls meinen

Schritt. Schnell lief ich zu dem Brunnen im Garten und füllte meine Trinkflasche auf.

Es tat mir weh, so mit ihm umgehen zu müssen, aber in meinen Augen hatte ich keine Wahl. Wie sollte ich ihm vernünftig erklären, dass ich nicht mehr in seiner Nähe sein konnte, ohne ihn massiv zu gefährden?

»Ich habe keine Lust mehr hinter dir herzurennen!«, schmetterte er mir entgegen, als er mich einholte.

»Dann habe ich eine grandiose Idee für dich. Lass es einfach! Niemand hat dich gebeten mir wie eine sabbernde Bulldogge zu folgen.«

»Wow, geht es auch weniger verletzend?« Wütend sah er mich an.

»Ich habe kein Interesse an dir, Sam. Ich liebe Rean, wie du noch immer weißt und ich habe bei Weitem anderes zu tun, als mich mit dir auseinanderzusetzen«, giftete ich wie eine Furie zurück.

»Ach ja? Zum Beispiel deinen ach so toller Plan in die Tat umzusetzen, die Gesegneten aufzuhalten? Wie läuft es denn so? Die Lehrer werden unruhig und haben die Schutzmaßnahmen erhöht und dein toller Vater schafft es ein Gesetz nach dem anderen legal durchzuboxen.«

Ich verschloss meine Flasche wieder und baute mich vor ihm auf.

»Dann mach du es doch! Los, renn los und versuch dein Glück!«

Sein Gesichtsausdruck wurde wieder sanfter und er kam einen Schritt auf mich zu.

Er griff sogar nach meiner Hand und ich wollte sie am liebsten nie wieder loslassen. Aber nein, Versöhnung stand absolut nicht auf dem Plan!

»Wir sollten es zusammen machen, Ria. Du und ich und der Rest. Wir schaffen das, wenn schon kein anderer etwas unternehmen will. Du hast Insiderwissen, wir können es schaffen, damit die nicht mehr tun und lassen können, was sie wollen. Leonard und Robert sind zu mächtig geworden, als dass noch irgendeiner aus dem

Hohen Rat gegen sie ankommen würde. Und die Lehrer haben genug damit zu tun, den Schutzwall aufrecht zu erhalten.«

Er hatte recht, wir konnten es zusammen schaffen. Ich lehnte mich ein Stück in seine Richtung.

Aber vor meinem inneren Auge tauchten die Bilder vom blutverschmierten Basti auf.

Sie mussten immer noch einen Verbindungsmann in der Akademie haben, anders wären all diese Angriffe nicht möglich gewesen. Und es musste ein Feuerbegabter sein …

Ich durfte mich nicht an Sam verbrennen.

»Rean und ich werden das schon packen. Aber danke für das Angebot«, sagte ich und wandte mich ab, doch Sam kam mir sofort hinterher.

»Was hast du immer mit Rean, der turtelt doch jetzt mit Liv und ich dachte, du und sie habt euch ausgesprochen.«

»Ja, und? Nur weil er jetzt mit Liv zusammen ist, bedeutet das noch lange nicht, dass meine Gefühle für ihn einfach so verschwinden.«

»Ok, du zwingst mich scheinbar dazu.«

Er rang mit sich. Er würde doch jetzt nicht das tun, was ich befürchtete. O nein, das konnte mir das Schicksal doch nicht antun!

»Ich mag dich, sehr sogar. Viel zu sehr.«

Tief ein- und ausatmen. Eine kleine Gestalt in meinem Inneren führte einen Freudentanz auf und musste von meiner Vernunft dafür belangt werden. Er mochte mich. Ich zerbrach.

Ich mochte Sam nicht nur, ich liebte ihn. Ich liebte sein Lachen, sein freches Funkeln in den Augen, wenn er mich aufzog, seinen Ehrgeiz, wenn er sich etwas in den Kopf gesetzt hatte, den Willen das Beste aus allem herauszuholen.

Doch diese Gefühle musste ich unterbinden, nicht nur wegen meines Vaters. Ich würde nicht so frei handeln können, wie ich musste, wenn ich wüsste, dass Sam an meiner Seite ist.

Also Rücken durchdrücken. »Es tut mir leid, ich bin nach wie vor in Rean verliebt.«

»Ach, lüg mich nicht an! Du liebst Rean nicht. Du liebst mich! Alles spricht dafür, deine Blicke, deine Körperhaltung und wie du mich küsst. Alles! Du kannst nicht behaupten, dass du Rean liebst, während du mich so anschaust.«

»Ich. Liebe. Rean«, betonte ich leise jedes Wort. Mit jedem Wort zerbrach mein Herz ein Stückchen mehr. Wütend riss mich Sam an sich und küsste mich, wild, verlangend. Das war nicht fair, aber ich musste stark sein. Grob schubste ich ihn von mir und funkelte ihn wütend an.

»Ich liebe dich nicht, akzeptiere es endlich. Das mit uns würde niemals funktionieren.«

Ich sah sein Herz zerbrechen und mit ihm gab die kleine Gestalt in meinem Inneren das Zusammenflicken meines Herzens kopfschüttelnd auf. Da war wohl nichts mehr zu machen.

»Gut, sag mir nur, warum?«

Das übliche diebische Funkeln in seinen Augen war erloschen. Es gab bestimmt eine Million offensichtliche Gründe, die ich ihm ins Gesicht hätte schleudern können, um ihn noch mehr zu vertreiben, aber eine weitere Lüge brachte ich nicht übers Herz. Irgendwann würde das Lügen leichter werden, sagte mein Vater, aber nicht so. Nicht, wenn der Mensch, den ich aufrichtig liebte, vor mir stand, den Schmerz ins Gesicht geschrieben.

»Weil es leichter ist«, sagte ich.

Ich durfte nicht wegschauen, nicht der kleinste Zweifel durfte in ihm zurückbleiben. Sam nickte nur stumm und verließ den Brunnen. Noch nie hatte ich ihn so verletzlich gesehen. Wie sehr wünschte ich mir gerade sein Grinsen oder einen fiesen Spruch auf meine Kosten zu hören. Ich setzte mich auf den Rand des Brunnens und sah ihm hinterher. In dem mittlerweile kalten Wasser hatten wir uns damals eine Wasserschlacht geliefert und vielleicht waren seine merkwürdigen Aufheiterungsversuche das erste Mal für mich gewesen, dass ich ihn mit anderen Augen sah, was ich aber nicht wahrhaben wollte. Und jetzt hatte ich es kaputt gemacht. Warum war ich traurig? Es lief doch nach Plan.

Wenig später saß ich bei Jara auf dem Bett. Noch immer wollte mir keine Träne die Wangen herunterlaufen. Sture Emotionen. Sie reichte mir eine dampfende Tasse Tee, ehe sie sich seufzend neben mich setzte.

»Das ist scheiße«, sagte sie.

»Ja, das ist es.«

Wir schwiegen. Ich starrte in meinen Tee und verfluchte den Tod meiner Mum. Noch nie hatte ich mir so sehr gewünscht, weinen und dem Druck an Emotionen entfliehen zu können.

»Ich liebe ihn wirklich.«

»Ich weiß.«

***

Die nächsten drei Tage gehörten nicht zu meinen Lieblingstagen auf der Akademie. Sam ignorierte mich völlig zu recht und hatte Nate seinen Platz beim Training zugeschustert, welcher diese Aufgabe mit Freuden annahm. Ich hatte im Gefühl, dass sich etwas Entscheidendes verändern würde. Und das lag nicht nur daran, dass Liv mittlerweile in unserer Gruppe aufgenommen worden war und sie nach unserem Gespräch geradezu nett zu mir war. Vor allem Layla hatte zu Beginn Zweifel gehabt, aber bald schon sagte sie fröhlich: »Familie ist, wenn man die Leute mag, die einem auf die Nerven gehen.«

So langsam hegte ich meine Zweifel, dass sie das alles aus Glückskeksen hatte. Mit Rean war ich zu unserer normalen Freundschaft zurückgekehrt, was erstaunlich einfach ging. Seit er nur noch Augen für Liv hatte und ich an meiner Entscheidung, Sam in den Wind zu schießen, festhielt, konnten wir wieder wie früher reden.

Gerade saßen wir über den Hausaufgaben in Essenzenlehre, wo es um praktische Essenzen im Hausputz ging. Ja, auch darin wurden wir unterrichtet.

»Ich habe dafür keinen Nerv, ich bin nun wirklich keine Leuchte im Haushalt«, ärgerte ich mich und streckte mich. Meine Glieder schmerzten vom langen Sitzen.

Rean putzte seine Brille und stützte seinen Kopf auf seiner Hand ab. »Dann sind wir ja schon zwei. Hat Jara ihren Aufsatz schon fertig? Sie lebt doch zu Hause allein und schmeißt in eurem Zimmer den Haushalt. Frag sie doch.«

Ich lächelte. »Eine hervorragende Idee. Da sie sonst immer von mir abschreibt, kann ich es ja dieses Mal von ihr tun.«

Voller Tatendrang packte ich meine Unterlagen zusammen, während Rean die Bücher wieder schloss und sie säuberlich stapelte.

»Habe ich eigentlich vorhin richtig gesehen, dass Sam aus eurem Zimmer gekommen ist?«

Ich erstarrte in meiner Bewegung. Nach ein paar schier endlos langen Augenblicken kam wieder Leben in meine Glieder.

»Keine Ahnung, ich habe ihn jedenfalls nicht reingelassen. Vielleicht wollte er etwas von Jara.«

Ich kämpfte die aufkommenden Gefühle nieder und versuchte mich erneut an einem Lächeln.

»Wusstest du eigentlich, dass man, wenn man traurig ist oder wütend, einfach lächeln muss, weil der Körper dann die Signale bekommt, dass man wirklich gute Laune hat«, sagte ich und stopfte alles, was ich finden konnte, wieder in meine Tasche. Blätter zerknickten, doch es war mir egal.

»Ja und wusstest du, dass man an einem gebrochenen Herzen sterben kann?«

»Sehr witzig. Ich gehe schon einmal vor zu Jara.«

»In Ordnung, ich stelle noch schnell die Bücher zurück und komme dann nach.«

***

Mit einem breiten Lächeln im Gesicht öffnete ich die Tür zu unserem Zimmer. Natürlich wie immer, ohne anzuklopfen, warum auch.

»Jara, hast du die Hausaufgaben in Essenzenlehre schon gemacht? Rean meinte, ich sollte dich mal fragen ...«

Abrupt blieb ich in der Tür stehen und starrte mit offenem Mund fassungslos auf das Bild, das sich mir bot.

»Ria?« Sam saß auf der Bettkante von Jaras Bett, nur mit Boxershorts bekleidet. Seine Haare waren so zerzaust, als hätte sie jemand immer wieder durchgewuschelt. Sein Körper glänzte durch einen leichten Schweißfilm, der auf seiner Haut lag.

Neben ihm im Bett saß Jara aufrecht, nur von ihrer Bettdecke bekleidet und hatte einen betretenen Gesichtsausdruck aufgesetzt.

In mir zerbrach etwas. Ich hörte in meinem inneren Ohr, wie es klirrte und ein Scherbenhaufen den Platz meines Herzens einnahm. Jede Scherbe bohrte sich tiefer und tiefer in mein Inneres, bis ich vor Schmerz ganz taub wurde. Meine Augen waren so geweitet, dass ich Angst hatte, sie würden sofort herausfallen. Es schnürte mir die Kehle zu. Das Atmen fiel mir schwer, als hätte mir jemand in die Magengrube geschlagen. Vielleicht hatte ich auch einfach vergessen, wie es ging?

Dieses Bild von meiner besten Freundin neben dem Jungen, den ich liebte, in einer eindeutigen Position im Bett war mehr, als mein Herz verkraften konnte. Es brannte sich in mein Gedächtnis und würde dort wohl für immer bleiben.

Es gibt Momente im Leben, welche man nie vergisst. War nicht genau das zwischen Rean und mir zur Sprache gekommen? Bilder, völlig egal, wie alt man war, die man sofort abrufen kann. Ich wusste nie, wann diese Augenblicke entstanden. Doch in diesem Stillstand der Zeit, dieser Momentaufnahme, war mir bewusst, an diesen Anblick würde ich immer denken können und er wäre mir so präsent wie jetzt.

»Jara …«, wisperte ich. Hilfesuchend, dass dies nicht gerade wirklich passiert war. Dass sie nicht wirklich gerade mit Sam geschlafen hatte.

Ich wollte, betete, dass sie mir sagte, sie habe es nicht getan. Ich würde das hier falsch verstehen. Wie auch immer man diese Situation hätte falsch verstehen können. Sie würde mir schon eine Erklärung liefern.

Sollte ich einen witzigen Spruch machen? Sowas wie: Hoffentlich habt ihr verhütet? O Gabe! Unsere Lehrer bereiteten uns auf jede erdenkliche Situation vor, wie wir uns vor Angriffen schützen konnten. Doch wie konnte ich mich vor dem hier schützen?

Meine beste Freundin blickte mich an und ich sah einen Ausdruck in ihren Augen, den ich nicht zuzuordnen wusste. Es war nur einen Wimpernschlag lang gewesen, doch ich war mir absolut sicher. Sie wollte, dass ich das hier so vorfinde.

Sam sprang auf die Beine und ging einige Schritte in meine Richtung.

»Nein«, wisperte ich und meine Augen brannten. Ich würde jetzt nicht heulen! Auf keinen Fall sollte diese Situation mich brechen!

»Ria, du wolltest doch nicht … ich meine … du hast mir doch klar gesagt, dass du mich nicht liebst.« Er fuhr sich durch die Haare und war nun vor mich getreten – versperrte mir den Blick auf meine beste Freundin. Auf das Mädchen, welches gerade mein Vertrauen in die Erde gesetzt hatte.

Mein Blick glitt von seiner Brust hinauf zu seinen Augen. Sie musterten mich nicht mehr so wie noch zu Beginn des Schuljahres – provokant, fasziniert, mit einem Funken diebischer Freude. Ich erkannte nur Leere in ihnen.

»Und deswegen schläfst du mit Jara? Fantastische Logik«, flüsterte ich mit Bitterkeit in meiner Stimme und schob Sam zur Seite, um Jara wieder anschauen zu können. Immer noch lag sie seelenruhig im Bett, doch ihr Gesichtsausdruck hatte sich verändert. Er war bedauernd.

»Ria … ich wollte nicht, dass du es herausfindest. Sam war einsam, ich war einsam und da hat es gepasst.«

Mit ein paar Schritten war ich an ihrem Bett. Meine Hände zitterten. Zischend kam ich vor ihr zu stehen: »Du wusstest, dass ich sehr wohl Gefühle …« Ich brach ab. Wozu? Wie konnte man sich nur so in jemandem täuschen?

Ich machte auf dem Absatz kehrt und lief direkt auf Sam zu. Er stand unbeholfen in der Tür. Sein Blick lag traurig auf mir.

»Du hast recht. Ich habe es gesagt. Du kannst machen, was du willst«, sagte ich und ließ ihn damit stehen, schob mich an ihm vorbei. Bemerkte dabei, dass sein Geruch sich eindeutig verändert hatte. Ich liebte diesen Vollidioten, der gerade mit meiner besten Freundin geschlafen hatte.

»So tief kann die Liebe ja nicht gewesen sein«, lachte ich höhnisch auf und versuchte mein Herz vor weiterem Schaden zu bewahren.

Damit begann ich zu rennen. Dumpf hörte ich es hinter mir klirren, als wäre gerade etwas zerbrochen. Nur mein Unterbewusstsein nahm das Geräusch wahr. Der Rest von mir wollte nur weg, so weit weg wie möglich.

»Hey, Ria, und hatte Jara …? Ria?!« Rean stand noch im Flur zum Gemeinschaftsraum, doch ich rannte einfach an ihm vorbei. Stürzte die Treppen hinunter, durch die riesige Eingangshalle, stieß die schweren Eisentüren auf und eilte weiter hinaus in den Regen.

Ich lief nach links, vorbei an dem kleinen Steingarten, wo Basti gestorben war. Nur ein paar Meter hinter diesem wollten meine Beine meine Last nicht mehr tragen. Dann sank ich einfach auf die Knie und schrie! Ich schrie so laut ich konnte, schrie den Schmerz heraus. Keine Träne fand ihren Weg über meine Wangen. Diesen Triumph wollte ich Jara nicht gönnen. Aber der Schmerz war so siedend heiß, dass ich mir nicht anders zu helfen wusste, als zu schreien. Der Donner übertönte mich und irgendwo zuckte ein Blitz über den Himmel. Meine Hände zitterten und zum ersten Mal in meinem Leben war ich froh keine reine Feuerbegabte zu sein. Ich hätte den gesamten Wald anzünden können, so sehr flammte die Wut und Trauer in mir auf.

So schlug ich mit voller Kraft auf den Boden. Ich verstummte. Hinter mir hörte ich Schritte.

Ich musste mich nicht umdrehen, es war natürlich Rean, der mir gefolgt war. Wie es beste Freunde nun einmal taten. Wie es meine beste Freundin hätte tun sollen, wenn sie nicht gerade damit beschäftigt wäre, Sam zu vögeln. Rean stand einfach nur hinter mir und rief gegen den Regen: »Willst du darüber reden?«

Heftig schüttelte ich den Kopf, sodass sich meine langen Haare wild mitbewegten.

»Okay.« Mehr sagte er nicht, er stand einfach hinter mir und sagte nichts mehr. Mit Leichtigkeit hätte er den Regen aufhalten können. Aber er tat es nicht und ich war ihm unendlich dankbar dafür.

WIE MAN VERRAT DEFINIERT

Das Wetter wütete weiterhin, doch ich konnte noch nicht wieder reingehen. Ich musste mit Jara ein Zimmer teilen. Am liebsten wäre ich für immer hier im Regen sitzen geblieben und hätte auf den Boden eingeschlagen. Meine Wut und meine Trauer waren so präsent, dass ich mich nicht beruhigen konnte. Doch irgendwann würde mich einfach die Kraft verlassen.

»Ria, lass uns reingehen. Wir können nicht ewig hier draußen sein, du erkältest dich noch«, bat Rean, der von sich selbst den Regen fernhielt.

Ewig vielleicht nicht, aber das würde auch nicht nötig sein.

Denn ich spürte etwas näherkommen. Ich lachte hysterisch auf. »Ganz mieses Timing, Vater«, wisperte ich und richtete mich wieder auf.

Eine laute Explosion, die selbst Tote erweckt hätte, zerschnitt das beruhigende Geräusch des Regens.

Rean hob schützend die Hände.

»Was war das?!«, rief er und kam sofort an meine Seite geeilt.

»Das war unser Schutzwall«, sagte ich. Ich spürte, dass in der Akademie sämtliche Essenzen in Aufruhr waren. Die Gene der Begabten versetzten sie in Alarmbereitschaft.

»Sie kommen.«

Und damit meinte ich nicht unsere Lehrer, die sich nach und nach mit vielen anderen Schülern hinter Rean und mir im Regen versammelten.

All meine Freunde und Bekannten waren darunter. Als würde die gesamte Schülerschaft spüren, dass es gleich zum Eklat kommen würde.

Keine zwei Sekunden später landeten direkt vor mir fünfzig Männer, alle in grüne Umhänge gehüllt.

Gesegnete.

An ihrer Spitze zwei Männer, die mir leider viel zu vertraut waren.

»Stoppt den Regen«, befahl Robert mit seiner kalten Stimme. Augenblicklich traten fünf Wasserbegabte aus ihren Reihen und erhoben ihre Hände in den Himmel. Die graue Wolke über unseren Köpfen löste sich auf. Das Wetter beeinflussen, natürlich, warum nicht? Warum nicht gleich Gott spielen?! Ich verabscheute die Einstellung der Gesegneten. Sie nahmen sich so viel heraus – während Rean einfach nur den Regen von sich selbst fernhielt, mischten sie sich in die Naturgewalten ein.

Auf Roberts Gesicht breitete sich ein triumphierendes Lächeln aus.

»Seht her, die Begabten der Zukunft, alle versammelt an einem Ort. Wie überaus praktisch.«

Noch immer bebte mein Körper vor Wut, denn ich spürte auch Sams und Jaras Anwesenheit. Ms Hetzig löste sich aus der Gruppe und trat mit den anderen Lehrern hervor. Mr Riefer schob mich schützend hinter sich.

»Was willst du hier, Robert?«, bellte Ms Hetzig und verschränkte die Arme vor der Brust. Ihr gesamter Körper stand unter Spannung, ich spürte deutlich, dass sie ihre Erdessenz aktiviert hatte, sofort bereit anzugreifen.

Es überraschte mich nicht, dass unsere Direktorin Robert kannte. Mir kam das Bild von seiner Akte aus dem Archiv wieder in den Sinn.

»Wie du dich sicher noch erinnerst, habe ich dich der Akademie verwiesen. Und das schon vor Jahren«, sagte sie. Ich spürte den Blick meines Vaters. Sein Gesicht verbarg er wie die anderen Gesegneten unter einer Maske und seiner Kapuze. Die Aufmerksamkeit der anderen Anwesenden konzentrierte sich vollständig auf Robert.

»Dann ruf doch die Polizei und führe mich einem Richter vor. Oder noch besser, lass die Großen Fünf diese Arbeit erledigen«, provozierte Robert weiter. Allein diese Aussagen verursachten ein mieses Gefühl in meiner Magengegend.

Ein weiterer Gesegneter trat aus der riesigen Gruppe hinter Robert hervor. Er hatte ein spöttisches Lächeln auf den Lippen und ich erkannte ihn deutlich als den Luftbegabten, welchen Sam und ich während des Balls bekämpft hatten. Er breitete die Arme aus. »Sir, ich denke, das wird nicht möglich sein.«

Was sollte dieses lächerliche Schauspiel? Das war doch sicher einstudiert und Robert schien seinen Spaß daran zu haben.

»Oh, warum denn nicht, mein Junge?«, fragte Robert so unschuldig, dass mir die Galle hochkam.

»Sie, Sir, haben sämtliche Richter getötet und alle Polizisten ins Verlies geworfen, Sir.«

Robert schnippte mit den Fingern, als wäre es ihm gerade erst wieder eingefallen. »Stimmt, ja, aber was ist mit den Großen Fünf?«

»Davon ist noch einer übrig, Sir.«

Der Gesegnete ging zurück in die Formation.

Mir wurde schlecht. Das war also die ganze Zeit ihr Plan gewesen. Ich hatte es nicht kommen gesehen, sie hatten sämtliche hoheitliche Gewalten ausgelöscht. Niemand war mehr übrig, der in dieser Notsituation etwas zu sagen hatte, außer … meinem Vater. Er war der Letzte der Großen Fünf. Am liebsten hätte ich erneut geschrien. Wann hörte das alles endlich auf?

Hetzig und Riefer vor mir hielten angespannt die Luft an. Trevor ballte die Hände zu Fäusten.

»Stimmt, Leonard, erweist du mir die Ehre?«, fragte Robert mit einem breiten Grinsen im Gesicht.

Hinter mir zog Chris scharf die Luft ein. Mich hätte es vermutlich auch schockiert, aber ich hatte es die ganze Zeit gewusst. Mein Vater trat vor und nahm die Maske vom Gesicht. »Was wollt ihr hier?

Verschwindet alle miteinander!«, forderte Ms Hetzig sichtlich um Fassung bemüht.

»Oh, wir wollten nur etwas abholen. Wir setzen natürlich sehr auf eure zukünftige Kooperation. Andernfalls sehen wir uns gezwungen entsprechende Maßnahmen zu ergreifen«, sagte mein Vater.

Etwas abholen? Meinte er damit etwa mich? Bitte nicht, ich konnte und wollte jetzt nicht vor allen als Verräterin dastehen. *Verräter* ... fast hätte ich aufgelacht. *Natürlich, ich bin eine Feuerbegabte und eine Leerenbegabte und ich verrate meine Freunde.* Der Rabe hatte *mich* gemeint und Madame Taranta hatte es falsch interpretiert. Vielleicht war Jara in dieser Geschichte die eigentliche Heldin. Die ganze Sache aus ihrer Perspektive erzählt, ergab auch viel mehr Sinn. Sie musste Sam dabei zusehen, wie er mir immer näherkam, dabei hatte sie die wahren Gefühle für ihn. Ihre beste Freundin war die Tochter eines hohen Mitglieds der Gesegneten ... usw. Mir schwirrte der Kopf.

Mein Vater streckte die Hand aus und erhob mich in die Lüfte. All die Blicke waren auf mich gerichtet, während ich neben ihm landete.

»Hallo, Ria, Moni und Mira erwarten dich schon. Sie freuen sich so sehr dich wiederzusehen«, sagte er und ging hinter mich. »Und jetzt wünsche ich, dass du gegen deine Freunde kämpfst«, wisperte er mir in mein Ohr. Ich schüttelte den Kopf.

»Angriff«, befahl Robert und die Gesegneten stürzten sich auf die Schülerschaft.

»Ich kann nicht, Vater, ich bin zu schwach, das weißt du doch«, sagte ich.

»Was meinst du, warum ich dir die Pille nicht gab? Was meinst du, warum ich wollte, dass du diese Kette jederzeit trägst? Dummes Kind.«

Er hatte mir die Pille mit Absicht nicht gegeben? Bisher war ich davon ausgegangen, dass sie bei mir einfach nur nicht gewirkt hatte.

Er löste den Verschluss der Kette und fing sie mit der Luftessenz auf, bevor sie zu Boden fallen konnte.

Ich erstarrte und konnte mich nicht bewegen. Vor mir kämpften meine Mitschüler gegen die Gesegneten und ich war noch immer eine Marionette meines Vaters.

Ich sah Sam. Er stand einfach nur da und starrte mich an. Enttäuschung war auf sein Gesicht geschrieben, dabei war es mein Herz, das bei seinem Anblick blutete. Heiße Wut floss durch meine Adern. Er hatte mit meiner besten Freundin geschlafen, nachdem er so einen Wirbel um seine Liebe zu mir gemacht hatte. Neben mir hörte ich es knacken. Plötzlich fühlte ich mich so leicht wie nie zuvor. Als würde ein Gewicht von meinen Schultern genommen werden, das schon seit einer Ewigkeit auf mir lastete. Ich hatte es bis zu diesem Augenblick nicht bemerkt, dass mich etwas auf den Boden drückte. Doch jetzt konnte ich frei atmen.

Mein Vater hatte das vierblättrige Kleeblatt zerstört.

»Du bist wahrlich mit starker Kraft gesegnet«, sagte er.

Die Essenz verschwand. Unterdrückungsessenz, die man kleinen Kindern gab, damit sie nur fünf Prozent ihrer gesamten Gabe zur Verfügung hatten. Ich trug sie bereits seit dem Tod meiner Mum. Ich spürte meine Leerenbegabung und ganz sachte auch meine Feuerbegabung. Zuvor hatte ich sie zwar gespürt, doch jetzt fragte ich mich, wie ich sie übersehen hatte können. Es ergab jetzt so vieles Sinn … Warum ich in manchen Situationen so überraschend stark gewesen war. Immer hatte ich zu diesem Zeitpunkt die Kette nicht getragen und damit die Wirkung der Unterdrückung abgeschwächt. Und jetzt, wo die Essenz zerstört war, hatte ich Zugriff auf meine gesamten Kräfte.

Damals bei Madame Taranta konnte ich ihre Luftblase zerstören, obwohl ich die Kette trug, warum? Ich stand ganz am Anfang meiner Ausbildung … Aber ich war zu diesem Zeitpunkt so wütend gewesen. Natürlich! Wut, ein starkes Gefühl, das mich bisher immer gestärkt hatte, da ich auch eine Feuerbegabte war. *Das hieße ja, dass starke Gefühle auch die Kraft meiner Leerenbegabung steigerten? O Mann.*

»Du bist wütend, oder?« Die Stimme meines Vaters riss mich aus meinen Überlegungen. »Gut, ich verlange von dir, dass du deine Kräfte ausprobierst. Wenn dir das Leben deiner Geschwister lieb ist, dann solltest du jetzt damit beginnen.«

Er ließ die Überreste meiner Kette ins Gras fallen. Ich sollte mich befreit fühlen, wie ein Sklave, dem man endlich die eisernen Fesseln abgenommen hat. Aber ich spürte, dass es nur vorläufig war. Ich konnte meine Freunde nicht verletzen, also musste ich sachte vorgehen. Am besten zuerst einmal die vorderen Leute mit einem leichten Beben zu Fall bringen. Ich sah neben mich und stahl die Erdessenz eines Gesegneten. Noch nie hatte ich ein Beben geschafft, jetzt konnte ich vielleicht ein leichtes erzeugen. Mit einer Faust schlug ich auf den Boden. Die Erde erzitterte. Ein ausgewachsenes Erdbeben erschütterte nicht nur die Kämpfenden, sondern sogar die Akademie. Mit großen Augen verfolgte ich, wie Ms Hetzig zu den Mauern der Akademie rannte und sofort für Halt sorgte. Sie rammte ihre Fäuste in das Gestein und stabilisierte es mit ihrer Erdbegabung.

Mein Vater neben mir lachte laut auf. Das hatte ich noch nie bei ihm gesehen, nicht seit dem Tod meiner Mum.

Was hatte ich getan? Wie konnte ich auf einmal so eine Kraft haben? Fassungslos starrte ich auf meine Hände.

Alle rappelten sich langsam wieder auf und einige starrten zu mir herüber. Die Gesegneten mit einem breiten Grinsen, meine Mitschüler hasserfüllt. Durchaus verständlich. Ich hatte nicht gewusst, wie stark ich war.

Ich spürte mehrere Feuerbälle aufflammen und auf mich und

meinen Vater zurasen. Mit Leichtigkeit konnte ich sie alle abwehren und in mir speichern.

Sam rannte in unsere Richtung. Ich beeilte mich ihm entgegenzukommen. Die Wut stand ihm ins Gesicht geschrieben, schön, wenn er es auf diese Weise wollte.

Er erzeugte einen riesigen Feuerball direkt vor sich. Ich konnte ihn nicht mehr sehen und nahm die Essenz von dem Ball. Direkt dahinter stürzte Sam auf mich zu, womit ich hätte rechnen können. Er warf mich auf den Boden und hielt meine Handgelenke mit einer Hand fest. Die andere hielt mir ein Messer an die Kehle. Wie reizend.

»Du Verräterin«, zischte er.

»Du Playboy«, gab ich zurück. Ich überstreckte meinen Hals, damit ich zurück zu meinem Vater blicken konnte, doch Riefer beschäftigte ihn ganz gut.

»Wie kannst du uns nach allem so hintergehen?«, fragte Sam und drückte die Klinge noch dichter an meinen Hals.

»Wie kannst du nach allem mit Jara in einem Bett landen?«

»DAS wirfst du mir vor?« Mit Fassungslosigkeit war sein dümmlicher Gesichtsausdruck am besten zu beschreiben.

Ich hatte erwartet, dass er ein bisschen um mich kämpft. Stattdessen landete er in Jaras Bett! Ausgerechnet in Jaras! Er leugnete es noch nicht einmal. Da hatte ich meine Gewissheit – er hatte mit Jara geschlafen.

Ich suchte nach Essenzen und auf diesem Schlachtfeld gab es davon genug. Mehrere Essenzen absorbierte ich und stieß Sam mit einem starken Luftstoß von mir. Er flog einige Meter weit und landete ächzend auf dem Rücken.

Auch wenn ich wütend auf Sam und Jara war, so wollte ich meine neugewonnenen Fähigkeiten nicht an den Schülern ausprobieren.

Ich beobachtete die Kämpfe genau und versuchte überall einzugreifen, wo es zu einem Schlag der Gesegneten auf die Schüler kommen konnte. Dabei absorbierte ich so viele Luftessenzen, dass ich mich schon merkwürdig fühlte.

Natürlich setzte diese Gruppe bei Angriffen auf die Luftbegabung. So tückisch war keine zweite.

Langsam bemerkte ich, dass mein Limit erreicht war, ich konnte keine Essenzen mehr aufnehmen, ohne zu explodieren.

Ich drehte mich um, um Sam nicht aus den Augen zu lassen. Vielleicht würde er mich erneut attackieren.

Doch der hatte ganz andere Probleme. Robert lieferte sich einen Feuerkampf mit Sam. Auch wenn er zu den Besten seines Jahrgangs gehörte, mit Robert würde er es nicht aufnehmen können.

Sam war noch nicht mal fertig ausgebildet und Robert seit Jahren für diesen Augenblick im Training.

Sie hatten bereits die Richter und die Polizei in die Knie gezwungen, da waren wir doch keine ernstzunehmenden Gegner.

Ich musste etwas tun.

Wenn ich die Schüler nur alle aus der Gefahrenzone befördern könnte!

Robert griff Sam aus der Luft mit feuerüberzogenen Händen und Beinen an. Hinter Sam blitzte eine zweite Essenz auf, ein Gesegneter erzeugte eine Luftsichel. Sam war zu abgelenkt von Robert, um sie zu bemerken. Ohne groß über die Folgen nachzudenken, absorbierte ich die Luftsichel. Mein Magen zog sich zusammen, meine Lungen verkrampften sich. Die Essenzen suchten sich einen anderen Weg, um zu entkommen. Ich versuchte sie beisammen zu halten, doch sie stiegen mir in den Kopf. Ich hatte keine Wahl, selbst wenn ich so tollkühn sein sollte und mich opfern würde, sie würden dennoch entweichen. Und ich hatte nicht diese ganze Scheiße hinter mich gebracht, um jetzt hier zu sterben.

Ich suchte fieberhaft nach einer Möglichkeit.

Natürlich!

Ich beugte mich vor Schmerzen vornüber und schrie auf. Dann ließ ich die Essenzen entweichen.

WIE MAN EXPLODIERT

Ich versuchte die Luft präzise entweichen zu lassen, aber es tat so weh. Mein Herz klopfte so wild und heftig, dass ich Angst hatte, es würde mir aus der Brust springen. Doch es musste mein Blut weiter durch meine Venen pumpen, es musste einfach. Dann würde ich es schaffen und den körperlichen Strapazen standhalten. Vermutlich …

Mit meiner Leerenbegabung konnte ich sämtliche Schüler ausfindig machen und dann versuchen präzise die Luftessenzen entweichen zu lassen, um sie aus der Gefahrenzone zu bringen. Teilweise brachen sie unkontrolliert aus mir heraus, wie es damals auch die Flammen getan hatten. Ich konzentrierte mich, versuchte mit aller Kraft die Luftessenzen zu lenken und entfachte damit zu meiner großen Überraschung einen gewaltigen Sturm.

***

Als das Tosen vorbei war, legte sich eine gespenstische Stille über die Wiese.

Die Gesegneten starrten mich an, von den Schülern gab es keine Spur. Sie alle hatte der Wind davongetragen.

Robert kam auf mich zu. Immer noch rang ich nach Atem. Ich blieb auf den Knien, am liebsten wäre ich aufgestanden, hätte ihm gern von Angesicht zu Angesicht gegenübergestanden. Doch vor Erschöpfung konnte ich mich nicht wieder auf die Beine kämpfen. Es war demütigend in dieser Position zu bleiben, als wäre ich ihm unterworfen.

Robert legte mir eine Hand auf die Schulter.

Ich musste alle Willenskraft aufbringen nicht zu erschaudern und sie wegzuschlagen.

»Ria, du bist wahrlich gesegnet.«

Seine Anhänger neigten den Kopf vor mir. Mir wurde schlecht. Von diesen Begabten wollte ich keinen Respekt.

Mein Vater kam mit großen Schritten auf mich zu. Ein breites Lächeln im Gesicht und mit einem Blick, der mit so viel Wut geladen war. Er wusste genau, was ich getan hatte. Doch er hielt den Schein aufrecht und reichte mir eine Hand, um mir aufzuhelfen.

Mutig legte ich meine Hand in seine. Sofort drückte er zu und zerquetschte sie mir fast. »Glückwunsch, Tochter, du bist eine von uns.«

Manche Dinge will man nicht hören.

Robert baute sich vor dem Rest der Gesegneten auf.

»Ihr habt die Kraft einer wahren Mischbegabten gesehen, die uns der Hohe Rat solange vorenthalten hat. Mit Ria und ihrer Schwester werden wir unbesiegbar und können diese Unbegabten endlich an den Platz befördern, den sie verdient haben. Zu unseren Füßen!«

Die Menge jubelte und ich musste mich zusammenreißen meinen Mageninhalt nicht sofort zu entleeren. Natürlich, wenn ich die Pille mit sechs Jahren nicht bekommen habe, dann Moni sicher auch nicht.

Aber wollte Vater uns der Gefahr des Verschlingens aussetzen? Offensichtlich.

Die Gesegneten beruhigten sich wieder und Robert fuhr fort:

»Da trifft es sich doch ziemlich gut, dass der gegenwärtige Hohe Rat aus Leonard und mir besteht. Die Akademie hat gemerkt, wie machtlos sie gegen uns ist. Keine Gefahr geht von hier aus. Lasst uns zurück in das Gebäude des Hohen Rats gehen und beraten, was wir gedenken mit diesen Schülern zu tun. Sofern sie überhaupt wieder auftauchen.«

Doch ich wollte hier nicht weg, nicht bevor ich mir sicher sein konnte, dass ich sie alle in Sicherheit gebracht hatte.

Der Wind sollte jeden einzelnen Schüler und Lehrer in den Hinterhof geweht haben. Sicherlich würde es Verletzte geben, aber dieses Risiko hatte ich in Kauf genommen.

Ich war noch immer schockiert von der Kraft, die mir zur Verfügung stand. Mein Vater griff nach meinem Arm und hob ihn triumphierend in die Luft.

»Auf dass uns nichts mehr aufhalten kann.«

Er holte eine Teleportationsessenz hervor und aktivierte sie. Sofort löste sich die Akademie vor meinen Augen auf. Im Augenwinkel sah ich das schockierte Gesicht von Jara zwischen den Büschen, verborgen vor all den neugierigen Gesichtern. Niemand hatte sie bemerkt. Ich verzieh ihr. Sofort und auf der Stelle.

Am liebsten wäre ich bei ihr geblieben und wir hätten einfach an die Decke gestarrt. Sie hatte vermutlich alles mitangesehen, jedes noch so schreckliche Detail.

***

Mein Vater und ich landeten in einem lichtdurchfluteten Raum mit einem riesigen runden Tisch in der Mitte und fünf Stühlen drum herum. Es musste der Raum sein, in dem die Großen Fünf immer getagt hatten, auch wenn ich mich fragte, wie sie es geschafft hatten sich zu verständigen, ohne sich anzubrüllen. Das geheime Ratszimmer ... wow ... dass ich hier noch einmal landen würde, hätte ich nicht gedacht. Dass ich damals Mr. Beckminster bat mir diese Zimmer zu zeigen, kam mir wie vor einer Ewigkeit vor. Der Tisch erinnerte von der Größe her stark an König Arthurs Tafelrunde. Er bestand aus weißem Marmor und war natürlich versehen mit unnötigen goldenen Ornamente, genauso wie die Eingangshalle, was ich von meinem letzten Besuch noch wusste. Auch den Stühlen fehlte es nicht an Gold und es gab allen Ernstes purpurne Polster auf ihnen. Nicht sehr fortschrittlich, die alten Herren. Der Raum wurde durch die Sonne erleuchtet, die sich ihren Weg durch die Regenwolken gebahnt hatte. Sie schickte ihre Strahlen durch die riesige gläserne Kuppel. Ein helles Beige mit ein paar Akzenten in Purpur dominierte die Ausstattung. Wenn ich mir das alles hier so anschaute, dann hielten sich die Großen Fünf wohl für die Könige der Begabten. So sehr unterschieden sie sich gar nicht von den Gesegneten. Und wenn ich bedachte, was sie alles im Verborgenen getan hatten, um uns klein zu halten, konnte ich den Zorn der Gesegneten wenigstens zu einem winzigen Teil nachvollziehen.

»Du hast diese Stümper in Sicherheit gebracht«, sagte mein Vater mit kalter Stimme.

Es war keine Frage, sondern eine Feststellung. Was sollte ich darauf noch groß sagen? Mit einem starken Wind fegte er mich gegen die nächste Wand. Ich konnte gerade noch einen kleinen Puffer vor dem Aufprall erzeugen, sodass mein Körper nicht aufschlug.

»Du wagst es diese Nichtsnutze zu beschützen, indem du sie vom Schlachtfeld fegst?!«

Ich hatte keine Kraft mehr in den Gliedern, um mich aufrecht zu halten. Die Erschöpfung machte sich bemerkbar, während mein Vater wie das blühende Leben vor mir stand.

Er hob die Hände und fesselte mich an Händen und Füßen mit Gestein am Boden. Im Besitz meiner vollen Kraft zu sein, war ich noch nicht gewohnt. Ich brachte noch nicht einmal die Energie auf, um die Essenzen aufzulösen, stattdessen starrte ich auf den Boden direkt vor mir.

»Da ist dir wohl die Sicherheit deiner Schwestern doch nicht so wichtig.«

Doch, war sie. So wichtig, dass ich jetzt hier war. Dass ich mich seit Jahren seinem Willen beugte.

»Du hast Glück, dass du als Experiment so ein Erfolg bist.«

So schnell wurde man also von einem Menschen zu einem Experiment.

Ich hob meinen Kopf an und versuchte meinen Vater zu fixieren: »Ist es ein Erfolg, wenn mir jeden Augenblick die Verschlingung droht? Und nicht nur mir, sondern hunderten anderen Begabten in diesem Gebäude?«

»Nachdem du all das gesehen hast, was der Hohe Rat vor dir verborgen hat, glaubst du immer noch einfach so einem Schriftstück?! Du hast ausgestorbene Papageien gesehen, du hast von den Pillen erfahren und bist das lebendige Beispiel für echte Mischbegabte. Der Hohe Rat hat seit Jahrzehnten, wenn nicht sogar Jahrhunderten, alle Begabten angelogen. Und du glaubst diesem Wisch vom Hohen Rat immer noch, dass es so etwas wie Verschlingen gibt. Ich hätte dich für schlauer gehalten.«

Ich starrte ihn an. Woher wusste er, dass dieses überaus wichtige Detail nur erfunden war?

Wozu hatte er mich dann überhaupt gebraucht? Um dieses scheinbar wertlose Stück Papier zu finden?

Vielleicht hat er all dies erfahren, nachdem er Mitglied der Großen Fünf geworden war? Als neues Mitglied der Großen Fünf wurde man doch bestimmt in alle Geheimnisse der Regierung eingeweiht. So musste es gewesen sein. Warum hatte ich mich dann überhaupt so sehr bemüht und all das auf mich genommen, wenn das Ergebnis dasselbe war. Einen Augenblick wünschte ich mir sogar die entsetzten Gesichter der alten Oberhäupter unserer Gesellschaft zu sehen, als sie bemerkten, dass ihre Entscheidung falsch war. Dass es falsch gewesen war meinem Vater das Vertrauen entgegen zu bringen und ihn zu einem der Großen Fünf zu machen. Als sie das Messer im Rücken spürten, weil mein Vater sie verriet. Aber vermutlich hatten sie nicht anders aus der Wäsche geschaut als ich, als ich mir zusammenreimte, dass mein Vater ein Gesegneter war.

Mein Vater musste mir meine Verwirrung angesehen haben, denn er kam langsam auf mich zu.

»Ach, Ria, du wirst eine hervorragende Kampfmaschine abgeben.«

Ich konnte nicht mehr. Langsam glitt ich in meinen Fesseln in eine Art Dämmerschlaf.

***

Durch ein lautes Geräusch schreckte ich aus meiner beruhigenden Dunkelheit wieder auf. Eine schwere Eisentür hatte sich geschlossen und ich fand mich in einem kleinen Raum wieder. Er besaß nur ein Fenster, durch das ein schmaler Lichtstrahl fiel. Unter diesem befand sich ein einfaches Bett mit einem kleinen Nachttisch. Rechts daneben ein leerer Tisch mit nur einem Stuhl. Die Einrichtung wirkte trostlos.

Ich hatte keine Ahnung, wie ich hierher gelangt war, aber mittlerweile war mir so vieles egal. All meine Freunde hielten mich für eine Verräterin, Sam hatte mit Jara geschlafen und mein Vater hatte immer noch so viel Macht über mich.

Wie gebrochen konnte ein Mensch sein? In welch elendigen Tiefen von Selbstmitleid konnte ein Mensch versinken, wie ich es gerade tat?

Langsam begriff ich, dass das hier mein neues Zimmer sein sollte. Ich wusste nie genau, was mein Vater vorhatte, aber damit hatte ich nicht gerechnet.

Ich sah meinen Vater, der im Zimmer stand und mich beobachtete. »Du sperrst mich ein?«, fragte ich mit heiserer Stimme. Ich brauchte dringend etwas zu trinken.

Mein Vater zuckte mit den Schultern, als ob es ihn keinen Augenblick lang berührte. Was war aus ihm geworden, wo waren wir falsch abgebogen?

»Du hast mich hintergangen. Das ist deine Strafe. Du wirst genauso wie die anderen Essenzenentzieher für uns arbeiten.«

Ich starrte ihn fassungslos an.

Endlich löste er die Fesseln von meinen Gelenken und ich schwankte zu dem Bett, um ein wenig Halt zu finden.

»Hat das nicht Robert zu entscheiden? Er war doch ganz angetan von meinen Fähigkeiten.«

»Oh, versteh mich nicht falsch. Wenn es zum Angriff kommt, dann holen wir dich selbstverständlich wieder heraus.«

Er musterte mich so kalt, als wäre ich ein Gegenstand für ihn. Leblos und nur zu seinem Nutzen da.

Ich sollte jetzt ruhig sein und meine Klappe halten. Später konnte ich mir darüber Gedanken machen, wie ich während so eines Angriffes entkommen könnte.

»Und was ist, wenn ich dir nicht mehr gehorche? Wenn du meine Loyalität verloren hast?« Ja, der Weg von meinem Gehirn zum Mund war wohl länger als gedacht. Der Befehl zum Schweigen musste zwischendurch wohl verlorengegangen sein.

Er grinste so abschätzig, dass es mir den Atem raubte.

»Du wirst gehorchen. So wie immer.«

Damit drehte er sich um, öffnete die Eisentür und zog sie hinter sich ins Schloss.

Wunderbar. Ich war für meinen Vater nicht mehr als eine Essenzenmaschine.

Fassungslos setzte ich mich auf das Bett.

Hatte ich mir selbst so viel Bedeutung zugesprochen, dass es mich jetzt so tief erschütterte? Scheinbar hatte ich keine Ahnung.

Ich konnte mir schon denken, dass dies keine normale Eisentür war. So töricht war mein Vater nicht. Probehalber stand ich vom Bett auf und legte meine Hände an das kühle Metall. Ich spürte deutlich mehrere Essenzen, mit denen die Tür geschützt war, und es fiel mir nicht schwer sie zu benennen.

Aber es waren so viele verschiedene, dass ein Durchkommen beinahe unmöglich war. Beinahe ... ich musste sie nach und nach angreifen und zerstören.

Aber das würde dauern. Lange – und mir blieb keine Zeit. Auch wenn ich absolut keinen Plan hatte, was ich tun sollte, wenn ich hier draußen war. Zurück zur Akademie? Höchstens Chris würde dort auf mich warten. *Wenn Vater nur vorhin mein Handy nicht zerstört hätte.* Dann wäre alles deutlich einfacher gewesen. Aber hatte ich einen Plan, um ihn jetzt noch aufzuhalten? Er hatte das gesamte System unserer Welt zerstört. Familie konnte man sich halt nicht aussuchen.

***

Ich hatte keine Ahnung, wie viel Zeit vergangen war, aber es fühlte sich wie eine Ewigkeit an. Vorsichtig und unauffällig hatte ich versucht die Essenzen an der Eisentür zu lösen, doch bisher mit mäßigem Erfolg.

Die Tür öffnete sich und mehrere Angestellte des Hohen Rates betraten meine kleine Zelle. Ich weigerte mich dieses Loch hier *Zimmer* zu nennen. Scheinbar war ihnen die Umorientierung leichtgefallen, wenn sie jetzt schon brav den Gesegneten folgten. Ich hatte immer gedacht, dass die Angestellten des Hohen Rates und damit der Regierung bestehend aus den Großen Fünf treu ergebene Mitarbeiter waren. Vielleicht war dem auch so. Mein Vater war schließlich ein offizielles Mitglied der Großen Fünf und damit ein Teil der Regierung. Nach dem unfreiwilligen Ableben der anderen vier Mitglieder auch das einzige lebende Mitglied. Er war also die gesamte Regierung in einer Person. Die Gesegneten hörten alle auf ihren Anführer Robert, der mit meinem Vater gemeinsame Sache machte. Wunderbar, diese beiden Vollidioten hatten es geschafft, den kompletten Hohen Rat zu übernehmen und in die Dienste der Gesegneten zu stellen. Ich hatte mit ein bisschen mehr Widerstand seitens der Angestellten gerechnet, aber ich wusste auch nicht, was schon alles passiert war, bevor ich aus der Akademie abgeholt worden war.

Die Angestellten brachten mehrere Käfige mit verschiedenen Tieren und ließen dabei die Eisentür offenstehen. Ganz vorn stand einer der Gesegneten, gut erkennbar an dem grünen Umhang und einem vierblättrigen Kleeblatt drauf. Zuvor war es mir nie aufgefallen, doch jetzt schien es mich zu verhöhnen und ich konnte nicht fassen, dass ich wirklich geglaubt hatte, die Kette stammte von meiner Mum.

»Stellt die Käfige hier vorne ab«, forderte der junge Mann. Es war derselbe, der auch schon dieses absurde Schauspiel mit Robert vorhin auf der Wiese aufgeführt hatte. Scheinbar so etwas wie der Hund von Robert und meinem Vater. Denn ich begegnete ihm für meinen Geschmack ein wenig zu oft. Ich hätte wetten können, dass er auch bei dem Angriff auf Nate mit dabei gewesen war. In den Käfigen befanden sich Papageien, Raben, Eulen und viele weitere Vogelarten.

»Ria Jordan, Sie sind angehalten all diesen Vögeln ihre Essenzen zu entziehen, bis sie sterben.«

Ich verschränkte die Arme vor der Brust. »Warum sollte ich sie dabei töten? Ich bin durchaus in der Lage die Essenzen zu entziehen, ohne die Tiere zu verletzen. Wer sind Sie überhaupt?«

Vielleicht konnte mich mein Vater klein halten, vielleicht hatte ich auch Angst vor Robert, aber diesem Wichtigtuer würde ich mich nicht beugen.

»Fred. Und es ist uns durchaus bewusst, dass sie die Tiere dabei nicht verletzen müssen. Allerdings sind die Kosten für deren Unterbringung und Verpflegung dem neuen Hohen Rat zu hoch.«

Die Angestellten stellten den letzten Käfig ab und verließen den Raum. Ich betrachtete Fred eingehend, ehe ich dann den Kopf schüttelte.

»Das mache ich nicht, ich werde keine Tiere töten, nur weil es euch zu teuer ist.«

Überrascht betrachtete mich Fred. »Sie haben keine andere Wahl. Sonst sehe ich mich gezwungen Sie anzugreifen.«

Ich lachte bitter auf und fegte ihn mithilfe meines Feuers durch die offene Eisentür aus dem Zimmer. Er klatschte an die gegenüberliegende Wand.

»Richten Sie meinem Vater aus, dass er sich diesen Befehl sonst wohin stecken kann. Ich töte diese Tiere nicht.« Ich wollte aus dem Raum treten, aber bemerkte, dass es ein Kraftfeld gab, welches mich davon abhielt meine Zelle zu verlassen. Natürlich.

»Ach, da hört für dich der Spaß auf. Aber du hast zugelassen, dass Leonard so viele Menschen getötet hat? Das war kein Problem für dich?«, fragte Emilia. Ich bemerkte meine Stiefmutter, die im Gang gegen die gegenüberliegende, beige tapezierte Wand gelehnt stand. Dann sah mit dieser hellen Wandfarbe und dem dunkelroten Teppich sogar der Flur freundlicher aus als mein Loch.

Es sollte mich überraschen Emilia hier zu sehen, aber das tat es nicht. Sie hatte eindeutig abgenommen. Ihre Gesichtszüge wirkten eingefallen, als wäre ihr die Kraft ausgegangen.

»Lass uns allein, Fred«, forderte sie. Der Bursche rappelte sich auf, verbeugte sich vor Emilia und suchte dann geschwind das Weite.

»Was willst du hier, dich an meinem Elend ergötzen?«, fragte ich und warf ihr einen abschätzigen Blick zu.

Sie stieß sich von der Wand ab. Ich bemerkte, dass ihre Kleidung immer noch tadellos war. Nach wie vor achtete sie sehr auf ihr Auftreten, nur ihr Make-Up wirkte vernachlässigt. Wir hatten uns vier Monate nicht gesehen und tatsächlich durchzogen ein paar graue Strähnen ihre sonst so tadellose braune Mähne. Faszinierend.

»Du hast die Kontrolle verloren, oder?«, fragte ich etwas sanfter.

»Genau wie du, nur bin ich nicht eingesperrt.« Sie versuchte sich an einem Lächeln, doch es wirkte aufgesetzt, sie atmete tief durch und kam mir schließlich so nah, dass ich deutlich ihren viel zu süßen Geruch wahrnahm.

»Offensichtlich, dafür hast du deinen Vater verloren. Das tut mir aufrichtig leid«, sagte ich.

Ihre Fassade bröckelte und ich sah den Schmerz, der sich deutlich auf ihrem Gesicht abzeichnete.

»Danke, Ria. Ich hätte niemals gedacht, dass Leonard so weit geht. Aber du hast mit deinem Verhalten Mira und Moni beschützt. Auch wenn viele andere sterben mussten, die beiden leben. Dafür wollte ich dir danken.« Sie hielt mit ihrer linken Hand den rechten Arm an sich gepresst, wie eine kleine Umarmung.

»Werden wir nicht belauscht?«, zischte ich argwöhnisch, doch sie schüttelte nur den Kopf.

»Ich genieße hier ein hohes Ansehen. Außerdem bin ich eine Leerenbegabte genau wie du. Ich spüre jede Essenz. Außer eine Essenz, wie zum Beispiel eine Überwachungsessenz, wird am eigenen Körper getragen und ganz bewusst von der eigenen Leerenbegabung verschleiert. Das funktioniert aber nur bei sehr guten Leerenbegabten. «Sie sah mich so bedeutungsvoll an, als hätte sie mir gerade den Hinweis schlechthin gegeben. So etwas konnten Leerenbegabte? Das hatte ich nicht gewusst. Aber scheinbar viele nicht, denn sonst hätte das die Durchsuchung in der Eingangshalle des Hohen Rates sinnlos gemacht.

Emilia hatte versucht uns zu einer Familie zu machen. Doch letztendlich waren wir gescheitert.

»Wie geht es Nate?«, fragte sie.

»Oh, wenn man davon absieht, dass sein Groll gegen mich ins Unermessliche gewachsen ist – bestimmt wunderbar.« Ich lächelte vorsichtig. »Und zu deiner Frage, irgendwann muss ich ja beginnen mir nicht alles gefallen zu lassen und wenn es mit Eulen beginnt, dann ist es so.«

Ich sah zurück zu den Vögeln, die alle aufgeregt umherschauten, als spürten sie, dass sie zu ihrer Schlachtbank geführt wurden. Aber nicht mit mir.

»Du bist stark, Ria. Stärker, als du denkst. Und weil ich meine Kinder beschützen will, werde ich dir jetzt zwei Dinge sagen. Du kannst deine zweite Begabung kontrollieren. Vermutlich ist dir aufgefallen, dass deine Begabung besonders stark ist, wenn deine Gefühle besonders stark sind. Das war das Experiment, herauszufinden, wann deine Kraft ihren Höhepunkt erreicht. Immer wenn du wütend warst, dann bist du über dich hinausgewachsen. Du bist auch eine Feuerbegabte, Ria.«

Erstaunt schaute ich sie an. Es ergab so viel Sinn.

»Aber woher weißt du das alles?«, fragte ich argwöhnisch.

»Ich habe einen Bruder an der Akademie, der schon früh beschloss, dem ganzen Politikmüll den Rücken zu kehren ...«

Dafür kam nur eine Person in Frage: Mr Riefer, der einzige Lehrer als Leerenbegabter an der Akademie.

»Weiß Nate das auch?«, fragte ich.

Emilia schüttelte den Kopf. »Nein, aber mein Bruder hat immer gut auf euch drei aufgepasst. Und wird es auch weiterhin tun. Womit wir zu Punkt zwei kommen: Ich bitte dich um eines, du musst Mira und Moni von hier wegbringen, zur Akademie zu meinem Bruder. Ich weiß, ich verlange viel ...«

Ich unterbrach sie, indem ich meine Hand hob.

»Für die beiden werde ich alles tun, du musst mich nur hier rausholen.«

Sie nickte.

»Das werde ich. Sie sind meistens in der fünften Etage in den ehemaligen Räumen von Leonard.«

Dann ging sie. Ich hatte mit vielem gerechnet, aber nicht mit ihrer Hilfe.

Ich ging zurück in meine Zelle und begann mit den Vögeln zu spielen. Ich würde nicht länger die Marionette meines Vaters sein. Wenn es sein musste, würde ich gegen ihn kämpfen und ihn eigenhändig in das Verlies der Akademie sperren. Meine Finger strichen durch das Gefieder einer kleinen Eule, die noch ganz verpennt aussah und nicht recht wusste, wie ihr geschah.

Plötzlich hielt ich inne. Bis zu diesem Moment hatte ich geglaubt, dass ich der Verräter war. Neben meiner Leerenbegabung hatte ich auch eine Feuerbegabung und wurde von allen als Verräterin bezeichnet. Aber ich hatte weder den Schutzwall geöffnet noch den Gefangenen befreit oder Basti getötet. Es musste doch noch jemand anderen geben. Und wenn ich so überlegte, dann wäre Sam der perfekte Kandidat für den Posten. Aber ... ich glaubte ihm nach wie vor, dass er mich liebte. Und ich liebte ihn auch. Verräter hin oder her, wir trafen alle falsche Entscheidungen. Vielleicht erpresste man ihn auch und er hatte nicht gewusst, dass Basti getötet werden sollte. Es gab so viele Erklärungen, aber eines wusste ich sicher, ich wollte von Sam Antworten haben und ihm einiges sagen. Hier war ich den Launen meines Vaters ausgesetzt, er konnte beschließen, dass mein Leben jetzt enden sollte. Ich würde es bereuen Sam nicht all meinen Ärger, Frust und Liebe an den Kopf geworfen zu haben. Lächelnd ließ ich von der Eule ab. Ich liebte diesen Mistkerl und wir würden das klären können. Vielleicht hatte er auch absolut nichts mit der Sache zu tun. Ich musste das klären und ihn dann küssen.

Es klopfte an der Eisentür. Misstrauisch schaute ich auf. Mr Beckminster trat ein mit einem weiteren Käfig in seiner Hand.

»Miss Jordan, ich habe den Auftrag von Ihrer Mutter Ihnen diese Kolibris auszuhändigen«, sagte er und stellte das silberne Gefängnis direkt vor mir ab. Darin befanden sich um die dreißig Kolibris. Auf dem Boden waren im Gegensatz zu den restlichen Käfigen Futterschälchen und Wassernäpfe.

»Hat meine Mutter noch etwas dazu gesagt?«

Er lächelte mich verschmitzt an und reichte mir einen kleinen Stein. »Sie meinte, dass Sie schon wissen, was Sie damit anfangen könnten.«

Er drehte sich wieder zum Gehen um, doch ich hielt ihn kurz zurück.

»Mr Beckminster, warum helfen Sie mir?«, wisperte ich so leise wie möglich.

»Sie und ihre wundervolle Mutter erinnerten sich als Einzige an meinen Namen.« Der ältere Mann lächelte versonnen und trat dann den Rückzug an.

Ich blickte zu den kleinen Vögeln und augenblicklich wusste ich, was zu tun war.

WIE MAN VERBÜNDETE FINDET

Immer wieder musste ich eine Pause einlegen. Auch wenn mir jetzt meine volle Kraft zur Verfügung stand, war es anstrengend und erforderte höchste Konzentration dreißig Essenzen zu entziehen und den Tieren dabei keinen Schaden zuzufügen.

Die Sonne hatte sich bereits vor Stunden verabschiedet, als ich endlich fertig war. Ich beförderte den Käfig mit den Kolibris mithilfe ihrer eigenen Teleportationsessenz zur Akademie. Dort wäre ihr Leben erst einmal in Sicherheit. Bei den anderen Tieren musste ich noch warten. Genauso wie ich den Stein von Mr Beckminster noch nicht einsetzen durfte. Es war eine der seltensten Essenzen, die es gab. Die Annulierungsessenz. Sie würde für eine kurze Zeit jegliche Essenzen der Eisentür lahmlegen. Aber noch nicht jetzt, denn ich spürte, dass mein Vater auf dem Weg zu mir war.

Ich nahm das karge Abendessen zu mir, das mir Fred mit einem ängstlichen Gesichtsausdruck gebracht hatte. Wenigstens ein Fortschritt.

***

Gerade beendete ich mein kleines Festmahl, als mein Vater meine Zelle betrat. Die Essenzen steckten in meiner Jackentasche und ich umhüllte sie ständig mit meiner Gabe. Von Emilia hätte ich so viel lernen können, wenn meine Arroganz und mein Groll mir nicht im Weg gestanden hätten. Vermutlich verfügte sie über noch mehr Talent als Mr Riefer.

»Wie ich sehe weigerst du dich nach wie vor die Tiere umzubringen«, sagte er abschätzig.

»So viel Besuch heute, zweimal Fred und zweimal du, darf ich heute etwa noch mit Robert rechnen?«, fragte ich tollkühn. Er verkrampfte seine Hand, ein eindeutiges Zeichen dafür, dass er mich am liebsten schlagen würde. Aber ich ließ sehr deutlich meine Feuerbegabung in Alarmbereitschaft vor mich hin züngeln. Er spürte es. Außerdem waren wir beide ausgelaugt, auch wenn er es niemals zugegeben hätte. Er holte sein Handy aus seiner Jackentasche und schaute drauf, während er zu sprechen begann: »In letzter Zeit bist du aufsässiger, hat das etwa mit deinen völlig unangebrachten Gefühlen für diesen Feuerjungen zu tun?«

Er zeigte mir das Foto von Sam und mir, welches er mir schon vor einigen Tagen zugeschickt hatte.

»Ach, jetzt führen wir also doch noch ein Vater-Tochter-Gespräch? Du hast doch gesagt, er wäre der richtige Umgang für mich.«

Er steckte das Handy wieder ein und holte sich mit einer Luftessenz einen Stuhl vom Flur herein, damit er sich galant hinsetzen konnte. Dieser Mann verschwendete seine Essenzen sehr ausgiebig, vermutlich um sein Gegenüber zu beeindrucken.

»Das sagte ich, aber da hatte ich noch keine Ergebnisse vorliegen. Ich bin der Auffassung, du solltest dich lieber mit einem ehemaligen Mischbegabten paaren. Eure Kinder werden sicherlich atemberaubend stark. Wie wäre es mit diesem Wassermischling? Ran oder wie heißt er?«

»Rean? Ist das dein Ernst?!«, fragte ich fassungslos. Die Ironie dahinter war einfach entzückend. Hegte ich keinerlei Gefühle für Sam, war mein Vater mit ihm einverstanden. Nun empfand ich keine Gefühle mehr für Rean, die über Freundschaft hinausgingen, aber jetzt wäre er meines Vaters Wunschkandidat. Aber ich bemerkte, wie es mir zum ersten Mal absolut und vollkommen gleich war, was mein Vater dazu sagte. Es war meine Entscheidung! Meine ganz allein! Ich riss mich zusammen, um keinen Verdacht zu erregen, dass ich bald fliehen würde.

»Ich hätte das mit Sam und dir niemals gebilligt«, fügte er hinzu.

»Also warst du von Anfang an gegen Sam, als du den Brief aus meinem Zimmer klauen ließest.« Ich lachte bitter auf. Als ich mich langsam in Sam verliebt hatte, war ein kleiner Teil von mir froh gewesen, dass ich meinen Vater wenigstens in der Partnerwahl nicht enttäuschte. Doch jetzt ... Es war mir so egal, was er davon hielt.

»Wie passend, denn ich bin für Sam. Egal welche Begabung.« Mein Vater zog die Augenbrauen nach oben.

»Auch nachdem er mit deiner besten Freundin geschlafen hat?«

Woher wusste dieser Mann schon wieder davon? Niemand konnte so viel wissen, auch er nicht. Außer ... Ich weiß nicht wie, aber er steckte in der Sache mit drin. Vielleicht war das alles gar nicht einfach so passiert. Ich musste es riskieren.

»Tja, in diesem Punkt ist dein Plan wohl nicht aufgegangen.«

»Oh, das ist er«, sagte er. Irgendwie hatte er seine Finger im Spiel gehabt. Jara und Sam waren nur ein Opfer seiner Machenschaften gewesen. Ich musste den Gedanken auf später verschieben. Aber ich konnte nicht. Es bedeutete, dass Sam und ich eine echte Chance hatten, wenn das alles hier vorbei war. Vielleicht nur eine Chance von zehn Prozent. Aber ich würde diese Chance nutzen. Ich würde dafür kämpfen, dass es ein Wir geben konnte, und zwar bis zum bitteren Ende. Denn das war es mir wert. Während ich meinen Gesichtsausdruck unter Kontrolle behielt, führte ich innerlich ein kleines Tänzchen auf.

»Du bist doch sicher nicht hierhergekommen, um über mein Liebesleben mit mir zu sprechen. Ich bin noch etwas zu jung, um als Geburtsmaschine missbraucht zu werden, oder?«

Ich hatte auch an Selbstvertrauen dazu gewonnen, es würde für meinen Vater nicht mehr so leicht sein mich einzuschüchtern.

»Nein, ich wollte dich lediglich darüber in Kenntnis setzen, dass wir planen, nur die Mischbegabten deiner Akademie zu verschonen. Der Rest wird in Gewahrsam genommen.«

Ich starrte ihn entgeistert an. Die Freude von eben verblasste augenblicklich. Warum schaffte ich es nie mit dem nächsten dummen Schritt von ihm zu rechnen? Ich sprang auf und mein Stuhl fiel krachend auf den Boden. Die Vögel in ihren Käfigen flatterten aufgeregt und blickten sich panisch um.

»Bist du von allen guten Geistern verlassen? Du bist selbst ein Purbegabter. Emilia und Robert auch!«

Er schüttelte enttäuscht den Kopf, als könnte er nicht fassen, was für eine beschränkte Tochter er hatte. Und ich konnte nicht fassen, was mich da gezeugt hatte.

»Um unser Ziel zu erreichen und dem Abschaum an Unbegabten zu zeigen, wo ihr Platz ist, brauchen wir die Gene der Mischbegabten.«

»Das ist krank, was du hier machst. Warum willst du so unbedingt die Unbegabten unterdrücken? Reicht dir die Macht des Hohen Rates nicht? Es ist genug, du hast alles, was du wolltest.«

Mit diesen Worten lockte ich echte Gefühle in ihm hervor. Faszinierend, dass es überhaupt möglich war. Nur allzu deutlich sah ich den Schmerz im Gesicht meines Vaters. Noch nie hatte ich so deutlich in ihm lesen können. Es war das Gesicht eines gebrochenen Mannes, der alles verloren hatte.

»Es wird niemals genug sein! Hörst du? Niemals! Sie tragen die Schuld am Tode deiner Mutter. Miranda war alles, was ich hatte und nur, weil man sie in diesem stümperhaften unbegabten Krankenhaus nicht behandeln konnte, musste sie sterben. In jedem anständigen begabten Krankenhaus hätte man sie retten können, aber wir mussten uns unterordnen.«

Niemals hatte mein Vater mir diese Geschichte erzählt und während er so vor mir stand, sah ich in ihm meinen Dad.

Ein Mann, der für seine Frau Miranda und seine Kinder alles

getan hätte, der mir meine Haare geflochten und mir immer eine kleine Süßigkeit in die Lunchbox geschmuggelt hatte. Ja, streng war er schon immer gewesen, aber die Balance zwischen Strenge und Zuneigung hatte er immer gehalten.

Mit einem Kloß im Hals krächzte ich: »Wem musstet ihr euch unterordnen?«

»Eduard, Emilias Vater, und den anderen der Großen Fünf.«

Es ergab alles einen Sinn. Mein Vater wollte Rache. Weil er sich unterordnen hatte müssen. Weil er selbst in einer Notsituation geheim halten musste, dass er ein Begabter ist. Weil meine Mum in einem unbegabten Krankenhaus gestorben war. Und das nur, weil fünf alte Herren es so beschlossen hatten.

»Robert ist nicht der Anführer der Gesegneten, oder, Dad?«, fragte ich.

»Nein, Ria. Das bin ich und deshalb obliegt es allein mir zu entscheiden, was mit dir geschehen soll. Du warst sehr illoyal in letzter Zeit. Du bleibst vorläufig hier unten und wirst Essenzen entziehen, bis uns ein weiterer Kampf bevorsteht.« Er wandte sich zum Gehen und ich spürte deutlich, dass ich ihn endgültig verloren hatte.

»Was ist mit Mira und Moni? Geht es ihnen gut?!«

Mein Vater hielt in seiner Bewegung inne und drehte sich mit einem eiskalten Gesicht zu mir um. Er hatte die Kontrolle vollständig zurückerlangt.

»Moni geht es gut. Aber was sollte ich meine Zeit mit der Aufzucht einer nutzlosen Purbegabten verschwenden, wenn Moni und du so viel wertvoller seid.«

Er ließ seine Worte sacken. Mein Herz stolperte einen Augenblick und ich keuchte auf, als mir die Tragweite seiner Worte bewusst wurde.

»Hast du so an ihr gehangen? Das kleine Mädchen war nicht so wie ihr. Ihr tragt Mirandas Gene in euch, aber dieses Kind war nur ein fehlgeschlagenes Experiment.« Er machte mich so wütend. Ich ging auf ihn los, doch mein Körper versagte. Das Entziehen der Essenzen forderte nun seinen Tribut. Ich schlug auf den Boden auf. Doch mein Vater packte mich an den Haaren, zog mich auf die Beine und flüsterte ganz leise: »Ach, und bevor ich es vergesse, Emilia war auch eine Purbegabte.« Während er das Wort *war* so betonte, schleuderte er mich zurück auf den Boden. Ich schürfte mir die Handflächen und ein Knie auf. Doch ich spürte den körperlichen Schmerz nicht mehr.

»Überlege dir gut, ob du mich noch einmal hintergehst. Das eine Mal beim Angriff vorhin hat gereicht, findest du nicht?«

Dann schlug er mit der Faust zu. Ich ertrug es. Denn ich musste mir nicht mehr überlegen, ob ich ihn hintergehen würde. Mein Entschluss stand fest.

Dieser Mann war nicht länger mein Vater. Er war ein Monster, das sein eigenes Kind und seine Frau umgebracht hatte und das nur, weil sie mit der falschen Begabung geboren worden waren. Emilia hatte Mira, ihr kleines Mädchen, bestimmt nur beschützen wollen. Mein Vater drehte sich um und verließ mein Gefängnis. Ich kroch zur kalten Wand und lehnte mich mit dem Rücken gegen sie, mein Gesicht in den Händen vergraben. Röchelnd versuchte ich zu Atem zu kommen. Eine warme Flüssigkeit lief mir die Schläfe herunter. Ich war zu spät. Ich hatte meinen Vater nicht aufhalten können. Was hatte ich getan?

***

Die Nacht brach herein. Der Mond stand hoch oben und ich brachte die restlichen Vögel mithilfe der Teleportationsessenzen in der Akademie in Sicherheit. Mittlerweile hatte ich mich wieder gefasst. Er würde es büßen. Alles.

Ich verbrauchte nicht alle Essenzen, denn ich musste ja noch fliehen. Doch ohne Moni würde ich nicht gehen. Ich hatte eine Schwester verloren und eine weitere Mutter. Dieser Mann hatte mir zu viel genommen. Es war wie damals, wo er mir ein neues Spielzeug schenkte und es mir im nächsten Augenblick wegnahm, damit ich mein Herz an nichts hängte. Um mit Verlust umgehen zu können. Aber dieser Mann verstand den Unterschied zwischen Gegenständen und Menschen offensichtlich nicht.

Das hier würde ich mir nicht mehr gefallen lassen, ich hatte fast nichts mehr zu verlieren. Ich würde nicht aufgeben, bis Moni in Sicherheit war und mein Vater hinter Gittern.

Ich spürte, dass vor meiner Tür vier Wachmänner positioniert waren. Meinem Vater hatten meine Widerworte wohl nicht gefallen und jetzt bereute ich mal wieder meine vorlaute Klappe. Ob ich je daraus lernen würde? Fraglich.

Ich lockerte meine Muskeln ein wenig und suchte in mir nach meiner Feuerbegabung. Es fiel mir mit der Wut im Bauch nicht sonderlich schwer sie zu finden. Die Essenz von Mr Beckminster drückte ich an mein Herz, dann aktivierte ich sie und schmiss sie gegen die Eisentür. Augenblicklich verstummten alle Essenzen und ich konnte die Tür öffnen. Bereit zum Kampf spannte ich alle Muskeln an und entflammte Hände und Füße.

»Miss Jordan!« Erleichterung zeigte sich im Gesicht von Mr Beckminster, der die schlafende Moni auf den Armen trug. Um mich herum träumten die Wachen offenbar ebenfalls felsenfest vom Paradies.

»Mr Beckminster, Sie sind ja der Hammer!«, jubelte ich leise und nahm ihm Moni ab. Die Kleine kuschelte sich in meine Arme und atmete ruhig ein und aus.

»Wie haben Sie das geschafft?«, fragte ich und strich über den blonden Haarschopf meiner Schwester.

»Nachdem Ms Jordan und die kleine Mira von diesem Taugenichts getötet wurden, musste ich doch etwas unternehmen.« Er bekam rote Wangen vor Aufregung und ich verspürte eine tiefe Sympathie für den alten Mann.

»Kommen Sie mit mir zur Akademie«, forderte ich ihn auf, doch er schüttelte den Kopf.

»Miss Jordan, ich bleibe hier und versuche weiterhin Widerstand zu leisten, gehen Sie nur und bringen Sie Ihre Schwester in Sicherheit.«

»Ich kann Ihnen gar nicht genug danken, Mr Beckminster. Ich werde niemals vergessen, was Sie für mich getan haben.«

Dann holte ich aus meiner Jackentasche eine Teleportationsessenz. In dem Moment, in dem ich sie aktivierte, sah ich, dass Mr Beckminster gegen die Wand geschleudert wurde und gleichzeitig das wutverzerrte Gesicht meines Vaters. Ich wollte noch ausholen und Mr Beckminster zu uns ziehen, doch da ging er in Flammen auf und die Luftessenzen durchfurchten seinen Körper. Die Teleportation war schon in Gang und ich konnte sie nicht stoppen. Mein letzter Blick galt nicht meinem Vater, sondern dem immer noch gütigen Lächeln von Mr Beckminster, ehe sein lebloser Körper die Wand herunterrutschte. Ich drehte mich sofort, um Moni zu schützen, denn Leonard zielte mit weiteren Luftessenzen direkt auf mich. Sie schnitten in meine Haut ein, doch bevor sie größeren Schaden anrichten konnten, erfasste uns endlich der Sog.

***

Moni und ich landeten auf dem Innenhof der Akademie. Aber wir waren nicht allein.

»Jetzt schließen, Mr Riefer, sie sind da!«, schrillte eine weibliche Stimme durch die Nacht.

»Ja, Madame Taranta.« Mr Riefer gab das Zeichen und die Lehrer aktivierten ihre Gaben, um den Schutzwall wieder zu schließen.

»Ich sagte doch, Sie brauchen meine Hilfe. Ich kann den genauen Ankunftszeitpunkt bestimmen.« Selbstgefällig und in einen knallbunten Mantel gehüllt stand die Wahrsagerin Madame Taranta auf dem Innenhof. Ich drückte ihr blindlings Moni in die Arme, stolperte zum Mülleimer und übergab mich. »O Gabe, wie sieht sie denn aus? Holt schnell etwas zum Verarzten«, forderte sie lautstark. Mein Kopf dröhnte und mein gesamter Körper schmerzte.

Es war zu viel. Alles zu viel. Und noch immer konnte sich keine Träne lösen. Als könnte ich nie wieder weinen. Was musste ich noch alles miterleben? Wie viele Menschen mussten noch ihr Leben lassen? Aber ich würde mich zusammenreißen. Für dieses Mädchen, das jetzt in Sicherheit war, meine kleine Schwester.

Ich spürte eine Hand auf meinem Rücken, die immer wieder sanft darüber strich. »Sam«, krächzte ich. Er nickte.

Ja, wir hatten Streit und es musste so viel geklärt werden. Er hielt mich für eine Verräterin und ich ihn für einen Playboy. Beides berechtigterweise. Aber es war in diesem Moment nicht wichtig. Ich stolperte gegen ihn und er hielt mich einfach nur fest.

»Ich hab dich«, wisperte er. Er würde seine Klamotten blutig machen, aber das war uns egal. Ich brauchte seine Nähe, um stark zu bleiben. Ich brauchte sein Lachen, um selbst zu lachen. Ich brauchte seinen Ehrgeiz, um nicht aufzugeben. »Ich brauche dich«, flüsterte ich zurück.

»Offensichtlich, immer wenn ich dich aus den Augen lasse, kommst du in schrecklichen Zuständen wieder zurück«, flüsterte er lächelnd und versuchte mich sachte im Arm zu halten.

»Wenn ich jetzt kitschig wäre, würde ich sagen, dann lass mich nicht mehr los, aber das ist dein Fachgebiet«, gab ich zurück.

»Sehr richtig, du kannst das auch nicht so schön wie ich.« Madame Taranta drückte ihm ein paar feuchte Tücher in die Hand.

»Kind, wie du ausschaust. Wir sollten dich später heilen, aber ich glaube, deine kleine Schwester wacht gleich auf.«

Sam wischte mir behutsam das getrocknete Blut von Schläfen und Wangen, damit sich Moni nicht gleich erschreckte, wenn sie aufwachte.

Langsam öffnete Moni ihre verschlafenen Augen und erblickte mich freudig.

»Ria!« Sie befreite sich aus Madame Tarantas lockerem Griff und sprang auf mich zu. Ich ging auf die Knie, breitete die Arme aus und umschlang sie. Trotz der Schnittwunden drückte ich die Kleine fest an mich und küsste sie auf ihren Kopf.

»Ich habe dich vermisst, Ria«, nuschelte sie in meine Haare.

»Ich dich auch, meine Süße. Du kannst dir gar nicht vorstellen, wie sehr.« Mr Riefer kam zu uns beiden herüber und ging in die Hocke.

»Hallo, Moni, ich bin Mr Riefer und der Lehrer deiner Schwester. Ihr seid jetzt hier in Sicherheit.«

Sie sah mit ihren großen blauen Kulleraugen den riesigen Mann an und nickte tapfer.

Dann wandte sie sich an Sam. »Hast du meiner Schwester jetzt schon einen Ring geschenkt?«

Er holte Luft, um zu antworten, doch da hatte Moni schon wieder etwas anderes Interessantes entdeckt. Mit einem Arm hielt sie mich fest umklammert, mit dem anderen deutete sie zu der kleinen Gruppe an Schülern, die ich bisher nicht bemerkt hatte.

»Dürfen Nate und Chris auch zu uns kommen?«, fragte sie.

»Natürlich dürfen sie das, ihr seid doch eine Familie«, sagte Mr Riefer mit einer so sanften Stimme, dass ich sie zuerst nicht ihm zugeordnet hätte. Er winkte meine beiden Brüder heran.

Moni ließ von mir ab und griff nach den Händen der Jungs, um sie zu sich nach unten zu ziehen. Dann schlang sie jeweils einen Arm um ihre Hälse.

»Ihr habt uns gar nicht besucht«, sagte sie anklagend.

»Das tut uns auch sehr leid«, antwortete Chris und tätschelte ihren Kopf.

Nate erwiderte die Umarmung innig und wisperte: »Aber jetzt darfst du bei uns bleiben.«

Sam sah mich auffordernd an. Es stand so viel Unausgesprochenes zwischen uns, so viel, das nicht erklärt worden war und dennoch wollte ich jetzt den kläglichen Rest meiner Familie im Arm halten.

Ich näherte mich den dreien und schloss mich der Umarmung an. Wir nahmen Moni in unsere Mitte.

»Ist Dad ein böser Mann?«, fragte sie aus heiterem Himmel. Mir fiel mal wieder auf, wie scharfsinnig sie für ihr Alter war. Nate und ich schwiegen, während Chris sanft ihre Hände in die seinen nahm. »Dad hat ein paar falsche Entscheidungen getroffen, deswegen ist es besser, wenn du erst einmal hier bei uns bleibst.«

Chris hatte schon immer eine beruhigende Wirkung auf unsere beiden Kleinen gehabt.

»Was ist mit Mira und Emilia?«, fragte sie weiter. Da war er wieder, der altbekannte Kloß in meinem Hals.

Chris sah fragend zu mir, ich schüttelte den Kopf und spürte deutlich, wie sich Nate neben mir verspannte. Wieder mal bewies Chris, was für ein feinfühliger Mensch er war, denn er hob Moni auf seine Arme und führte sie weg. Dabei hörte ich ihn noch sagen: »Soll ich dir mal mein Zimmer zeigen? Du wirst wie eine Prinzessin in meinem riesigen Bett schlafen.«

Nate sah mich finster an und ich bereitete mich auf alles vor, was jetzt kommen würde. Doch er zog mich nur in eine sehr kurze Umarmung. »Schön, dass dir nichts passiert ist.«

Ich war eindeutig verwirrt. Ich hatte mit allem gerechnet, aber nicht damit.

»Ich konnte nur dank deiner Mutter und Mr Beckminster fliehen«, sagte ich, weil ich das Gefühl hatte es ihm sagen zu müssen. Nate nickte.

»Hat er sie …?« Den letzten Rest ließ er unausgesprochen.

»Ja, Emilia, Mira und Mr Beckminster.«

»Ok.«

Mehr gab es momentan nicht zu sagen. Nate setzte sich auf eine Bank und bedeckte sein Gesicht mit seinen Händen. Er hatte innerhalb kürzester Zeit seine gesamte leibliche Familie verloren. Ich sah extra nicht hin, aber konnte dennoch ein paar dunkle Flecken auf dem Boden unter ihm erkennen.

Jara stürmte zusammen mit Rean, John, Liv und Layla zu uns herüber. Sam nickte mir kurz zu und setzte sich schweigend neben Nate.

Layla und Jara drückten mich gleichzeitig so sehr an sich, dass ich beinahe Angst hatte zu ersticken. »Familie kann man sich nicht aussuchen, Ria. Es ist alles in Ordnung, wir bekommen das hin. Außerdem sollst du jetzt ziemlich stark sein«, lächelte Layla und drückte mir einen Kuss auf die Wange.

»Erdrückt sie nicht«, mahnte Liv sanft. Die beiden lösten sich von mir und Liv umarmte mich ebenfalls.

»Ich bin ein wenig verwirrt, ich dachte, ihr haltet mich alle für einen Verräter und zerteilt mich, wenn ich herkomme«, sagte ich. John war an der Reihe, er klopfte mir nur kurz auf die Schulter. »Riefer hat uns alles erklärt.«

Rean tastete in alter Gewohnheit kurz meinen Oberkörper auf Verletzungen ab, bevor er mich in seine Arme zog. »Er hat uns gesagt, womit du in den letzten Monaten zu kämpfen hattest. Ich wusste gar nicht, dass er der Bruder deiner Stiefmutter ist«, erklärte Rean.

»Das habe ich auch erst heute erfahren.«

Ich sah von Jara zu Sam und beschloss, dass es jetzt eindeutig Wichtigeres gab, als diese verfahrene Situation zwischen ihr und Sam und der Bettgeschichte zu klären.

»Ich muss mit Ms Hetzig sprechen«, sagte ich und die anderen nickten verständnisvoll.

»Ich bin schon da, Ria. Es freut mich sehr, dass du und deine Schwester es einigermaßen heil zu uns geschafft habt.« Ms Hetzig stand in einer enganliegenden Uniform vor mir, die jedoch stark an einen Kampfanzug erinnerte.

»Vielen Dank, dass sie uns durch den Schutzwall gelassen haben. Ich bin beeindruckt, dass er so schnell wiederhergestellt werden konnte.«

»Dank nicht uns, sondern Madame Taranta. Sie stand ganz aufgeregt vor unserem Tor und hat uns von ihren Visionen erzählt. Gemeinsam mit Mr Riefers Informationen konnten wir euch sicher aufnehmen.« Ich schaute dankbar zu der Wahrsagerin, die gerade Mr Trevors schrillen Pyjama bewunderte.

»Sie meinte, du kennst den Preis.«

»O ja, den kenne ich«, schmunzelte ich und setzte mich zu Nate und Sam auf die Bank. Dieser Tag hatte nicht nur mir alles abverlangt. Die Schüler und Lehrer wirkten müde.

»Gab es Verletzte? Oder sogar Tote?«, fragte ich kleinlaut. Die Direktorin setzte sich zu mir.

»Verletzte durchaus, aber keine Toten. Du hast uns mit deiner Luftexplosion vor Verlusten bewahrt. Daher deckten sich die Erzählungen aller Beteiligten ganz gut. Wir verstehen dich ein bisschen, Ria. Du bist erst achtzehn Jahre alt und musstest all die Jahre unter deinem Vater leiden. Du hast nur versucht richtig zu handeln und alles allein zu stemmen. Doch du hast jetzt Verbündete.«

Ich hatte das hier nicht verdient. So viel Verständnis brachten sie für mich auf, aber ich wusste, ohne Mr Riefers Rückhalt oder den von meinen Freunden wäre das nicht so glimpflich abgelaufen.

»Mein Vater wird uns angreifen. Ich habe ihm meine und Miras Mischbegabung entzogen. Außerdem möchte er die Mischbegabten unserer Akademie für seine Zwecke missbrauchen. Er wird kommen«, erklärte ich hastig.

Ms Hetzig strich mir fast schon mütterlich durchs Haar.

»Er versucht schon seit eurer Ankunft durch den Schutzwall zu gelangen, aber wir halten stand. Wir werden uns dieser Konfrontation stellen müssen, aber noch nicht jetzt. Wir sind alle erschöpft. Morgen sehen wir weiter. Geht erst einmal schlafen.« Sie stand von der Bank auf und wandte sich zum Gehen.

»Danke. Dürfen Moni, Nate und ich bei Chris im Zimmer schlafen?«, fragte ich noch.

»Selbstverständlich, feiert euer Wiedersehen. Und morgen stellen wir uns dann der nächsten Herausforderung.«

Die ganze Zeit hatte sie einen sanften Gesichtsausdruck aufgelegt, doch jetzt ging sie zurück zu dem versammelten Kollegium und ihre Miene strahlte die pure Entschlossenheit aus.

***

Mit Layla und Nate im Schlepptau waren wir auf dem Weg zu Chris' Zimmer.

»Du hast Sam echt sehnsüchtig angestarrt«, brummelte Nate vor sich hin.

»Habe ich nicht.«

»Hast du sehr wohl, Rialein«, strahlte Layla, die vor uns in der Luft schwebte und mir von oben auf die Nase tippte.

»Und wenn schon, es gibt Wichtigeres zu tun«, erwiderte ich ablenkend.

»Ich würde es nicht mehr so schlimm finden«, sagte Nate aus heiterem Himmel. Erstaunt blieb ich stehen und musterte ihn von oben bis unten. »Jetzt schau mich nicht so an, jeder sieht doch, dass ihr euch liebt. Sam ist fast durchgedreht, als du weg warst.«

»Das ist zwar nett von dir, aber das muss warten«, sagte ich. Die beiden seufzten laut auf, als ich wieder zu ihnen aufschloss.

»Es schmerzt, wenn du Menschen in deinem Herzen hast und nicht in deinen Armen.«

»Boah, Layla, du bist keine Hilfe mit deinem Glückskeksgedöns«, wehrte ich ihre Worte ab.

»Es ist die Weisheit persönlich, die aus mir spricht.«

»Natürlich ist sie das«, schmunzelte ich.

WIE MAN SICH WEHRT

Wir schliefen zu fünft in dem riesigen Zimmer von Chris und ich wachte während der Nacht nicht einmal auf. Die Erschöpfung hatte mich komplett im Griff. Die Stunden nach dem Aufwachen waren kein Kinderspiel. Denn unsere Gruppe wurde vollständig vor die gesamte Schülerschaft gerufen und wir mussten nochmal von Anfang an erklären, was genau geschehen war. Am Anfang sah ich bei der Schülerschaft eindeutige Feindseligkeit mir gegenüber, aber meine Freunde stärkten mir den Rücken.

»Und was ist jetzt dein Plan?«, fragte Ryan über alle Köpfe hinweg. Ich sah ihn an und dachte kurz an den Augenblick zurück, als er mich zu dem Ball eingeladen hatte. Zu diesem Zeitpunkt lebte Mira noch. Schmerzlich wurde mir bewusst, dass noch mehr sterben werden. Ich schaute in jedes Gesicht meiner Mitschüler, versuchte sie mir genau einzuprägen. Plötzlich hatte ich Angst noch mehr Verluste hinnehmen zu müssen. Aber wenn wir untätig blieben, würden die Lebensbedingungen unter meinem Vater für uns und die Unbegabten schlechter werden. Diese Alternative war für mich keine Option. Ich wollte nicht noch mehr Leben auf dem Gewissen haben, nur weil ich zu feige gewesen war mich meinem Vater entgegenzustellen.

Layla sah mich aufmunternd an, als sie zu sprechen begann: »Du musst nicht immer einen Plan haben. Manchmal musst du nur atmen, vertrauen, loslassen und schauen, was passiert«, Ich sah, wie sie in ihrer alten Gewohnheit ein Stück über dem Boden schwebte. Lächelnd zog Chris sie wieder auf den Boden zurück und hielt ihr spielerisch den Mund zu.

»Ich werde gegen meinen Vater kämpfen und wenn es sein muss, werde ich ihn töten.«

»Hast du schon einmal jemanden getötet?«, fragte Lena. Wie schön, dass ausgerechnet sie das fragte, wo sie mich doch zusammen mit Liv fast kaltgemacht hatte.

Sie war unter Drogen gestanden, sie war unter Drogen gestanden. Nein, auch das ständige Wiederholen dieser Tatsache half mir nicht diese Göre mehr zu mögen.

Daher sagte ich nur schlicht: »Nein.«

»Und du denkst, dass du das einfach so hinbekommst?«, setzte sie hinzu und erntete zustimmendes Gemurmel.

»Hast du schon einmal einen Kuchen gebacken?«, stellte ich die Gegenfrage.

Pikiert sah sie mich an, als hätte ich sie gerade persönlich beleidigt. »Nein«

»Also es gibt für alles ein erstes Mal und das Rezept haben wir hier gelernt.«

»Hast du gerade Kuchenbacken mit dem Töten des gefährlichsten Begabten verglichen?«, mischte sich nun Sam ein. Ich schaute über meine Schulter zurück zu ihm.

»Ja, das habe ich. Ich möchte es auch nicht herunterspielen. Die Gesegneten werden uns angreifen. Sie wollen die Mischbegabten rekrutieren und meine Schwester Moni entführen. Ich weiß, es ist nicht euer Kampf ...«

Doch Sam unterbrach mich. Er trat einen Schritt nach vorn.

»Ria sagt, es ist nicht unser Kampf, doch genau das ist es. Es ist unser Kampf. Es ist unsere Zukunft, die die Gesegneten sich nehmen wollen. Ich werde kämpfen. Wer kämpft mit mir?!«

Sofort schossen alle Arme in die Höhe und die Schülerschaft jubelte.

Sam ging wieder zurück. Ich hielt ihn auf. Egal, was zwischen uns stand, das, was er eben getan hatte, bedeutete mir viel.

»Danke dir.«

»Für dich immer, Ria.«

Ich holte tief Luft und drückte meinen Rücken durch.

»Um deine Frage zu beantworten, Ryan: Ich habe einen Plan. Chris und Layla werden sich mit Moni verstecken. Mein Vater sucht nach ihr, weshalb sie unbedingt aus seiner Reichweite genommen werden muss. Da lasse ich unter keinen Umständen mit mir verhandeln.«

Ich warf einen kurzen Blick über meine Schulter zu Mr Riefer und Ms Hetzig. Die beiden nickten. Sam neben mir griff aufmunternd nach meiner Hand. Mutiger als zuvor fuhr ich fort: »Ich kümmere mich um meinen Vater. Er ist mein Problem. Nate, Sam, Jara, John, Rean und Liv werden es mit Robert aufnehmen.«

Ein Raunen ging durch die Gruppe und ein Mitschüler aus dem dritten Jahr meldete sich zu Wort.

»Warum ausgerechnet die? Warum nicht die Lehrer? Oder welche aus meinem Jahrgang?«

»Die Lehrer werden an anderer Stelle gebraucht. Ms Hetzig werden wir als Koordinatorin benötigen und Mr Riefer ist unsere Versicherung, damit es hoffentlich zu möglichst wenigen schweren Verletzungen kommen wird. Die anderen Lehrer werden euch im Kampf unterstützen. Und warum ausgerechnet wir das machen sollen? Wir kennen uns, wir vertrauen uns, wir arbeiten durch mein Training schon länger zusammen.«

Ich atmete aus und wartete auf die Reaktionen. Doch alles, was ich bekam, war Mr Riefer, der vortrat.

»Ihr habt Jordan gehört! Ich teile euch jetzt in Gruppen ein und ihr bleibt zusammen!«

Sam drückte erneut meine Hand. »Können wir kurz reden?«, fragte er. Ich stimmte zu und wir überließen es Mr Riefer und Nate, Vorbereitungen für den Kampf zu treffen.

Wenn Basti und Emilia nur hier wären. Sie wären die beste Unterstützung für unser Team gewesen, doch ich musste mit der Schuld leben, dass ich mitverantwortlich für ihren Tod war.

Sam und ich gingen ein Stück zu unserem Trainingsplatz. Wir schwiegen und es war nicht unangenehm, ganz im Gegenteil fühlte ich mich wohl bei ihm, auch wenn es mich immer noch traf, dass er mit Jara etwas gehabt hatte.

»Ich weiß, du willst es nicht hören ...«, begann er.

»Dann lass es.«

»Wie bitte?«

»Du willst dich doch nur besser fühlen, deswegen willst du es mir sagen.« Ich lockerte meine Muskeln und überprüfte nochmal den Sitz meines Messers.

»Ist das dein Ernst? Vielleicht ist es aber wichtig? Vielleicht willst du es ja doch wissen?«

»Sam, was könnte so wichtig sein?«

»Würdest du auch nicht wissen wollen, wenn ich nicht mit Jara geschlafen habe?«

Ich klappte den Mund zu. So sehr hatte ich darauf gehofft, dass tatsächlich mein Vater dahintersteckte. Alles in mir schrie, dass ich Sam glauben konnte. »Doch, das würde ich wissen wollen.«

»Gut, ich habe nicht mit Jara geschlafen«, sagte er und kickte einen Stein zur Seite.

Ich wollte gerade ansetzen, um zu fragen, wie das möglich sein konnte. Vielleicht hätte ich ihn auch gern geküsst.

Doch plötzlich gab es einen ohrenbetäubenden Knall und abermals gab der Schutzwall seinen Geist auf.

Sam und ich schauten uns an und rannten gleichzeitig los. Mitten im Sprint rief Sam mir zu: »Glaubst du mir?«

Ich hörte das Jubeln der Gesegneten und spürte ihre Essenzen aufflammen. Sie waren überall. Sie besetzten sogar die Dächer der Burg rund um den Innenhof.

»Ria?!« Sam riss mich aus meinen Gedanken und ich konzentrierte mich eine Sekunde lang auf ihn. Auf ihn und das Kribbeln in meinem Bauch.

»Ich möchte dir glauben und ich werde es, wenn alles vorbei ist.«

Dann stürzten die Gesegneten von oben auf uns herab.

***

Es war das pure Chaos. Ich hatte Mühe Sam in den Massen nicht zu verlieren. Hier und da saugte ich schnell die Essenzen auf, wenn ich Bedenken hatte, ob der Angriff meine Mitschüler treffen konnte. Zahlenmäßig waren wir im Vorteil. Aber die Gesegneten waren alle fertig ausgebildete Kämpfer, die auf solche Momente vorbereitet waren. Wir steckten mitten in der Ausbildung und nur die wenigstens konnten drei Jahre lang Kampferfahrung vorweisen. Doch wir hatten etwas, das den Gesegneten fehlte. Wir hatten Teamwork. Uns war es nicht egal, wenn jemand auf unserer Seite verletzt wurde.

Ich stoppte und hielt Sam am Arm fest. Die erste Essenz war erloschen. Ich wusste nicht auf welcher Seite, aber mir kam zum zweiten Mal in den Sinn, dass es tatsächlich nicht alle meiner Freunde schaffen konnten.

»Sam, ich glaube dir.« Er strahlte mich an und wehrte gleichzeitig einen Luftangriff ab.

»Weißt du noch, als ich gesagt habe, dass du nicht angreifen sollst, sondern dich verteidigen musst?«, fragte er aus heiterem Himmel.

»Ja?«

»Jetzt wäre ein guter Zeitpunkt für beides.«

Ich grinste und klaute mir ein paar Erdessenzen zusammen, dann legte ich beide Hände auf den Boden, um die Gesegneten in meinem Umkreis am Boden festzupinnen und so bewegungsunfähig zu machen.

»Verdammt, ich befürchte fast, du bist stärker als ich«, lachte Sam auf.

»Ja, du solltest dich vielleicht im Archiv verstecken, während ich das hier regle«, scherzte ich. Wie hatte mir dieses Geplänkel gefehlt. Ich hatte Angst und ich spürte, dass Sam auch welche hatte und trotzdem führten wir diese Unterhaltung, während wir uns einen Weg durchkämpften.

»Jede Heldin braucht einen gutaussehenden Typen an ihrer Seite und sind wir ehrlich, dafür bin ich besser geeignet als Rean.«

Ein paar Gesegnete erkannten mich und stürzten sich auf uns beide. Mit einem Luftstrom schoss ich sie alle wieder von uns. Dann zog ich Sam an seinem T-Shirt zu mir und wisperte:

»Ich liebe dich, du Volldepp.«

Er strahlte mich an und erwiderte: »Und ich liebe dich auch, du Nudel.«

Dann küsste er mich und es war nur für eine Sekunde, aber es fühlte sich an wie eine Ewigkeit. Eine kleine Ewigkeit nur für uns zwei. Es kribbelte in meinem Körper, aber wir hatten eine Mission. Ich musste mich konzentrieren.

»Wirf mich hoch«, forderte ich und Sam setzte es sofort um.

Mit genügend Antrieb konnte ich in der Luft bleiben und konzentrierte mich einen Augenblick, um Robert auszumachen. Von meinem Vater fehlte bisher jede Spur. Ich kannte Roberts Essenz in- und auswendig, zu oft hatte ich sie auf unserem Anwesen im Auge behalten müssen. Jetzt kam es mir zugute.

Ich lokalisierte ihn mitten im Geschehen. Zurück auf dem Boden deutete ich Sam die Richtung und lief selbst los.

Mit einem klaren Ziel im Blick hielt ich mit einer Luftblase alle Angriffe von mir. Plötzlich platzte sie. Da hatte mich wohl ein weiterer Leerenbegabter erwischt.

Doch ich hatte Robert gefunden und stellte mich ihm. Bisher war kein weiterer meiner Freunde hier. Sam schien unterwegs abgefangen worden zu sein.

Aber ich wollte Robert nicht erneut entkommen lassen. Nicht

noch einmal. Ein Drittel meines Lebens hatte er mich terrorisiert, mir Angst eingejagt, doch jetzt würde das alles ein Ende haben.

»Sieh an, die kleine Ria. Du bereitest deinem Vater ganz schönes Kopfzerbrechen. Mehr als gedacht. Ich bin schon ein bisschen beeindruckt«, sagte er in seiner üblichen schnarrenden Art, doch nach wie vor blieben seine Augen unterkühlt.

»Ich denke, ich bin der kleinen Ria entwachsen.«

Ich griff ihn an, mit einer Erdessenz wollte ich ihn am Boden fesseln, doch er sprang sofort hoch, als hätte er sie gespürt. Doch das konnte nicht sein, außer ... er war kein Leerenbegabter.

Ich scannte seine Begabungen und tatsächlich flackerte nur ganz schwach eine Leerenbegabung auf.

Er hatte doch nicht? Doch! Mein Vater hatte Robert eine Leerenbegabung eingepflanzt, aber keine Essenz, sondern die Lebensenergie eines toten Begabten. Das war makaber und schrecklich.

Das würde nicht leicht werden.

»Ria, ich bin da!«, rief Jara und bahnte sich ihren Weg zu mir.

»Gabe sei Dank!«, seufzte ich und lächelte sie breit an.

»Ach, Rialein, für das, was kommt, bist du nicht stark genug. Das würdest du niemals durchziehen, dafür bist du zu schwach«, provozierte mich Robert.

Jara machte sich kampfbereit und ich begab mich ebenfalls in Kampfstellung. Ich konzentrierte mich voll und ganz auf Robert. Doch dieser lachte nur. »Okay, jetzt, Jara«, sagte er. Und mich erwischte von der Seite eine Feuerpeitsche. Sofort schlug meine Haut auf der rechten Seite Blasen, wo mich Jara mit ihrem Angriff getroffen hatte.

Das konnte nicht sein. Ich hätte alles verkraftet, aber nicht das. Nicht das Mädchen, das alles über mich wusste. Das Mädchen, mit dem ich in einem Zimmer gelebt hatte, das über meine schräge Familie Bescheid wusste und mit der ich sogar meinen letzten Schokoriegel geteilt hätte.

»Wurde auch Zeit, Papa«, sagte sie und stellte sich neben Robert. Ich saß auf dem Boden und sog vor Schmerzen scharf die Luft ein. Ob die Schmerzen von meinem Herzen kamen oder von meiner Haut wusste ich nicht.

»Aber, Jara! Warum?«

Ich konnte nicht denken, nicht atmen, nicht verstehen, was dieser Unsinn sollte. Meine Seelenverwandte stand neben dem Menschen, der mich so lange terrorisiert hatte.

»Ria, alles in Ordnung?« John und Sam stürzten zu mir. Ich war nur fähig auf meine beste Freundin zu deuten.

Sam machte sich sofort daran meine verletzte Seite zu heilen, während John ebenfalls völlig verständnislos Jara anstarrte.

Ich versuchte ruhig zu atmen, wie sagte Layla immer? Den Schmerz wegatmen. Okay, funktionierte nur bedingt.

»Wie kannst du mich so hintergehen?!«, schrie ich sie an, doch Jara wirkte so unbeeindruckt von allem, dass es mich noch mehr aufregte.

Sam richtete sich auf und brüllte: »Möchte sich vielleicht noch jemand als Verräter entlarven? Jetzt wäre der passende Zeitpunkt. Ich habe keine Lust mehr auf dieses Versteckspiel!«

Endlich stießen auch Rean, Liv und Nate zu uns, die nicht minder überrascht über diese Entwicklung waren. Mir reichte es langsam wirklich. Wenn ich in meinem Leben auch nur noch einmal überrascht werden würde, würde ich komplett ausrasten. Ich hatte genug davon.

»Okay, neuer Plan. Ich kümmere mich um Jara und ihr euch um Robert«, forderte ich.

Liv sah mich zweifelnd an. »Bist du dir sicher, dass du das kannst? Lass mich das machen. Ich bin emotional nicht so involviert.«

»Danke, Liv, aber ich werde es tun. Das hier ist meine Sache und ich kenne sie am besten«, sagte ich.

»Wenn du dich da mal nicht täuschst«, erwiderte Jara, doch ich ignorierte ihre Worte und zielte mit einem tosenden Wasserstrahl auf sie. Jara hielt die Arme hoch und parierte den Schlag, aber rutschte immer weiter nach hinten. Ich folgte ihr auf dem Fuß und überließ Robert den anderen, wie geplant. Das hier war jetzt sehr persönlich. Mit einem Mal lief Jara weg vom Kampfgeschehen in den Wald auf eine Lichtung. Ich wusste, sie wollte allein mit mir sein. Aber sicher nicht so wie früher nur zum Reden.

Wir standen uns gegenüber und mir fiel etwas Entscheidendes auf. Es ergab alles einen Sinn. Vor allem dieses merkwürdige Gefühl, dass etwas nicht stimmte, als ich ins Zimmer geplatzt war. Sam hatte kein Spiegelbild gehabt.

Er hatte kein verdammtes Spiegelbild gehabt, weil er eines war. Die Spiegelessenz!

»Jetzt wird mir einiges klar: Du bist eine Feuerbegabte und warst neben mir, als der Rabe Alarm geschlagen hat. Du warst nicht dabei, als Basti angegriffen wurde und um sein Leben kämpfte. Du hast den Gesegneten befreit, den passenden Schlüssel hattest du dir in der Vorbereitungszeit geklaut. Ich habe sogar die Strafe mit dir zusammen abgearbeitet. Du hast so getan, als hättest du mit Sam geschlafen, um die Wut in mir auszulösen. Du bist die verdammte Verräterin. Und dir habe ich mich auch noch anvertraut!«

»Das ist scheiße, Ria, oder?«, höhnte Jara.

»Ja, das ist es.«

WIE MAN BESTE FREUNDE WIRD

Ich wusste noch ganz genau, wie Jara und ich uns angefreundet hatten. Als wäre es erst gestern gewesen. Wir saßen im Sandkasten auf einem Spielplatz. Mit gerade einmal vier Jahren war es so simpel, Freundschaften zu schließen.

Ein Junge klaute mir meine Sandförmchen und ich begann bitterlich zu weinen. Doch Jara machte ihm Feuer unterm Hintern, bis er weinte und mir meinen Stern zurückgab.

Bewundernd hatte ich sie angestarrt und gefragt: »Willst du mir meine allerbeste Freundin sein? Für immer und ewig?«

Jara hatte mich lange angesehen, dann mit ihrem Ärmel meine Tränen weggewischt und gesagt: »Dann musst du aber stärker werden.«

»Wie stark?«, hatte ich gefragt.

»Die Stärkste!«

»Ich werde die Allerstärkste!«

***

Und jetzt standen wir hier, völlig außer Atem, verschrammt, verdreckt. Robert hatte vielleicht recht gehabt, ich war hierfür vielleicht nicht stark genug.

»Wir müssen das nicht tun, Jara. Wir haben beide Scheißväter. Lass uns das, was hinter uns liegt, einfach vergessen und du hintergehst deinen Vater genauso wie ich«, schlug ich vor.

Doch meine beste Freundin sah mich nur mit kalten Augen an.

»Es besteht ein entscheidender Unterschied zwischen uns.«

»Der da wäre?«

»Ich folge meinem Vater aus Überzeugung und spiele seit vielen Jahren nur deine Freundin. Du bist das Experiment, ich bin Leonards Nachfolgerin.«

Was hatte ich mir da bloß für eine beste Freundin gesucht? Von weiter weg hörte ich die lauten Kampfgeräusche, doch hier auf der Lichtung gab es nur Jara und mich. Meine volle Konzentration lag auf dieser Frau.

»Das klingt ja nach einem ganz famosen Vorgehen. Mir eine beste Freundin an die Seite zu stellen, die mich an den richtigen Stellen unterstützt und alle Geheimnisse erfährt. Du hast auch den Brief entwendet und meinem Vater zugespielt. Du hast mich wütend gemacht, um herauszufinden, wie stark ich werden kann, wenn die Feuerbegabung erwacht. Aber eines habt ihr drei bei eurer tollen Planung nicht bedacht. Jetzt wo ich das alles herausfinde, bin ich noch tausend Mal wütender. Und zu deinem Pech – du bist meine Gegnerin!«

Ich stürzte mich auf sie, darauf gefasst sie irgendwie zu Fall zu bringen. Niemals würde ich Jara töten können.

Ich pinnte sie mit der Erdessenz auf dem Boden fest.

»Scheiße, du hast Basti getötet!«, entfuhr es mir.

Meine Wut schwoll an und ich verschleuderte meine Essenzen, doch sie parierte jede einzelne. Wie? Wie schaffte sie das?

Ein zartes Stimmchen in meinem Kopf hatte die Antwort parat. Weil ich nicht alles gab. Weil ich es nicht konnte. Sie hatte Basti getötet und doch war sie all die Jahre an meiner Seite gewesen. War meine Stütze in allen Krisen, von klein auf. Der Verrat saß so tief. Ich keuchte und versuchte die etwas weiter entfernten Gesegneten zu lokalisieren, um mir ihre angewendeten Essenzen zu stehlen.

Doch plötzlich spürte ich, wie mich meine Körperwärme verließ. Jara war schon immer ein Genie mit ihrer Feuerbegabung gewesen, wie ihr Vater konnte sie etwas, wozu die Wenigsten in der Lage waren. Wärme entziehen.

Aber wir hatten zu lange zusammengelebt, zusammen gekämpft und gelitten. Ich kannte diesen Trick. Und auch wenn ich gerade keine neuen Essenzen ziehen konnte, so wehrte ich mich. Ich musste keine Angst vor meiner Feuerbegabung haben. Sie würde mich nicht verschlingen, das war ein Märchen vom ehemaligen Hohen Rat. Wenigstens in diesem Punkt glaubte ich meinem Vater noch.

Ich aktivierte meine innere Feuerbegabung und hielt meine Körpertemperatur damit aufrecht. In Jaras Blick sah ich die Verwirrung. Als konnte sie es nicht fassen, dass sich jemand gegen ihre Wärmeentziehung zur Wehr setzte.

Während ich meine Feuerbegabung anwandte, ließ ich einen Schwall Wasser auf sie niederbrettern und hielt sie damit am Boden. Dann sperrte ich sie in eine Luftblase ein und füllte sie bis zu zwei Drittel mit Wasser. Ein perfektes Gefängnis für eine Feuerbegabte. Ich keuchte erschöpft auf. Meine Essenzen gingen zur Neige. Doch auch dieses Mal hatte Jara ein Ass im Ärmel. Sie zog ihr Messer und rammte es mit ihrer verbliebenen Kraft immer wieder mit Feuerverstärkung in die Luftblase. Ich musste durchatmen. Plötzlich platzte die Blase und Jara war wieder frei. Das Messer flog auf mich zu. Reflexartig zog ich eine Erdwand nach oben und schloss die Augen, den Schmerz erwartend. Ich hörte ein überraschtes Aufkeuchen. Das Messer bliebnur ein paar Zentimeter vor meinem Kopf stecken. Wagemutig traute ich mich an der Wand vorbei zu schauen. Ich hatte nicht nur einen Erdwall nach oben gezogen, sondern auch mehrere Erdspitzen aus der Erde ragen lassen. Eine davon durchbohrte Jaras Bein.

Ich hatte keine Essenzen mehr und Jara entzog mir schon wieder die Wärme. Doch ich konnte dem standhalten. »Hör auf, Jara, es reicht. Du stirbst, wenn du weitermachst.«

Sie taumelte zurück und fiel schließlich auf den Rücken.

Ihr schwerer Atem war das einzige Geräusch, das ich hörte.

»Vielleicht wäre es anders gekommen, wenn deine Mutter keine

Feuerbegabte gewesen wäre. Vielleicht hättest du dann meiner Wärmeentziehung nicht standhalten können. Aber das Schicksal hat es so eingefädelt«, sagte sie plötzlich.

Ich schüttelte den Kopf. »Das hat nichts mit Schicksal zu tun. Ich hätte auch einen anderen Weg gefunden, dich zu besiegen. Wir selbst treffen jeden Augenblick die Entscheidungen für unser Leben.«

»Vielleicht, aber wenn du auf Leonards Seite geblieben wärst, wären wir jetzt Verbündete.«

»Vielleicht. Oder wenn du Robert nicht gewählt hättest, dann auch.«

Sie schnaubte. »Robert ist mein Vater. Er war schon immer der Ansicht, dass wir uns nicht zu verstecken brauchen. Die Unbegabten würden dann schon ihren Platz finden. Aber nachdem meine Mutter uns für einen Unbegabten verließ, hatte er sich die Idee in den Kopf gesetzt, etwas zu ändern. Und ich kann ihn verstehen.«

Ich hörte ihr zu und schüttelte den Kopf. »Lass mich raten, danach schleuste er dich in mein Leben. Und damit wollte er meinen Vater überzeugen?«

Das ergab alles keinen Sinn, erst Jahre später starb meine Mum und erst dann gründete mein Vater die Gesegneten.

»Du bist mir zumindest diese Erklärung schuldig, Jara. Nach all der Zeit wenigstens das«, sagte ich. Ich hatte Angst davor, die Wahrheit zu hören, aber dann würde ich mich wenigstens nicht mehr fragen warum. Warum Jara das getan hatte.

Sie wand sich einen Augenblick, doch schien nach kurzer Zeit eine Entscheidung getroffen zu haben.

»Robert und Leonard sind seit der Akademie befreundet. Und Leonard hatte vor deiner Mum die absolut gleichen Ansichten wie Robert. Doch sie verloren sich aus den Augen. Robert gab aber nicht auf und trug mir auf mich mit dir anzufreunden. Wir waren noch Kinder und Robert kann sehr überzeugend sein. Und ich war wütend auf meine Mutter. Nach dem Tod deiner Mum war Leonard am Boden zerstört und offen für Roberts Ideen. Und vermutlich beeindruckt, dass bereits jemand in deinem Leben war, der dich beeinflussen konnte.«

Die Wahrheit tat noch mehr weh, als ich vermutet hätte.

»Nur damit du es weißt, meine Freundschaft war immer echt«, sagte ich.

»Das ist scheiße«, ächzte sie.

Ich musste mich zusammenreißen. Ich ging zu ihr und küsste ihre Stirn. »Ja, das ist es.«

Ich sperrte sie erneut in eine Luftblase ein und ließ sie liegen. Dieses Mal hatte sie kein Messer, um sich zu befreien. Ich würde mich später darum kümmern. Jetzt wartete eine andere Angelegenheit auf mich.

Ich kehrte zurück auf das Schlachtfeld. Überall sah ich Verletzte und einen Toten, der mir glücklicherweise unbekannt war. Mir wurde übel und doch musste ich mich zusammenreißen. Ich konzentrierte mich auf die Essenz meines Vaters und fand sie schließlich. Viel zu nah an Rean und Liv. Ich atmete tief durch und bahnte mir meinen Weg. Noch immer wurde heftig gekämpft, aber die Zahl der Gesegneten nahm deutlich ab. Ich klaute mir ein paar Essenzen von ihnen und hastete weiter.

»Schade um das gute Gengut. Du hättest meiner Tochter wunderbare, starke Enkelkinder für mich geschenkt!«, sagte mein Vater gerade. Der Mann griff meinen besten Freund hinterrücks an. Sofort ging ich dazwischen und zog Liv und Rean mit Luftessenzen aus der Gefahrenzone.

»Alles in Ordnung?«, fragte ich.

Rean nickte und Liv schüttelte den Kopf. »Rean ist blind. Er sieht nichts mehr, dein Vater ist ein Monster! Er hat ihm das Augenlicht entzogen, als er versuchte Reans Begabung zu stehlen«, schniefte sie.

Ich ballte die Hände zu Fäusten. »Okay, geht, haut ab. Ich mach das hier!«

Das ließ sich Liv nicht zweimal sagen, sie schleifte den wehrlosen Rean davon. Bei ihr hatte Rean Priorität und genauso sollte es sein.

»Mit deiner Begabung wird das hier ein Spaziergang. Ein Mischbegabter mit einer nie endenden Macht von zwei Leerenessenzen und einer Feueressenz. Tochter, sei noch einmal nützlich und gib mir deine Essenzen!«, rief mir mein Vater zu.

Leonard wollte mich umbringen und mir meine Begabung entziehen, dessen war ich mir voll und ganz bewusst. Für die Rache und Vergeltung für Mums Tod würde er sogar so weit gehen seiner eigenen Tochter die Begabung zu entziehen. Selbst wenn ich in diesem Moment noch Zweifel an meinem Vorhaben gehabt hätte, diese gab es jetzt nicht mehr. Dieser Mann verdiente es nicht mehr am Leben zu sein. Er hatte so viele Leben genommen und es geschafft unser komplettes Rechtssystem und den Aufbau unserer Gesellschaft zu ruinieren. Es gab keinen Richter mehr, der über ihn richten konnte, keine Polizei, die ihn verhaften würde. Es gab nur mich, die diesen wahnsinnigen Mann stoppen musste.

»Wenn du es so willst, dann komm«, sagte ich und machte mich kampfbereit.

Die Wut pulsierte durch meine Adern und gab mir den Kraftschub, den ich brauchte. Leonard schaltete so schnell zwischen den Elementen hin und her, dass ich Mühe hatte hinterherzukommen.

Er erzeugte einen Feuerball und im nächsten Moment ließ er die Erde beben. Ich erhob mich in die Luft und saugte den Feuerball ein, doch da erschuf er einen Wasserstrahl und richtete ihn auf mich. Geschwind wich ich ihm aus und griff ihn mit Windsicheln an, welche er augenblicklich selbst verschlang. Ich musste anders vorgehen, so würden wir noch bis zum Morgengrauen weitermachen. Er hatte mich alles gelehrt, ich kannte seine Tricks, aber er meine nicht. Er kannte mich nicht.

Ich rammte mich selbst aus der Luft in den Boden und erzeugte eine verheerende Erschütterung. In diesem Moment konnte ich keine Rücksicht auf die anderen Kämpfenden nehmen und mit Sicherheit forderte es einen hohen Preis.

Das Beben ließ Leonard taumeln und ich konnte ihn mit Steinplatten aus dem Boden einsperren. Meine Freude hielt nur eine Sekunde, denn er befreite sich mit einer gigantischen Wasserlawine. So würde ich ihn nie besiegen können. Was hatte ich, was er nicht hatte?

Die Lawine preschte auf mich zu und ich sah keine Möglichkeit ihr auszuweichen. Ich erfasste die Essenz von diesem Riesending und zerstörte sie, um sie aus dem Kampf zu nehmen. *Moment.* Das war es. Mein Vater konnte keine eigenen Essenzen erzeugen, aber ich. In mir schlummerte die Feuerbegabung, ich hatte unbegrenztes Feuer zur Verfügung, während mein Vater auf die Essenzen angewiesen war.

Vielleicht würde es so gehen. Ich parierte seine Angriffe nur noch und anstatt die Essenzen wieder selbst zu verwenden, zerstörte ich sie. Dennoch strengte es mich unglaublich an, wie lange würde ich dem standhalten?

Meine Konzentration ließ nach und ich machte Fehler, schwerwiegende Fehler. Ich übersah eine Luftsichel und konnte nicht mehr rechtzeitig ausweichen. Es galt den Schaden zu minimieren und ich schützte die wichtigsten Stellen meines Körpers mit verhärtetem Lehm. Dennoch erlitt ich zahlreiche Schnittwunden. Für einen Augenblick konnte ich mich nicht rühren. Ich versuchte krampfhaft den Schmerz zu verdrängen, um weitermachen zu können. Aber wenn ich eines in den letzten Wochen gelernt hatte, dann das: Aufgeben war keine Option.

Ich ignorierte den Schmerz – darin musste ich mittlerweile Weltmeisterin sein. Leonard grinste hämisch.

»Na, Tochter, keine Kraft mehr? Deine Taktik funktioniert nicht so einwandfrei, nicht wahr? Und deine Freunde versagen auch einer nach dem anderen.«

Er wollte mich ablenken und es klappte. Hektisch schaute ich mich um, um die Essenzen der anderen zu erfassen. Waren sie verletzt? Wie ging es Sam, Nate und John? In diesem Moment pinnte mich Leonard auf dem Boden fest. Meine Füße steckten in erhärtetem Lehm. Ich versuchte umgehend den Ursprung der Energie zu finden, um mich zu befreien. Doch Leonard war schneller, er holte aus und nichts passierte ... Dachte ich zunächst, doch ich spürte deutlich meine Kräfte schwinden. Er versuchte mir meine Essenz auszusaugen. Gepackt von erneuter Wut und Fassungslosigkeit wusste ich mir nicht anders zu helfen, als die Essenz seiner Leerenbegabung anzugreifen, damit er aufhörte.

Es war wie ein Tauziehen. Und er würde gewinnen. Er hatte so viele Jahre mehr Erfahrung als ich. Doch ich erinnerte mich an etwas, was in einer meiner ersten Trainingsstunden geschehen war. Rein körperlich wäre ich nicht dazu in der Lage gewesen, den riesigen Feuerball von Sam einzusaugen. Doch die Freude, dass Sam an mich geglaubt hatte, hatte überwogen. Vielleicht waren Wut und Rache die falschen Gefühle, um wahre Stärke hervorzubringen. Vorhin, als ich Sam geküsst hatte, hatte ich einen Energieschub gehabt.

Mit einer Hand hielt ich meinen Nebel auf die Leerenessenz meines Vaters gerichtet, mit der anderen befreite ich mich aus dem erhärteten Lehm. Anschließend griff ich nach meinem Messer und warf es direkt auf meinen Vater. Er wich aus und konnte sich somit nicht mehr auf seine Leerenessenz konzentrieren. Die Verbindung zwischen uns beiden brach ab. Ich hatte die Chance meine Theorie zu überprüfen, aber dafür musste ich zu Sam. Ich erhob mich mit dem letzten Rest Luftessenz in die Luft und suchte nach ihm.

Es fiel mir überhaupt nicht schwer, ich fand ihn sofort. Seite an Seite mit Nate kämpfte er gegen vier Gesegnete.

Ich schoss auf Sam zu, erhob die beiden in die Luft und ließ mit meinem Aufprall die Erde erzittern, sodass zwei der Gesegneten sofort fielen.

»Schönes Timing, bist du denn schon mit deinem kleinen Familienkonflikt fertig?«, fragte Sam.

Ich grinste und zog ihn zu mir heran.

»Ach, halt die Klappe.« Ich betrachtete sein Gesicht und sein verschmitztes Lächeln. Er war nicht nur sexy, sondern auch sein Charakter machte ihn so anziehend. Ich küsste ihn schnell. »Ich liebe dich und brauchte das kurz.«

»Rumknutschen könnt ihr ein andermal, wir haben hier ein paar andere Probleme«, beschwerte sich Nate.

Durchdrungen von der Liebe, die mich durchflutete, setzte ich meine Feuerbegabung ein und ließ die Gesegneten in Flammen aufgehen.

»Ich hasse dich, Ria«, setzte Nate beleidigt hinzu.

Sam grinste breit wie ein Honigkuchenpferd. »Und ich liebe sie.« Er strich mir ein paar wirre blonde Strähnen aus der Stirn.

»Sam, positive Gefühle machen euer Feuer viel stärker als negative«, sagte ich zu ihm.

Die beiden schauten mich erstaunt an. Doch in diesem Moment wurden wir unterbrochen, als ein markerschütternder Schrei über den Lärm hinweg tönte.

Nur ein paar Meter entfernt stand Mr Riefer zusammen mit ein paar anderen Schülern rund um John. Dieser hielt ein blutverschmiertes Messer in der Hand und war über eine Gestalt gebeugt.

»Hat John gerade Robert getötet?«, entfuhr es Sam ungläubig. Ich nickte mechanisch.

Nate hörte uns schon nicht mehr zu, sondern stürzte in Johns Richtung, gerade noch rechtzeitig, um ihn aufzufangen. Klimpernd fiel das Messer auf den Boden und John starrte auf seine Hände. Ich konnte mir nicht vorstellen, was er fühlte und ich wollte es auch nicht. Vorher war mir nicht klar gewesen, was für eine Bürde ich meinen Freunden mit dem Angriff auf Robert aufgetragen hatte. Ich hatte nur gesehen, dass Robert aufgehalten werden musste, aber war egoistisch genug, um es jemand anderen tun zu lassen. Wenn ich in Johns Gesicht schaute, dann sah ich den Schrecken und die Fassungslosigkeit. So etwas wollte ich niemand anderem mehr aufbürden. Ich würde mich selbst um meinen Vater kümmern – allein.

Auf dem Schlachtfeld schaffte es mein Vater, mehrere kleine Explosionen zu verursachen. Ich wäre am liebsten zu John geeilt, aber noch mehr Verluste ertrug ich nicht.

»Ich glaube, mein Typ wird verlangt«, sagte ich ruhig und gefasst.

»Ich komme mit«, sagte Sam sofort, doch ich schüttelte den Kopf.

»Nein, wie du schon sagtest, das ist eine Familienangelegenheit.«

Ich ließ Sam und Nate zurück. Während ich zum Ursprung der Miniexplosionen eilte, versuchte ich die positiven Gefühle mit meinen Freunden zu bündeln. Das Tanzen auf dem Ball, das Lernen mit Rean, das Herumalbern mit Layla, wie John mir meinen Nachtisch klaute oder die vielen Momente, als ich mit Jara gemeinsam an die Decke gestarrt hatte. Ja, sie hatte mich verraten, aber nichtsdestotrotz behielt ich die guten Erinnerungen an sie in meinem Herzen. Genauso wie die an meinen Vater.

Ich landete vor ihm, in dem Moment, als meine Luftessenz versagte.

»Lass es uns beenden, Vater«, forderte ich und blockte einen erneuten Angriff seinerseits mit einer Feuerwand ab.

Dieses Mal griff er sofort mit seiner Leerenessenz an, aber ich war bereit. Egal, was gleich passieren würde, ich würde es annehmen und akzeptieren.

Mit einer Hand zerstörte ich seine ausgesandte Essenz und mit der anderen schickte ich eine Flammenzunge zu ihm. Leonard versuchte auszuweichen, allerdings hielt ich seine Füße mithilfe der Erdessenz auf dem Boden festgenagelt.

Er schrie, als das Feuer ihn erfasste.

Ich werde ihn nicht töten. Ich werde ihn nicht töten.

Geschwind zog ich mein Feuer zurück, doch er wollte nicht aufgeben.

»Leonard, hör auf! Es ist vorbei!«, rief ich. Ich wollte, dass es endlich aufhörte. Ich wollte in Frieden meine Ausbildung hier beenden und mich danach ins Leben stürzen.

»Es ist dann vorbei, wenn ich oder du tot sind.«

Er sammelte seine Kräfte erneut. Diese Gestalt war so zerfressen von Machtgedanken, dass es ihn zerstörte.

Er schickte erneut seine Leerenbegabung auf mich los, doch sie wirkte so viel stärker als zuvor. Woher nahm er diese Reserven? Ich attackierte die Essenz mit Feuer und Leere. Wie eine große Faust schloss sich der Nebel um sie und drückte zu.

Sie zersprang.

Und mit ihr sackte mein Vater auf die Knie.

Er keuchte, röchelte und in diesem Moment wusste ich, was er getan hatte. Seinen letzten Angriff hatte er mit seiner Lebensessenz gestartet. Ich kannte keine Fälle, wo es jemandem gelungen war, mit seiner Lebensessenz anzugreifen. Es war auch der pure Wahnsinn, denn wenn ein anderer Leerenbegabter diese Essenz zerstörte, dann ... Ich wollte nicht daran denken, doch erinnerte ich mich daran, wie Nate mich und Basti damals angeschrien hatte, dass mit Lebensessenzen nicht zu spaßen war. Sie waren unsere Seele. Und Leonard hatte sie für einen Angriff benutzt. Ich wusste, dass mein Vater ein mächtiger Mann war, aber dies überstieg meine Vorstellungskraft. Und wer weiß, wenn ich keine echte Mischbegabte gewesen wäre, wie es dann ausgegangen wäre. Vielleicht hätte ich dann nicht die Kraft gehabt, sie zu zerstören. Aber ich hatte es nicht gewollt.

Leonard stand nur ein paar Meter von mir entfernt. Seine Augen wurden schwarz und er schaute zum Himmel, wo die Wolken über einen blauen Himmel zogen. Ich hätte gern gewusst, woran er gerade dachte. Dachte er an all die Dinge, die er in seinem Leben getan hatte? Was waren seine letzten Gedanken? Bereute er etwas? Oder dachte er einfach nur an Mum?

Dann kippte er vornüber und ich spürte, dass seine Essenz endgültig erloschen war.

Leonard, mein Vater, mein Dad, war tot.

Meine Beine gaben nach und ich fiel auf die Knie.

Nach und nach flüchteten die Gesegneten, doch es kümmerte mich nicht mehr. Ich hatte meinen eigenen Dad umgebracht.

Es zerriss mich. Denn alles, woran ich mich in diesem Augenblick erinnerte, war ein strahlender Mann, der mir meine Haare kämmte und mir geduldig zuhörte, wie ich über meinen ersten Schultag plauderte, und neben mir stand eine grinsende Jara.

Ist das nicht komisch mit Erinnerungen? Manche von ihnen verblassen sofort, einige bleiben ein Leben lang. Man kann es sich nicht aussuchen, sie brennen sich in den Kopf und verblassen niemals. Und ich war froh, dass es diese Erinnerung an meinen Dad war, die mir geblieben war.

Ich sah sogar noch ganz genau unseren Badezimmerspiegel vor mir. Wie ich hinein schaute und ihn anblickte, wie er mich und Jara lächelnd betrachtete. Ich erkannte mich in meinen bunten, ausgeflippten Klamotten aufgeregt plappern. Und er lächelte einfach nur und strich mir über den Kopf.

Ich schaute in den Himmel.

»Das ist scheiße«, wimmerte ich und niemand antwortete. Die ersten Tränen liefen mir die Wangen herunter. Ich weinte. Zum ersten Mal seit Mums Tod weinte ich so bitterlich, dass ich gar nicht mehr aufhören konnte. Ich umklammerte mich selbst und weinte um meinen Dad. Um das Leben, das wir hätten haben können. Um verpasste Chancen.

»Ich habe mal gehört, es ist kein Zufall, dass Tränen wie Samen aussehen. Aus ihnen entsteht etwas Neues«, sagte Layla, die vorsichtig nähertrat. Sie musste mit Chris gekommen sein, als es sich dem Ende zuneigte. Auch die anderen versammelten sich um mich herum. Sam ging neben mir in die Hocke und schaute einfach geradeaus. Und dafür war ich ihm dankbar, er bedrängte mich nicht, sondern gab mir den Freiraum, den ich brauchte. Chris stützte den verletzten Nate, Mr Riefer drückte John eine Mullbinde auf eine stark blutende Wunde am Arm und Liv verarztete die kleineren Wunden von Rean, während sie immer wieder vor seinen Augen herum wedelte.

Noch immer schluchzte ich: »Vom Wind der Weisheit zu dir getragen?«

Layla zuckte mit den Schultern: »Nope, ist von Pinterest.«

Daraufhin mussten wir lachen. Ich verschluckte mich gleichzeitig an meinen Schluchzern und meinem Lachen.

Sam nahm mich sanft in den Arm und strich mir meine Tränen weg.

»Und ich dachte schon, du wärst emotional verkrüppelt.«

»Ich doch nicht. Ich stamme doch aus einer völlig normalen Familie«, scherzte ich und vergrub mein Gesicht in seinem Pullover. Er strich mir sanft über den Kopf und drückte mir immer wieder einen Kuss auf den Scheitel.

Ich spürte eine kleine Essenz hinter mir, drehte mich um und sah, wie mir Moni in die Arme lief. Sie drückte sich an mich.

Die Essenz von Jara auf der Lichtung weiter hinten war verschwunden. Ich wusste nicht, wo sie war, aber ich würde sie nicht verfolgen. Das war mein Dankeschön für die gemeinsame Zeit.

WIE MAN EINEN EPILOG ERLEBT

Es war schwer, wieder zur Normalität überzugehen.

Mr Riefer und Ms Hetzig hatten genug damit zu tun, eine vorübergehende Regierung zu bilden, und gaben uns wohlverdiente Ferien. Die meiste Zeit davon lagen wir alle zusammen in Reans und Johns Zimmer und starrten an die Decke. Reans Augenlicht konnte nicht wiederhergestellt werden und John trauerte trotz allem Jara hinterher. Da halfen auch Laylas gutgemeinte Pinterest-Ratschläge nicht. Er brauchte wohl einfach Zeit, um alles zu verarbeiten. Nicht nur ich war verraten worden, auch John hatte damit zu kämpfen, dass seine Freundin eine Spionin der anderen Seite gewesen war. Im Kampfgefecht war er es gewesen, der Robert tötete und manchmal starrte er minutenlang auf seine Hände. Als konnte er Blut an ihnen sehen, doch natürlich war da nichts.

Liv wich selten von Reans Seite. Sie versuchte Rean zu sensibilisieren, damit er sich alleine zurechtfinden konnte und nicht mehr auf sein Augenlicht angewiesen war.

Chris und Layla taten alles, um John und Reans Schmerz aufzufangen, sie machten Scherze, hörten zu und konnten stundenlang schweigen. Mein Bruder würde irgendwann einen grandiosen Vater abgeben.

Apropos Bruder, Nate würde für immer ein Teil unserer Familie bleiben. Er spielte geradezu hingebungsvoll mit Moni und strich ihr immer wieder über den Kopf. Als müsste er sich vergewissern, dass sie noch da war und lebte.

Moni zog zu uns auf die Akademie, denn wir vier hatten bis auf Mr Riefer all unsere Verwandten verloren.

Und dieser hatte genug zu tun. Mr Trevor leitete zusammen mit Madame Taranta eine spezielle Einheit, die alle Gesegneten aufspüren sollte und damit waren sie überraschenderweise recht erfolgreich. Vielleicht hatte die Frau als Wahrsagerin doch mehr drauf, als ich zugeben wollte.

Mitten auf dem Innenhof gab es einen Gedenkstein mit all den Namen der Personen, die während des Kampfes ihr Leben lassen mussten. Ich hatte mich dafür eingesetzt, dass nicht nur Bastis Name einen Platz bekam, sondern auch die Namen von Emilia, Mr Beckminster und Mira ganz oben standen.

Meine kleine süße Mira. Ihr Tod hinterließ die größte Wunde. Jeden Tag, wenn ich aufstand, spürte ich die Leere in mir, die sie hinterließ. Zwei Jahre waren einfach nicht lang genug für ein Leben. Die Selbstvorwürfe zerfraßen mich jedes Mal, aber dann drückte Sam meine Hand, als wüsste er genau, was in mir vorging.

Und Sam? Tja, Sam und ich waren zu einem dieser ekelhaft glücklichen Paare geworden. Wir spazierten gerade mitten in der Nacht über die verschneiten Hinterhöfe der Akademie.

Alles lag unter einer dicken Schneedecke begraben und ich fand, es hatte etwas Reines, Unschuldiges. Als würden wir alle einen Neuanfang wagen.

Beim Brunnen blieben wir stehen und schauten zu den Sternen hinauf.

»Das ist mega kitschig«, beschwerte ich mich grinsend.

»Du wirst damit klarkommen müssen, dass ich ein romantischer Mensch bin.«

»Romantisch hin oder her, das hier ist echt zu viel.«

Er lachte ungläubig und schüttelte dabei seine braunen Haare. Sein Lachen ließ mein Herz jedes Mal höherschlagen und meinen Bauch kribbeln. Wenn er lachte, musste ich auch lachen. Ich nahm seine Hände in meine und stellte mich auf die Zehenspitzen, um ihn zu küssen.

»Ich liebe dich«, hauchte ich und legte meine Stirn an seine.

»Wer ist jetzt hier kitschig?«, fragte er schmunzelnd und drückte meine Hand.

»Etwas von dir muss ja auf mich abfärben«, schmunzelte ich.

»Das bedeutet also, bei dir sind ein zweites Mal die Windpocken ausgebrochen?«, hakte er nach. Ich musste auflachen und dachte voller Liebe zurück an unsere erste Begegnung im neuen Schuljahr. Ich hatte ihm gesagt, ich sei so immun gegen ihn wie ein Kind gegen einen zweiten Ausbruch der Windpocken.

Er kramte aus seiner Manteltasche die Kopfhörer heraus und gab mir einen von den Steckern. Augenverdrehend nahm ich ihn und packte ihn in mein Ohr. *Dangerous Night* erklang und ich lächelte.

Er nahm meine Hand und steckte mir einen ähnlichen Ring an wie den aus der Putzkammer. Einfach, silbern, mit einem kleinen roten Stein darin.

»Dieses Mal ohne Essenz?«, fragte ich spitzbübisch.

Sam verdrehte die Augen und küsste mich sanft. »Damit du Moni jetzt endlich sagen kannst, dass ich meinen Teil erfüllt habe. Der Ring ist da.«

»Ich werde es ihr ausrichten.«

Er forderte meine Hand zum Tanz und ich legte meine in seine. Uns war nicht kalt, unser Feuer wärmte uns von innen. Und so tanzten wir zu dem Lied vom Ball. Was für eine ungefährliche Nacht, um verliebt zu sein.

»Und? Wie geht es dir jetzt? Alles gut?«, fragte Sam schmunzelnd. Ich lehnte meinen Kopf an seine Schulter, um ihm noch näher zu sein. Wenn ich an Nate, Chris, Layla, Rean und Liv dachte, dann musste ich unwillkürlich lächeln. Doch dann übernahm der Schmerz den größten Teil meiner Gedanken. Ich dachte an all den Mist, den wir hatten durchleben müssen. Dann sah ich in Sams Augen und mir wurde bewusst, dass der Schmerz bald vergehen würde, vielleicht niemals ganz, aber er würde weniger werden.

Immer weniger, bis er irgendwann nur noch eine Erinnerung war. Wir hatten Glück gehabt – ich hatte Glück mit Sam gehabt. Dank ihm legte ich jetzt mein Hauptaugenmerk auf die glücklichen Momente und unsere Zukunft. Ich schaute zum Himmel hinauf, wo hoffentlich die vielen Seelen endlich ihren Frieden gefunden hatten. Ich wandte meinen Blick zu Sam und fand in seinen Augen so vieles, das ich brauchte.

»Es geht mir gut. Ich bin glücklich.« Und das meinte ich auch so.

ENDE von Band II

DANKSAGUNG

Und das war der zweite Band.

Ich hatte beide Bände so kurz hintereinandergeschrieben, dass ich Gefahr laufe, mich bei der Danksagung zu wiederholen. Dennoch möchte ich ein paar Menschen danken.

Dieses Mal möchte ich aber ganz besonders Ronja Mederer danken, die zu jeder Uhrzeit für mich da war und meine Anrufe immer annahm, um mich zu beruhigen, mir gut zuzusprechen, wenn ich mal wieder Angst hatte, dass ich nur Müll schreibe. Ich habe mir sagen lassen, dass alle Autoren so denken und hoffe einfach mal, dass es wahr ist.

Ein herzliches Dankeschön geht an meine gesamte Familie, die jedem, der es hören wollte und nicht hören wollte, auf die Nase gebunden hat, dass ich eine Reihe veröffentlichen darf. Danke für diese Unterstützung! Vor allem meiner Schwester Sophie Pfeiffer, die immer für mich da ist und mir bei so vielem hilft.

Hier noch einmal ein ganz großes Dankeschön an Pia und Pia. Ihr beide habt gewusst, was das Beste für mein Projekt ist, und ich denke, wir haben etwas Tolles daraus gemacht. Danke, dass ihr beiden an mich geglaubt habt.

Danke an Vanessa Krug und Josephine Woiwode fürs unendliche Unterstützen und Aushalten meiner Sorgen.

Vielen Dank auch an Philipp Renken und all meine lieben Booktube-Freunde fürs Unterstützen und vor allem fürs Lesen.

Danke für all den lieben Zuspruch von so vielen Zuschauern. Ihr seid der Wahnsinn! Damit hätte ich niemals gerechnet.

Danke an dich, weil du auch den zweiten Teil gelesen hast. Ich hoffe, es hat dir gefallen.

PLAYLIST

Dangerous Night – Thirty Seconds to Mars
Don't Stop Believin – Journey
Wouldn't Change a Thing – Demi Lovato & Joe Jonas
Barbies – P!nk
Unforgettable – Robin Schulz
Walk on Water – Thirty Seconds to Mars
Never Going Back – The Score
Blame – Bastille
If I Wasn't Your Daughter – Lena
Like to Be You – Shawn Mendes

Impress
Tauch ein in romantische Geschichten

Impress
Ein Imprint der CARLSEN Verlag GmbH
November 2018

Lektorat: Pia Praska
Umschlagbild: shutterstock.com / © Aleshyn_Andrei / © @ Chrislofotos / © kaisorn / © deomis / © Maria Averburg
Umschlaggestaltung: formlabor
Satz und Umsetzung: readbox publishing, Dortmund
Druck und Bindung: CPI Books GmbH, Birkach
ISBN 978-3-551-30134-5
Printed in Germany
www.carlsen.de/impress

Alle Bücher im Internet: www.carlsen.de